BASTEI
LÜBBE
TASCHENBUCH

BRITTA SABBAG

PINGUIN WETTER

ROMAN

BASTEI LÜBBE TASCHENBUCH

BASTEI LÜBBE TASCHENBUCH
Band 16652

1.+2. Auflage: Juli 2012

Dieser Titel ist auch als Hörbuch und E-Book erschienen

Bastei Lübbe Taschenbuch in der Bastei Lübbe GmbH & Co. KG

Originalausgabe

Dieses Werk wurde vermittelt durch die
Michael Meller Literary Agency GmbH, München.

Lektorat: Daniela Jarzynka
Daumenkino-Illustrationen: Peter Frommann, Köln
Titelillustration: © corbis/DLILLC
Umschlaggestaltung: Christina Seitz, Berkheim
Autorenfoto: © Jurate Jablonskyte, Bonn
Satz: hanseatenSatz-bremen, Bremen
Gesetzt aus der Adobe Caslon
Druck und Verarbeitung: GGP Media GmbH, Pößneck
Printed in Germany
ISBN 978-3-404-16652-7

Sie finden uns im Internet unter
www.luebbe.de
Bitte beachten Sie auch: www.lesejury.de

Der Preis dieses Bandes versteht sich einschließlich
der gesetzlichen Mehrwertsteuer.

Es ist nicht wichtig, was uns passiert,
sondern welche Entscheidungen wir treffen.

Alle Namen und Figuren sind erstunken und erlogen,
bis auf eine – und da kommt garantiert niemand drauf.

Für Matti.

Du wirst auch mal so.

Und für mich.

1. Kapitel

Viele Grüße aus Scoresbysund. Es ist schön hier. Ich kehre nicht zurück. Renate

Ich tippte auf *SMS löschen* und legte das Handy zurück auf den Nachttisch neben meinem Bett. *Wie viel Uhr ist es eigentlich?* Ich kniff die Augen zusammen. Das noch leuchtende Display des Handys zeigte 5:32 Uhr an. Eine halbe Stunde konnte ich also noch liegen bleiben, bis der Wecker klingelte. Ich drehte mich um und zog mir die warme Bettdecke über den Kopf.

Also Scoresbysund. Diesmal. Ich wunderte mich kein bisschen über die Nachricht meiner Mutter. *Lag Scoresbysund nicht in Grönland? Oder war es Norwegen?* Ich nahm mir vor, es später im Büro zu googeln, während ich meinen Kopf noch einmal in *Upptäcka*, meinem rosafarbenen Nackenkissen, vergrub. Derartige Nachrichten – besonders in Form von unerwarteten SMS mitten in der Nacht – schockten mich spätestens seit dem Vorfall vor knapp zwei Jahren nicht mehr.

Damals verkündete meine Mutter, dass sie in Irland bleiben und eine Pension für die wandernden Schafhirten aufmachen wolle. Sie hatte auf einem ihrer Selbstfindungstrips Aonghus kennengelernt, einen Schafhirten, der ihr von den beschwerlichen Wanderwegen und den wenigen Übernachtungsmöglichkeiten auf den langen Märschen mit den Schafen berichtet hatte. *Aonghus* bedeutete *irischer Gott der Liebe und der Jugend.* Anscheinend aber hielt die irisch-irdische

Liebe nur wenige Wochen, denn *Aonghus* schien auch *untreuer Penner, der gleichzeitig vier Touristinnen pimpert* zu bedeuten. Meine Mutter war nach diesem Erlebnis – zumindest was die Iren betraf – geläutert.

Vielleicht waren die Grönländer oder Norweger in Liebesangelegenheiten ja verlässlicher. Spätestens in ein paar Wochen würde ich es wissen. So etwas wie Intimsphäre existierte in Renates Universum nämlich nicht.

Aber bis dahin wird sich kein Kopf gemacht, Charlotte Sander, dachte ich noch, bevor ich wieder eindöste.

*

»Guten Morgen!« Mit einem kraftvollen Schwung warf ich meine Handtasche auf den großen Schreibtisch, der von Papierstapeln nur so übersät war.

»Hmm«, murmelte etwas vom Schreibtisch gegenüber. Frau Zänker war anscheinend schwer beschäftigt. Das war sie immer. Sie erschien jeden Morgen demonstrativ als Erste und ging abends als Letzte. Keiner wusste so genau, was sie zwischen ihren zahllosen Ordnern und Schütten den ganzen Tag eigentlich so machte, aber es fragte auch niemand nach. Schließlich arbeitete sie seit zwölf Jahren für den Verlag und war der festen Überzeugung, ihn damals eigenhändig aus dem Boden gestampft zu haben. Ein »Guten Morgen« konnte sie sich nur an besonders guten Tagen abringen. Heute war wohl keiner davon.

Auf einem der turmhohen Stapel auf meinem Schreibtisch lag ein Zettel: *Nix wische, erst räume,* stand da in handgekritzelter Schrift, die ich gerade noch entziffern konnte.

»Oh, wie ich sehe, war Frau Schneller mal wieder da. Sie hat sich offensichtlich nicht die Mühe gemacht, mal eben den Schreibtisch abzustauben.« Ich ging mit einem Finger zwischen die Papierstapel und zog ihn einige Zentimeter auf der Tischoberfläche entlang. Ein dicker Staubfilm sammelte sich auf der Fingerkuppe, den ich Frau Zänker demonstrativ hinhielt.

»Kein Wunder«, antwortete sie, »bei dem Durcheinander, das auf Ihrem Schreibtisch herrscht, würde ich das Putzen auch verweigern.«

Statt mich – wie sonst – über Frau Zänker zu ärgern, ging ich gut gelaunt in die Büroküche. Ein starker Kaffee würde helfen.

Außerdem war heute ein besonderer Tag. Denn es sollte die neue Cheflektorin für das Unterhaltungssegment *Freche Frauen* bekannt gegeben werden. Ich musste den Job einfach kriegen! Drei lange Jahre hatte ich auf diesen Tag hingearbeitet und zahllose Überstunden geschoben – jetzt würde sich die harte Arbeit bestimmt auszahlen!

Es war kurz nach neun. In der Kaffeeküche herrschte um diese Zeit immer Hochbetrieb.

»Morgen Charlotte!«, grüßte mich der Sachbuch-Kollege Rainer.

»Morgen! Und was für einer!« Ich grinste ihn breit an und fragte mich, ob mir das Wort *Cheflektorin* möglicherweise schon in großen Lettern auf der Stirn geschrieben stand.

»Na, da ist aber eine ganz schön gut drauf. Gibt's was zu feiern?«

»Noch nicht, Rainer. Aber später vielleicht. So in ein, zwei Stunden.« Ich zwinkerte ihm geheimnisvoll zu.

»Na, dann bin ich ja mal gespannt!«, antwortete er und füllte seinen übergroßen Kaffeebecher, auf dem *Ich würde mich ja gerne geistig mit dir duellieren, aber ich sehe, du bist unbewaffnet* stand.

»Was gibt's zu feiern?« Neugierig hüpfte Nicki um mich herum. Sie war im Verlag so was wie das Mädchen für alles und gleichzeitig die größte Klatschtante weit und breit. Sie kam wortetechnisch sicher auf fünftausend Anschläge pro Minute und konnte kein Geheimnis für sich behalten.

»Ach …« Ich winkte ausdruckslos ab. Ihr würde ich ganz sicher nichts verraten. Heute Nachmittag würden es sowieso alle wissen.

Zurück an meinem Schreibtisch stellte ich meine Tasse ab und fuhr den PC hoch. *Mal sehen, was heute so alles ansteht.*

Frau Zänker hatte unterdessen mehrere gelbe Post-its an meinen Bildschirm geheftet, auf denen Dinge standen wie *Hr. W. hat angerufen* oder *Frau Keller braucht Rückruf.* Ich unterdrückte ein wütendes Schnauben. Ich hatte sie sicher schon tausendmal gebeten, Namen vollständig aufzuschreiben und Rückrufnummern zu notieren. Mittlerweile war ich fest davon überzeugt, dass die olle Kräuterhexe das aus reiner Schikane verweigerte. Jedes Mal, wenn ich sie darauf ansprach, tat sie so, als höre sie es zum allerersten Mal.

»Schädler war hier«, brummte sie.

»Und, was wollte er?«, fragte ich und konnte dabei ein Grinsen nicht vermeiden. Schädler war der stellvertretende Personalleiter der Firma. Wenn es um Beförderungen ging, war er der richtige Mann.

»Sie sollen in sein Büro kommen«, grummelte Frau Zänker weiter.

Dass man ihr auch jede noch so klitzekleine Information aus der Nase ziehen muss!

»Wann denn?«, fragte ich geduldig nach.

»Er hat's eingestellt.«

»Was?«

»Er hat den Ter-min in Out-look ein-ge-stellt.« Frau

Zänker artikulierte jede Silbe einzeln, als ob ich zu blöd sei, sie sonst zu verstehen.

Drei Kreuze, wenn ich nach der Beförderung das Büro wechsle und sie endlich los bin.

»Aha.«

Ich öffnete den Outlook-Kalender und siehe da – ein Termin poppte auf: *Personalgespräch. 10 Uhr. Büro Schädler.*

Vor lauter Freude klatschte ich unwillkürlich in die Hände. *Ha! Habe ich es doch gewusst. Heute ist mein Tag! Und selbst die muffige Trockenpflaume Zänker kann daran nichts ändern!*

*

Pünktlich um zehn Uhr klopfte ich an der Tür des Personalbüros.

»Herein!«

Schwungvoll öffnete ich die Tür. An dem kleinen Besprechungstisch des Büros waren bereits Schädler, seine Assistentin und Herr Dr. Wellenbrink – der Oberboss himself – versammelt.

Ganz schön viel Prominenz heute hier, dachte ich und lächelte in die Runde.

»Frau Sander, wie schön. Setzen Sie sich doch bitte!«

Ich schüttelte jedem die Hand, bevor ich mich auf dem einzigen noch leeren Stuhl niederließ.

»Kaffee?«, fragte Schädler.

»Nein, danke. Ich hatte gerade eben erst einen«, erwiderte ich hastig.

Ich war so aufgeregt wie zuletzt vor vielen Jahren, als ich am Weihnachtsabend nicht mehr abwarten konnte, bis die Bescherung endlich begann, und mir heimlich den Schlüssel für die Wohnzimmertür aus Renates Schrank geklaut hatte, um alle Geschenke schon vorher zu begutachten. Später hatte ich dann bitter bereut, dass ich bereits wusste, was ich geschenkt bekam, und die Überraschung dahin war.

Vor lauter Nervosität schob ich jetzt meine eiskalten Handflächen zwischen meine Knie. Es musste ja nicht jeder gleich merken, dass ich leicht zittrig war.

»Wasser?«, fragte Schädler weiter.

Ich schüttelte den Kopf.

Warum legt er nicht einfach los? Das ganze Drumherum kann er sich gerne sparen, ich weiß doch sowieso, warum wir jetzt hier sitzen.

»Gut«, resümierte Schädler und kraulte sein rotfleckiges Doppelkinn, »dann kommen wir mal zur Sache.«

Unwillkürlich fragte ich mich, ob Schädler als Kind wohl auch schon so einen großen Kopf gehabt hatte. *Wie das wohl ausgesehen haben mag?* Ich zwang mich, den Gedanken nicht zu vertiefen. Immerhin sollte man solche großen Momente genießen.

Cheflektorin … Eine Assistentin, eigene Entscheidungen treffen, endlich mehr deutsche Jungautoren fördern … Ein Traum!

»Frau Sander, Sie wissen ja sicherlich, wie sehr Sie hier im Hause geschätzt werden«, begann Schädler, während er sich jetzt in Sekundenabständen in sein fettiges Doppelkinn kniff, als müsse er sich immer wieder selber wecken.

»Ja, natürlich.« Ich nickte zustimmend.

»Und dass wir Ihre Arbeit und Ihren Einsatz im Sinne des Verlages auch besonders hochachten«, fuhr er fort.

»Immer im Sinne des Verlages«, wiederholte ich mit einem Lächeln und schämte mich im gleichen Moment für so viel Schleimscheißerei.

»Na ja, und Sie wissen sicher auch, dass gerade in Zeiten

wie diesen, gewisse … na ja, ich sage mal … Umstrukturierungen notwendig sind.«

»Aber natürlich, da bin ich ganz Ihrer Meinung.«

Jetzt ergriff Herr Dr. Wellenbrink das Wort: »Sehen Sie, Frau Sander, und deswegen können wir uns manchen Veränderungen eben auch nicht gänzlich entziehen.«

Natürlich können sie das nicht, wer will das denn auch? Bei der hervorragenden Arbeit, die ich seit Jahren im Sinne des Verlages abliefere!

Ich nickte schon wieder und kam mir langsam vor wie einer dieser Wackeldackel, die, außer zu nicken, wirklich gar nichts taten.

»Ich weiß, es wird Sie wahrscheinlich unvorbereitet treffen«, ergriff Schädler wieder das Wort, »aber wir wollten es Ihnen so schnell wie möglich mitteilen. Erst heute Morgen haben wir uns zu der endgültigen Entscheidung durchringen können.«

Durchringen? Na, das ist aber ein wenig negativ formuliert. Ich muss ja nicht direkt in den Himmel gelobt werden, aber so schlecht ist meine Arbeit sicher nicht, dass man sich dazu durchringen …

»Daher müssen wir Ihnen leider betriebsbedingt kündigen.«

Ich sah zwar, wie sich Schädlers Lippen synchron zu seinen Worten bewegten, aber sein lächelnder Gesichtsausdruck und das, was er soeben gesagt hatte, passten nicht zusammen.

»Waaas?«

Ich hatte das Gefühl, als schnürte mir eine eiskalte Hand die Kehle zu. Mein Körper saß regungslos und steif, bereits leicht eingesunken, auf dem weichen Nappalederstuhl. *Ich konnte mich nur verhört haben!*

»Wir müssen Sie leider gehen lassen, Frau Sander. Die

Krise, Sie wissen ja … Dem Verlag ging es letztes Jahr sehr schlecht. Wir haben uns entschlossen, das Segment *Freche Frauen* komplett einzustellen. Sie sind ungebunden und jung … Sie finden sicher schnell etwas Neues.«

Das kann doch nur ein Scherz sein! Ist denn heute der erste April? Charlotte, denk nach!

Es war Mai. Ein Aprilscherz konnte es also nicht sein. Spätestens jetzt wünschte ich mir, dass sich vor mir ein Loch im Boden auftat. Ein ziemlich großes, mindestens in Größe L.

»Frau Sander? Haben Sie noch etwas zu sagen?«, holte der Schädler mich zurück in die Realität.

»Ähm … ja … also … Danke schön.«

Danke schön? Das ist alles, was mir in so einem Moment einfällt? Anstatt weltbewegende, historische Worte zu finden und mindestens einen Abgang wie Scarlett O'Hara hinzulegen? Die wäre jetzt nicht stolz gewesen. Das hätten ja sogar die Teletubbies besser hingekriegt! Und die habe ich bei diversen Babysitternachmittagen in meiner Vergangenheit derart zu hassen begonnen, dass ich sie eigenhändig erschlagen hätte, wenn ich nur gewusst hätte, wo sie wohnen. Niemals hätte ich gedacht, dass mir so was passieren könnte. Mir doch nicht, Charlotte Sander, studierte, berufserfahrene und weltgewandte Frau Anfang dreißig!

»Ja, na dann, alles Gute, Frau Sander. Ihr Zeugnis lassen wir Ihnen postalisch zukommen. Den Rest des Tages haben Sie selbstverständlich frei.«

*

So fühlte sich das also an. Ich hatte oft in Hollywood-Filmen gesehen, wie Leute, die gerade gefeuert worden waren, ihren Karton packten und mit der Pflanze unterm Arm aus dem Büro trotteten.

Mein Blick fiel auf die leicht vertrocknete Phalaenopsis auf der Fensterbank meines Büros, die ich an meinem ersten Arbeitstag vom Verlag bekommen hatte. Ich hatte mich gefreut, damals, und war zuversichtlich gewesen, dass ich diese Pflanze durchbekommen würde. Immerhin musste man Orchideen ja praktisch nie gießen.

Aber es sollte noch besser kommen als im Film.

»Ach ja, Frau Sander, die Phala…eh…nupsi … also die Pflanze … Na ja, sie war eher symbolisch als Willkommensgeschenk gemeint. Sie bleibt selbstverständlich dem Büro erhalten. Sie wissen ja, Ausstattung und so«, sagte Frau Zänker. Noch nicht mal ein Wimpernzucken war bei ihr zu erkennen.

Ausstattung und so. Nicht mal die mickrige Pflanze, oder besser gesagt, was davon übrig war, durfte ich mitnehmen. Also auch hier kein Hollywood-Abgang mehr. Noch nicht mal ein kleiner.

»Gut, dann …«, verabschiedete sich Frau Zänker und schüttelte meine mittlerweile eiskalte Hand.

»Ja, dann … Bis bald?!«

Zehn Minuten. Und schon war mein Leben anders.

2. Kapitel

Auf dem Heimweg fühlte ich mich wie ferngesteuert. Die Fußgängerzone Kölns war voller Menschen. Immer wieder rempelte mich jemand achtlos von der Seite an, und ich nahm Sprüche wie »Pass doch auf, blöde Kuh!« nur dumpf wahr, so, als steckten dicke Wattebäusche in meinen Ohren.

Am Kiosk an der Ecke, der direkt vor meiner schönen Stadtwohnung lag, kaufte ich mir noch die *Gala*. Bezeichnenderweise lautete der Titel *Prominent und arbeitslos: VIPs, die von Arbeitslosengeld leben mussten.*

Na fein, dachte ich, *immerhin bin ich nicht die Einzige, selbst die VIPs dieser Welt ereilt dieses Schicksal.*

Als ich die Treppe zu meiner Wohnung im zweiten Stock hochging, kam mir Mona, meine Nachbarin und gleichzeitig beste Freundin, entgegen.

»Charly! Was machst du denn um diese Zeit hier?«, begrüßte Mona mich. »Hast du heute frei? Toll!« Bevor ich antworten konnte, sprudelte es schon weiter aus Mona heraus: »Du siehst aber schlecht aus. Krank irgendwie! So blass! Hast du was?«

Ich lehnte mich, schnaufend vom Aufstieg, an das Treppengeländer. Mona hatte die Situation richtig erkannt. Ich fühlte mich tatsächlich krank und matt. Es war, als habe mein Körper nur darauf gewartet, in den Ruhemodus schalten zu können, und das nach dem Gespräch vorhin sofort getan.

»Ach, Mona, es ist nichts. Ich brauch wohl nur ein bisschen Ruhe.«

Ich zog mich die letzten Stufen zu meiner Wohnung hoch und kramte meinen Schlüssel aus der Tasche.

Mona wohnte Tür an Tür mit mir. Spätestens morgen würde sie feststellen, dass etwas nicht stimmte. Im Grunde hatte es also keinen Sinn, ihr etwas vorzumachen.

Das sah Mona wohl genauso. »Charlotte, kannst du mir mal bitte sagen, was los ist?«, fragte sie und sah mich eindringlich an.

»Ich bin im Arsch«, antwortete eine fremde Stimme aus meinem Mund, »und zwar richtig.«

*

Mona konnte es nicht glauben.

Sie hatte mich mit in ihre Wohnung gezerrt und war der Meinung, ich dürfe jetzt auf keinen Fall allein sein. Mit den Worten »Ich mach dir erst mal einen Tee« schob sie mich in das Wohnzimmer, das über und über mit riesigen Filzbergen übersät war, und verschwand in ihrer kleinen Küche.

Mona hatte sich vor einigen Monaten mit Filzarbeiten selbstständig gemacht und verkaufte diese seit Neuestem im Internet. Anscheinend erfolgreich, wie ich jetzt feststellen musste.

»Fenchel oder Kamille?«, rief sie mir aus der Küche zu.

»Ich bin nicht krank, Mona«, antwortete ich gereizt, »ich bin nur arbeitslos.«

»Ach was, das ist fast dasselbe«, gab Mona unbeeindruckt zurück. »Dann mach ich dir eben einen schönen Grünen!«

Ich sah mich um. Die Filzberge hatten sicher eine Höhe von über einem Meter und waren nicht nur im Wohnzimmer, sondern in der ganzen Wohnung verteilt. Blaue, grüne, rote und sämtliche weiteren Mitglieder der großen Farbpalette sammelten sich unsortiert auf dem Boden, sodass dieser kaum noch zu sehen war.

»Du hast ja mächtig Zeug hier«, kommentierte ich das Chaos und wollte mich gerade auf einen Sessel fallen lassen, auf dem nur ein einziges seltsames, ockerfarbenes Filzgebilde lag.

»Pass auf!« Mona zog mir das Filzteil gerade noch unter meinem Allerwertesten hervor. Eine Sekunde später, und ich hätte darauf gesessen. »Das ist mein neuester Renner!«, verkündete Mona stolz und stellte meinen Tee auf der Sessellehne ab. »Die Filzhülle für die Milchpumpe!«

Ich fragte erst gar nicht, wofür so etwas überhaupt gut war. Mona würde mich sowieso von ganz alleine und in aller Ausführlichkeit darüber informieren. Sie war immer ganz euphorisch, wenn es um ihre Passion ging.

»Mutterpass-Schutzhüllen und Milchpumpen-Umhänge. Davon kriegen die Leute nie genug. Wusstest du, dass Mütter so was noch vor der Wickelkommode anschaffen?«

Ich nahm einen Schluck von dem noch heißen Tee und verbrannte mir die Zunge. »Autsch! Nein, wusste ich nicht.«

»Eben! Ich habe gerade einen Großauftrag von einer Firma bekommen, die das mit den Schutzhüllen im ganz großen Stil aufziehen will …« Mona schlug sich die Hand auf den Mund. »Sorry. Ich fasele hier was von meinen Aufträgen, dabei bist du gerade eben gefeuert worden.«

Gefeuert. Es fühlte sich an wie angeschossen werden, wenn das Wort fiel.

»Schon gut«, beruhigte ich sie, »du kannst ja nichts dafür. Immerhin lenkst du mich ab …«

»Haste dir mal überlegt, was du jetzt machen willst?«

»Mona?«

»Ja?«

»Es ist vor einer Stunde passiert.«

»Zucker?«

»Gerne.«

Während Mona sich durch die Filzberge zurück in die Küche kämpfte, blätterte ich in der Klatschzeitung herum. Der größte Teil bestand aus wilden VIP-Gerüchten mit Einstufungen nach wahrscheinlichem Wahrheitsgehalt von eins bis neunundneunzig Prozent und Werbung.

Werbung für Tönungen, Lipgloss und … Urea-Creme. *Woher und von wem genau stammen eigentlich die fünf Prozent Urea?* Diese Frage konnte mir bis jetzt niemand beantworten, und ich nahm mir vor, endlich einen Brief an die Herstellerfirma zu schreiben. Schließlich hatte ich ja jetzt Zeit.

Aber Mona hatte schon recht mit der Frage, was ich jetzt machen wollte. Ich wusste es nicht. Immerhin war ich noch nie arbeitslos gewesen. Studium, Praktikum, erster Job – alles war bis jetzt reibungslos verlaufen. Musste man beim Arbeitsamt einen Termin machen? Hingehen? Anrufen? Oder zuerst Stellenbörsen durchforsten?

»Was meinst du, sandfarben oder beige?«, fragte Mona, die mittlerweile mit dem Zucker in der Hand aus der Küche zuruckgekommen war. Sie hielt mir zwei identische Filzteile vor die Nase.

»Das ist doch dasselbe!«, kommentierte ich die seltsam anmutende Frage. Die beiden Filzteile sahen für mich wirklich exakt gleich aus.

»Das-sel-be?«, echauffierte sich Mona. »Es ist doch ein

himmelweiter Unterschied, ob du deine Milchpumpe in ein warmes Sand hüllst oder in ein cooles Beige!«

»Oh.«

Ich betrachtete Mona, wie sie aufgeregt beide Teile immer wieder begutachtend ins Licht hielt. Sie selbst trug seit ihrer Selbstständigkeit immer eigenwillige Kombinationen in grellen Farben mit auffälligen Filzapplikationen. Mit ihrem frechen Kurzhaarschnitt und der knabenhaften Figur sah sie viel jünger aus, als sie war. Sie könnte glatt als fünfundzwanzig durchgehen.

»Ich bin ganz durch den Wind. Ich weiß gar nicht, wie ich in der kurzen Zeit die ganzen Bestellungen abarbeiten soll.«

Mona sah mich nachdenklich an, schmunzelte und zog daraufhin die linke Augenbraue hoch, wie immer, wenn sie eine ihrer verrückten Ideen hatte.

»Auf GAR KEINEN FALL!«, nahm ich ihr ihre Frage vorweg. »Bevor ich anfange zu filzen, singe ich lieber auf der Straße!«

»Das will ich sehen!«, sagte Mona lachend.

*

Zurück in meiner Wohnung überkam mich ein seltsames Gefühl von Leere. *Sollte man nicht vielleicht weinen – oder zumindest traurig sein –, wenn man gekündigt wurde? Oder wütend?* Ich fühlte nichts von alledem.

Morgen würde ich zum Arbeitsamt gehen und alles Weitere klären. Heute war schon genug passiert. *Ein wenig Ablenkung würde mir guttun*, dachte ich gerade, als wie auf Bestellung das Telefon klingelte.

»Du bist also gefeuert worden?« Trine war nicht der Typ

für komplizierte Ausschweifungen. Wenn sie was zu sagen hatte – was fast immer der Fall war –, dann tat sie das.

»Woher weißt du das denn jetzt schon wieder?«, fragte ich überrascht, obwohl ich mir die Antwort denken konnte.

»Na, Mona hat mich angerufen.«

Ich wunderte mich immer wieder, wie schnell der Buschfunk zwischen meinen Freundinnen funktionierte. In der Zeit, in der ich von Monas Wohnung in meine gegangen war, war wahrscheinlich bereits das ganze Viertel über meine neue Situation informiert worden.

Aber es war gut, dass Trine anrief. Ein wenig wollte ich mich noch trösten lassen.

Trine hieß eigentlich Tine, wurde aber von allen nur *Trine* genannt, weil sie oft etwas trantütig war. Wenn jemand irgendwo Witze erzählte, war es meist Trine, die zuletzt lachte und dabei immer ein bisschen erleichtert darüber war, die Pointe verstanden zu haben.

»Ja«, antwortete ich zerknirscht, »es stimmt.«

»Das ist doch super, Süße! Dann kannst du ja jetzt endlich auch mal schwanger werden.«

Typisch Trine. Sie betonte schon seit der Grundschule, dass es nie zu früh für ein Kind sei und junge Mütter auch gleichzeitig die beste Freundin der Kinder sein könnten, da sie eben agiler seien.

Trine selbst hatte ihr erstes Kind mit sechsundzwanzig bekommen. Genau richtig, meinte sie damals, immerhin war sie schon fast zwei Jahre mit Paul zusammen, und es lief richtig gut. Außerdem hatte sie nach ihrer Ausbildung zur Bürokauffrau schon mehrere Jahre gearbeitet, genug eingezahlt in die Staatskasse. Da war es Zeit.

»Trine?«

»Ja?«

»Ist dir vielleicht entgangen, dass man in der Regel einen Mann braucht, um ein Kind zu bekommen? Ich meine, zumindest, um es zu produzieren?«

»Ach, Charlotte. Da lässt sich doch sicher schnell jemand finden.«

Ich wusste nicht, woher Trine ihre unerschütterlich positive Einstellung zum Leben hernahm. Es war und blieb mir wirklich ein Rätsel.

»Zum Beispiel dein Marc. Der wär doch was!«

Wie kommt Trine denn jetzt auf Marc? Sie wusste doch genau, dass er mein Immer-mal-wieder-Mann oder Übergangsmann war – und jeder weiß doch, worauf eine solche Beziehung basiert.

»Trine, nur zur Erinnerung: Ich bin Single. Und mich vom erstbesten Kerl schwängern zu lassen, nur weil ich jetzt gerade arbeitslos bin, sehe ich nicht unbedingt als optimale Lösung an. Und von Marc schon gar nicht!«

»Aber wieso? Er sieht doch gut aus. Hast du zumindest gesagt.«

Marc sah tatsächlich sehr gut aus. Allerdings hatte ich ihn als Übergangsmann nie einer meiner Freundinnen vorgestellt. Marc und ich trafen uns sowieso immer nur bei mir zu Hause. Apropos … Marc zu treffen wäre die perfekte Möglichkeit, heute Abend nicht in Depressionen zu versinken. Ich würde ihn gleich anrufen, nachdem Trine aufgelegt hatte.

»Fi-hiiiiiiinn!« Trine brüllte ins Telefon. »Hör sofort auf damit! Eins, zwei … bei dra-hei …!«

Ich hielt den Hörer vom Ohr weg. Es waren sicher hundertfünfzig Dezibel bei dra-hei.

»Weswegen ich eigentlich anrufe, Liebelein«, warf Trine emotionslos ein, »ich bin wieder schwanger.«

Oh Gott, dachte ich, *nicht noch so ein Terrorist!*

Trine und Pauls erstes Kind, Finn, der gleichzeitig auch mein Patenkind war, raubte mir bei den wöchentlichen Treffen den letzten Nerv. Er wirkte auf mich seit Jahren wie eine Art kostenloses Verhütungsmittel. Und jetzt wollte Trine noch einen davon in die Welt setzen? Ich konnte es kaum glauben.

»Wie schön!«, antwortete ich erwartungsgemäß. »Ich freue mich! Paul ist sicher aus dem Häuschen.«

»Ja«, sagte Trine, »er ist total stolz. Wir diskutieren gerade über den Namen des neuen Babys. Vielleicht kannst du uns helfen?«

»Weißt du denn schon, was es wird?«, horchte ich vorsichtig nach und betete in Gedanken: *Hoffentlich kein Junge!*

»Ein Junge!«, informierte mich Trine.

»Oh! Wie … schön!«

»Ja, oder?«

Anscheinend konnte Paul nur Jungs.

»Verdammt!!!« Trine brüllte schon wieder. »Ich glaube, die Waschmaschine läuft gerade aus, Charlotte, warte mal eben …«

Es knackte in der Leitung, und auf einmal war nichts mehr zu hören.

»Trine?!«

Ich nahm dunkel einige Hintergrundstimmen wahr. Das am häufigsten gebrauchte Wort dabei war: »Fi-hiiiiiiiiiiiiiiinn!«, gleich danach kam: »Verdammt!« Ab und zu hörte ich auch ein etwas leiser gefauchtes »Sitz!«. Was war denn da bloß schon wieder los?

Nach ein paar Minuten war Trine wieder am Hörer.

»Entschuldige, Charlotte, Finnilein hat die ganze Katzenstreu in der Küche verteilt, und jetzt ist auch noch die Waschmaschine ausgelaufen. Der Boden ist quasi katzenstreubetoniert. Na ja, Paul wird das schon wieder hinkriegen.« Trine schnaufte tief durch.

An ihrer Stelle hätte ich Finn wahrscheinlich dreizehn Wochen auf die *Stille Treppe* gesetzt. Aber Trine war die Ruhe selbst. Ein Phänomen.

»Nenn den Neuen doch Heino«, witzelte ich.

»Nein, Heino ist kein schöner Name. Aber Hein vielleicht …«, antwortete Trine.

Hein war sicher viel besser.

»Oder Jason-Rolf«, schlug ich weiter witzelnd vor.

»Das ist gut!« Trine freute sich über mein Engagement.

»Das sollte ein Witz sein, Trine. Nenn ihn bloß nicht so! Das kannst du später nie wieder gutmachen. Auf gar keinen Fall!«

Ab und zu sprang ich dann doch für die Rechte der Kinder in die Bresche, und das erste Recht eines Kindes ist ja wohl das auf einen guten Namen.

»Du musst wirklich zum Arbeitsamt gehen, solange du noch nicht schwanger bist, Charlotte«, wechselte Trine wie immer übergangslos das Thema.

Hatte ich das mit dem nicht vorhandenen Mann nicht eben schon geklärt?

»Ich glaube, ich muss bald auflegen. Paul ist auf der Couch eingeschlafen, und Finn steckt ihm gerade meine Selleriesticks in die Nase. Wie lange, meinst du, wird er ohne Luft auskommen?«

*

Als wir aufgelegt hatten, fühlte ich mich noch schlechter. Mona hatte ihre Leidenschaft zum Beruf gemacht und erhielt einen Großauftrag nach dem anderen. Trine hatte den schmerzfreien und immer frohen Paul an ihrer Seite und vervollständigte ihre Terroristenfamilie jetzt womöglich noch mit einem Hein-Jason-Rolf.

Und ich?

Ich war gefeuert.

Und Single.

Ich ließ mich auf den gemütlichen Sessel im Wohnzimmer fallen und wählte Marcs Nummer.

3. Kapitel

»Na, meine Schöne ...«, begrüßte Marc mich an der Haustür.

Er kam direkt aus dem Büro; das konnte ich sofort an dem tiefschwarzen, unfassbar gut sitzenden *Boss*-Anzug erkennen, den er gerade trug. Seine blauen Augen strahlten, als stünde ich gerade in einem roten *Bomb Playsuit* von *Agent Provocateur* vor ihm.

Allerdings hatte ich mir nicht im Entferntesten Mühe gegeben, mich für ihn rauszuputzen, sondern trug einen Nicki-Anzug, der bereits so ausgeleiert war, dass ich ihn sicher Trine zur Heingeburt mit ins Krankenhaus geben könnte.

»Du siehst absolut fabelhaft aus«, bestätigte Marc meine Einschätzung, dass die Verpackung gerade keine Rolle spielte. Binnen weniger Minuten würde sie doch sowieso neben, unter oder auf dem Bett liegen.

Marc war die beste Therapie – egal, ob ich Liebeskummer wegen eines anderen hatte, es im Job mal nicht lief oder ich einfach nur Entspannung brauchte. Er war das Allheilmittel für alles und immer da für die schönen Stunden. Seit über zehn Jahren trafen wir uns in unregelmäßigen Abständen. Ich wusste zwar, dass ab und an eine Frau in Marcs Leben trat, fragte aber nie weiter nach. Marc hielt es mit mir genauso. Er war der beständige männliche Part in meinem Leben, der, wann immer ich es wollte, wieder aktiviert wurde.

»Ach was ...« Ich winkte ab und bat ihn zur Tür herein.

Ich hatte ihn vermisst. Das merkte ich erst jetzt, in diesem Augenblick, in dem er vor mir stand. Er war groß und dunkelhaarig, hatte immer eine leicht sonnengebräunte, unglaublich weiche Babyhaut und roch wirklich fantastisch.

»Weinchen?«, fragte ich.

Es war unsere Standardfrage. Die Treffen liefen immer nach demselben Muster ab: Nach dem ersten oder zweiten Schluck Rotwein würden wir übereinander herfallen und ab da kein Wort mehr miteinander wechseln.

Marc hatte nie Lust auf tiefgründige Gespräche.

Einmal waren wir zusammen essen und danach im Kino gewesen, weil ich Marcs Überzeugung, dass wir uns nichts zu sagen hätten, widerlegen wollte.

Das war wohl der längste, stillste und traurigste Abend, den ich – neben der Live-Übertragung von Dianas Beerdigung alleine vorm Fernseher – je erlebt hatte. Somit blieb es bei gelegentlichen Treffen von kurzer Dauer ohne wechselseitige Beteuerungen unserer gegenseitigen Zuneigung.

Es war schon eine Weile her, seitdem wir uns das letzte Mal getroffen hatten. Damals war ich frisch getrennt gewesen, und Marc und ich hatten uns für unsere Verhältnisse sehr oft gesehen. Schließlich brauchte ich damals Trost; von Marc allerdings eher in physischer statt in psychischer Form. Aber es half, und darauf kam es an. Bei ihm wusste ich, was mich erwartete und was ich an ihm hatte.

Und auch diesmal hielt Marc, was sein Blick versprach. Nach dem zweiten Schluck zog er mich ohne Worte in mein Bett.

*

»Du bist die Beste!«, rühmte Marc später meine Aktivitäten der vergangenen zwei Stunden.

So, wie er mich gerade anlächelte, meinte er es tatsächlich ernst, das wusste ich. Bei jedem anderen hätte ich wahrscheinlich den *Ignore*-Button angeklickt, aber bei Marc ging das nicht. Es war eben Marc.

»Meinst du?«, fragte ich mit gespieltem Bambiblick. Ich wusste, dass der Blick bei Marc immer und unter allen Umständen funktionierte.

Heute war ein mieser Tag gewesen, sicher einer der miesesten in meinem bisherigen Leben. *Und wenn das Leben einem einen Sprühsahne-Nachschlag auf den fast leergegessenen Eisbecher in Aussicht stellt, dann soll man zugreifen,* dachte ich. *Und zwar richtig.*

»Du solltest noch mal überprüfen, ob ich wirklich die Beste bin«, flüsterte ich ihm ins Ohr. »Schließlich brauchst du handfeste Beweise.«

»Na dann!« Marc ließ sich nicht lange bitten. »Machen wir doch gleich noch mal den Gegentest. Nicht, dass mir am Ende einer vorwirft, das Ergebnis sei nicht wasserdicht.«

Lächelnd zog er mich an sich und küsste mich sanft mit seinen perfekten, weichen, fast herzförmig geformten Lippen auf den Mund.

Er ist *der Beste,* überlegte ich noch, bevor ich gar nichts mehr denken konnte.

*

Ein paar Stunden später saßen wir auf dem Bett, und ich begann, mich langsam wieder anzuziehen.

»Hör mal, Hase, ich muss dir was sagen.«

Marc druckste herum. Das war für ihn mehr als ungewöhnlich.

»Dass es dreimal toll war?« Ich grinste ihn an.

»Nein ... Ich meine, das schon ... Aber es ist was anderes.«

»Dass es superdupamegatoll war, erste Sahne, unverwechselbar und das Beste, was du je erlebt hast?«

Ich lächelte, streckte beide Arme aus, wuschelte mit den Händen durch meine wilden Locken und legte mich auf den Rücken. Ich fühlte mich seit gestern Morgen zum ersten Mal wieder wohl und entspannt.

»Nein, Süße, eher dass ... dass wir beide ... dass wir uns nicht mehr sehen können. Na ja, vorerst nicht. Oder gar nicht. Ich weiß es auch nicht.«

Marc schien erleichtert und ein wenig schuldbewusst zugleich zu sein. Er kräuselte die Stirn, zog beide Augenbrauen hoch und sah mich mit großen Augen an.

»Wie? Nicht mehr sehen? Warum denn? Ziehst du etwa weg?«

Ich war überrascht, aber auch gleichzeitig ein bisschen besorgt. Schließlich war Marc eine feste Instanz in meinem Leben, solange ich denken konnte, und ich wollte keinesfalls auf ihn verzichten.

»Nein, nein, ich ziehe nicht weg«, antwortete er langsam und nahm meine Hände in seine. »Es ist eher ... na ja ... ich habe da jemanden.«

»Was soll das heißen, du hast da *jemanden*? Du hast doch immer mal wieder eine gehabt! Du weißt doch, dass mich das nicht stört! Wir kennen uns doch schon so lange ... Mir macht es nichts aus, echt nicht!«, versicherte ich mit zittriger Stimme.

Ich verstand gar nichts mehr. Was sollte das Ganze denn auf einmal?

»Dir nicht, aber ihr, denke ich. Ihr macht es etwas aus. Wir wollen ... na ja ... wir wollen es festmachen.«

»Ihr wollt es *festmachen*?!?« Ich echote schrill in mein eigenes Ohr.

Dabei kam ich mir vor, wie in einer dieser amerikanischen Psycho-Satiren, in denen die Psychologen bei der Patientenbefragung immer nur die vorangegangenen Sätze wiederholten.

»Meine Mutter hat mich geschlagen.«

»Ihre Mutter hat Sie geschlagen?«

»Meine Mutter war alkoholabhängig.«

»Ihre Mutter war also alkoholabhängig?«

Ich setzte erneut an. Diesmal konzentrierte ich mich, um nicht ganz so schrill zu klingen.

»Was soll das heißen, ›festmachen‹? Inwiefern? Zusammenziehen oder was?«

»Also eigentlich wohnen wir schon zusammen. Sarah-Nadine ist zu mir gezogen. Vor ein paar Monaten ...«

Sarah-Nadine? Was ist das denn für ein Name? Ich musste meine Gedanken sortieren. *Zusammenziehen? Er, Marc? Der große Beziehungshasser und größte Gegner der festen Zweier-Lebensgemeinschaft, seit es diese überhaupt gibt?*

»Das ist ja mal eine Neuigkeit. Ich meine, du warst doch immer dagegen. Dieses ganze Wofür-gibt-es-so-viele-schöne Frauen-auf-der-Welt-Gerede und das Anti-Beziehungs-Gequassel – das war doch von dir! Ich versteh das nicht. Wieso jetzt auf einmal?«

Ich hatte das Gefühl, als rinne mir mein Leben wie Sand durch die Hände. Marc war mein letztes Sandkorn gewesen, eines, von dem ich dachte, dass es mir immer bleiben würde, egal wie viele Windhosen in meinem Leben wüteten. Und jetzt sollte mir eine bescheuerte Sarah-Nadine das auch noch mit ihrem swarovskisteinbestückten Handstaubsauger wegsaugen?

»Mit Sarah-Nadine ist es anders, Baby. So was habe ich überhaupt noch nie erlebt. Kein Einzwängen in spießige Normen, einfach nur … Es ist Liebe, denke ich. Sie hat sogar selbst vorgeschlagen, dass ich zu dir fahre und mit dir spreche. Sie sagte sogar, es wäre okay, wenn wir sozusagen Abschiedssex hätten. Sie ist wirklich anders als alle Frauen, die ich kenne.«

Ja, das kann man wohl sagen. Lass ihn frei, und er kommt von alleine, hatte schon Demi Moore gesagt. Na toll. Die Frau hatte Marc ganz klar eingewickelt und das auch noch mit einer brillanten Strategie. Sie wusste sicher, dass sie mit Verboten oder nervigem Kontrollieren bei einem Typen wie Marc nichts ausrichten konnte. Also machte sie das Gegenteil und fing ihn so ein. Sie musste ihn schon gut kennen.

»Sie sagte also, es sei in Ordnung für sie, dass wir Abschiedssex hätten?«, fragte ich ungläubig.

»Genau genommen sagte sie, es sei doch wichtig, sich richtig zu verabschieden. Und das sehe ich auch so«, fügte er hinzu.

Aha, so verabschiedet man sich heutzutage richtig.

»Wir haben uns auf der Arbeit kennengelernt. Wir sind auf einer Augenhöhe, sie ist echt eine besondere Frau. Sie ist – was soll ich sagen? – perfekt!«

Ich hörte ein lautes Hallen in meinem Kopf. *Perfekt-fekt-fekt-fekt …*

Ich konnte mir bildlich vorstellen, wie perfekt Sarah-Nadine war. Wahrscheinlich wog sie fünfzig Kilo bei einer Körpergröße von einem Meter achtzig. Und sie lächelte sicher den ganzen Tag und bewegte dabei ihren grazilen Körper, der spärlich in durchsichtige weiße Leinenfetzen gehüllt war, zum Takt von kubanischen Klängen, während sie Marc einen Caipirinha nach dem anderen zubereitete. Ihr langes, blondes, splissfreies Haar wehte dazu im Wind, der durch das geöffnete Fenster hereinströmte, und immer wieder warf sie es lasziv in den leicht gebräunten Nacken, wenn sie sich zu Marc umdrehte, der es sich inzwischen auf der weißen Couch inmitten von einem Meer weißer Orchideen mit einem Männermagazin bequem gemacht hatte. Jede Wette: Sarah-Nadine war eine Sauberfrau!

Sauberfrauen können zu jeder Zeit auf einem Segelboot einchecken und sehen klasse dabei aus – als ob sie gerade eben einer maritimen Bogner-Reklame entsprungen wären. Sie können zudem zu jeder Tageszeit spontan einen blend-a-med-Werbespot drehen. Sauberfrauen werden bei Douglas auch regelmäßig von Verkäuferinnen angesprungen, während ich meist mit einem eher gequälten Lächeln begrüßt werde.

Sauberfrauen kleiden sich grundsätzlich immer in Weiß. Und sie tragen vor allem grundsätzlich immer höchstens Größe 34. Und behaupten grundsätzlich immer, essen zu können, was sie wollen (»Ich liiiiiiebe Burger!« – »Ach ja? Dann iss mal!« – »Ach du, was ein Zufall, da hab ich doch gerade eben schon gegessen und bin noch sooo satt!«). Sauberfrauen haben auch grundsätzlich immer einen hervorragenden Stoffwechsel. Und sie kleckern nie, wenn sie essen.

Aber das Schlimmste an Sauberfrauen ist: Sie sind grundsätzlich immer unglaublich nett!

Oh nein!, dachte ich, *wie soll ich es mit einer Sauberfrau aufnehmen?* Seine dämliche Schwärmerei würde ich keine Minute länger ertragen.

Es war *mein* Marc! *Ich* war *seine* Nummer eins! Seit Jahren! Egal, welche Cindys und Sandys bei ihm aus und ein gingen – ich konnte mich immer darauf verlassen, dass er nach einem kurzen Anruf vor meiner Tür stand.

»Und was heißt überhaupt Abschiedssex? Das ist doch nicht dein Ernst, oder?«, fragte ich immer noch ungläubig.

Hab ich was verpasst? Vor wenigen Minuten liegt er noch auf mir, und jetzt macht er quasi Schluss? So fühlte es sich also an, wenn das eigene Sexleben auf den Scheiterhaufen getragen wurde.

»Na ja, ich dachte, du würdest dich auch freuen. Immerhin waren es ja einige Jahre …«

Klar.

Ich freute mich.

Und wie.

Ich war kurz davor, Luftsprünge zu machen und laut aus dem Fenster zu schreien, wie *sehr* ich mich freute!

Die komplett unterschiedliche und meist gegensätzliche Wahrnehmung von Männern und Frauen war mir selbst mit dreißig noch ein Rätsel.

Er konnte doch nicht ernsthaft glauben, dass ich mich freuen würde, eine derartige Mitteilung direkt nach dem phänomenalen Sex gerade eben zu bekommen?

»Ich freue mich nicht, Marc, und ich verstehe das auch nicht. Diese Sarah-Irgendwas da ist doch nicht die erste Bekanntschaft, die du hast, und meinetwegen wohnt ihr zusammen, und du sagst ja selbst, sie hat nichts gegen mich, also warum dann so endgültig?«

Ich hörte mich selbst, ich klang richtig verzweifelt. Seit der dämlichen Kündigung lief aber auch wirklich alles schief! Irgendwie kommt immer alles auf einmal. War das jetzt auch Murphy's Law?

»Ich … also wir … Ich glaube, wir sind verlobt. Wir wollen heiraten. Es ist aus mit uns, Charlotte.«

Mir stockte der Atem. Seine Worte waren wie ein Stich mit einem stumpfen Brotmesser in die Magengrube. Ich hielt mir den Bauch, mir wurde schlagartig speiübel.

Ver-lobt.

Hei-ra-ten.

Mein Marc.

Das war doch blanker Hohn! Er musste doch selber merken, wie lächerlich sich das anhörte.

Ich hatte mir nie darüber Gedanken gemacht, wie es mit uns beiden weitergehen würde, wenn ich einmal heiraten würde oder zumindest wieder eine ernsthafte Beziehung hätte.

Und dass *er* einmal unsere sogenannte Freundschaft beenden würde, das war mir nie in den Sinn gekommen.

*

Als ich die Tür hinter ihm schloss und die Bilder in meinem Kopf wirr durcheinanderflogen, schossen mir heiße Tränen in die Augen. *Vielleicht wäre er doch der Richtige gewesen? Der Eine? Vielleicht hätten wir es einfach noch mal anders versuchen sollen? Vielleicht doch mehr reden? Was wäre, wenn die klare Sicht auf den besten Mann meines Lebens nur durch guten (außerordentlich guten) Sex vernebelt war? Man sagt doch, in den sogenannten ernsten Beziehungen spielt Sex eine untergeordnete Rolle, war es nicht so?*

Die Gedanken an die vielleicht größte verpasste Chance meines Lebens zermarterten mein Hirn. Um nicht weiter darüber nachdenken zu müssen, musste ich mich mit etwas anderem beschäftigen.

Ich holte mein Handy aus der Tasche.

Wer ist es diesmal?

Dann suchte ich *Renate Handy* in meiner Kontaktliste und schickte die Nachricht ab.

Waren SMS ins Ausland eigentlich teurer? Oder nur, wenn man sie dort erhielt? Ich musste jetzt sparen. Solche horrenden Telefonrechnungen wie früher konnte ich mir nicht mehr leisten. Aber ich hatte ja schon aufgehört, meiner Mutter in alle Teile der Welt nachzutelefonieren, um sie ausfindig zu machen und zu überreden, doch wieder nach Hause zu kommen. Sie kam erfahrungsgemäß von alleine wieder, wenn die große Liebe sich als Luftblase entpuppte.

Ich leistete dann meist tagelang Aufbauarbeit bei ihr, bei der immer sehr viel Sekt eine Rolle spielte, in Härtefällen auch Wodka.

Jetzt könnte ich eine derartige Aufbaukur auch mal gebrauchen. Und zwar die harte. Aber mehr als kurze SMS waren wohl nicht drin.

Nach wenigen Sekunden kam bereits eine Antwort.

Diesmal ist es anders. Bin auf Eisbrecher mit Jörn. Bin jetzt Kapitänsfrau. Renate

Eisbrecher? Das war wirklich mal was Neues. Ich betrachtete es von der praktischen Seite. Zumindest musste ich so mit meiner Mutter nicht ständig über meine desolate Situation sprechen und mich zu meinen nicht vorhandenen Zukunftsplänen äußern.

Renate war eben anders, damit hatte ich mich längst abgefunden. Früher war ich immer neidisch auf meine Freundinnen gewesen, deren Mütter ihnen liebevoll bis zum achtzehnten Lebensjahr die Butterbrote geschmiert und das Bett gemacht hatten. Meine Mutter hingegen feierte den achtzehnten Geburtstag meines jüngsten Bruders Till offiziell als *Independence Day* und aß die Torte selbst.

Jetzt hatte Renate also wieder mal die große Liebe gefunden.

Die fiese Zänker, der Schädler, das Kündigungsgespräch, Monas und Trines Traumleben und Marcs dämliche Size-Zero-Zicke und die Tatsache, dass selbst meine Mutter jemanden hatte, der sie anscheinend glücklich machte – das war zu viel. Meine Tränen tropften mit einem leisen *Plopp!* auf das teure Parkett.

Es war nun offiziell: Ich war der einsamste Mensch auf diesem beschissenen Planeten.

4. Kapitel

»Ach du liebe Zeit! Charlotte, du siehst ja aus wie der Joker!« Paul sah mich mit dem Blick eines Mitleidenden an, der sich gleichzeitig Sorgen macht, seinen Erstgeborenen an eine derartig gefährdet erscheinende Person abzugeben.

»Ach, Paul, sag nichts«, erwiderte ich resigniert.

Nachdem Marc gegangen war und ich eine halbe Stunde alleine vor mich hin geheult hatte, hatte ich mich für Howard Carpendales *Ti amo* in der Endlos-Repeat-Version und Martini entschieden. Ohne Olive.

Das sah man mir anscheinend gerade mehr an, als es mir lieb war.

»Und diese Ringe da unter den Augen!«

Paul sah wirklich erschrocken aus, als er Finn durch die Eingangstür in meinen Flur schob. Er zog ihm weder die Jacke aus, noch machte er irgendwelche anderen Anstalten, die darauf hindeuteten, dass sein Sohn die nächsten Tage bei mir bleiben würde.

»Das ist Mascara«, gab ich apathisch zurück. »Kleiner Absturz gestern Abend. Nach allem, was passiert ist, darf man sich das doch mal gönnen, oder?«

»Ich hab's schon gehört, Charlotte. Trine hat das mit dem Job erzählt. Tut mir ehrlich leid. Und jetzt kommen wir auch noch und bitten dich, Finn zu nehmen. Vielleicht sollten wir das einfach vergessen, und ich melde mich im Büro krank, hm?«

Der gute Paul! Hatte immer für jeden und alles Verständnis. Kein Wunder, er war ja auch mit Trine zusammen. Da konnte man nur stoisch werden.

»Ach was! Nein, auf keinen Fall. Ich passe gerne ein paar Tage auf Finnilein auf. Wozu hat man denn Patentanten, nicht wahr, Finni?«

Finnilein hatte es ebenfalls nicht für nötig befunden, sich seiner Jacke und Schuhe zu entledigen, und hüpfte bereits auf meiner beigen Couch herum, während er unverständliches Zeug vor sich hin summte. Es konnte ein frei interpretierter Remix von Rolf Zuckowskis *Alle machen Fehler* und *Wie schön, dass du geboren bist* gewesen sein, hörte sich aber eher an wie *Ryrksnglynks*. Ich wusste es nicht so genau.

Ich hatte natürlich sofort Ja gesagt, als Trine und Paul angerufen hatten, um zu fragen, ob ich Finn nehmen könne. Paul musste öfter auf längere Dienstreisen und Trine wegen einiger kleinerer Schwangerschaftskomplikationen gerade immer wieder längere Phasen liegen. Deshalb konnte sie Finn nicht vollends gerecht werden, wie sie sagte.

Die Frage, die ich mir allerdings stellte, als ich meinem Patenkind dabei zusah, wie es Zookekse aus der mitgebrachten Tupperdose zuerst einspeichelte, um sie dann in den weichen Sofastoff einzuarbeiten, war allerdings, ob *ich* das konnte.

»Wirklich, Charlotte, du musst dich nicht verpflichtet fühlen …«

Ich schrieb Pauls Rückzug eher auf mein desaströses Aussehen zurück als auf seine Sorge bezüglich meiner schwierigen Situation.

»Jetzt hör schon auf«, versuchte ich, den besorgten Paul zu beschwichtigen. »Ich springe gleich schnell unter die Dusche, und nach ein oder zwei Aspirin bin ich zu hundert Prozent wiederhergestellt. Versprochen.«

Pauls Gesichtsausdruck wirkte zwar immer noch leicht zweifelnd, aber seine vor Besorgnis stark gekräuselte Stirnfalte lockerte sich immerhin ein wenig.

In Finns Richtung flötete ich zusätzlich noch ein: »Und wir beide machen es uns heute richtig nett, was meinst du?«

Finn schien unbeeindruckt von meinem aufkeimenden Engagement, ihn für seinen Aufenthalt bei mir zu begeistern, denn seine vorrangige Aufmerksamkeit trug er weiterhin der eingespeichelten Keksmasse zu. Nun galt es, die Reste sorgfältig in die einzelnen Sofaritzen zu verteilen.

»Äh … Ja, dann bin ich mal weg …«

Paul stellte Finns Rucksack ab und deutete eine zögerliche Umarmung an. Wahrscheinlich roch ich ein wenig mehr nach Alkohol als nötig.

»So, mein Großer, der Papa ist jetzt mal weg, ja?«

Finn interessierte sich weder für seine neue Vollzeitbetreuung noch dafür, dass Paul sich jetzt verabschiedete. Er hatte inzwischen meine DVD-Sammlung entdeckt und hatte enorm viel Spaß dabei, die DVDs in den Originalhüllen zu vertauschen.

Was soll's, dachte ich, *ich bin arbeitslos, sehe aus wie der Joker, und selbst der unerschütterliche Paul wird nervös, wenn er mich trifft. Was machen da ein paar vertauschte DVDs?*

Als ich jedoch zwanzig Minuten später aus dem Badezimmer zurück ins Wohnzimmer kam, traf mich fast der Schlag. Finn hatte die Wohnung in ein Schlachtfeld verwandelt. Spätestens jetzt würde es Sinn machen, dass Michael Winterhoff eine Fortsetzung namens *Warum unsere Patenkinder Tyrannen werden* schrieb.

»Okay, Finn. Wir müssen hier raus. Und zwar dringend.«

»Zoo-oooooo-ooooo-ooooo!«, schrie Finn wie auf Bestellung.

Na dann, dachte ich, *das klingt nach Lösung. Vielleicht behalten sie Finn auch gleich da.*

Ich suchte in Finns Rucksack nach geeignetem Schmutzmaterial, wie Trine es immer nannte. Die Tasche war vollgestopft mit Sachen für mindestens sieben Tage (mich überkam ein winziger Angstschock) und mit allem, was nicht gerade zum warmen Frühlingswetter passte, zum Beispiel der dicke Winterpulli mit Elchaufdruck. Typisch Trine.

*

Auf dem Weg zur Bushaltestelle quengelte Finn bereits nach einer Minute los: »Zo-o, o-o! Ho-ho!«

»Schatz, wir gehen jetzt erst mal zum Bus, da kannst du am Fenster sitzen, okay?«

»Zo-o, Zo-o! Ho-ho!«

Finns Tonlage war etwas zu schrill für meinen Geschmack, und ich hatte Angst, dass er im Bus eine Szene machte. Das hatte ich schon oft erlebt – bisher war ich allerdings immer diejenige *ohne* Kind gewesen.

Jedes Mal, wenn ich Bus oder Bahn fuhr und einen Sitzplatz ergattert hatte, saß ich entweder neben einem Alkoholiker, einem Knoblauch und Schweiß ausdünstenden Schwergewicht oder einer Mutter mit Kleinkind.

Letzteres war für mich das Allerschlimmste. Sämtliche Situationen, in die Mütter und Kinder involviert waren, endeten in wildem Geschrei, auf dem Boden liegenden und um sich tretenden kleinen Monstern und deren meist weiblichen Erziehungsberechtigten, die etwas sagten wie: »Torben, wir hatten doch ganz klar besprochen, dass so etwas nicht vorkommt!«, oder ähnlich Sinnvolles.

Der Bus kam, und wir stiegen ein. Ich platzierte das mittlerweile auf sicher zweihundertfünfundachtzig Dezibel quengelnde Terrorpaket und mich weit vorne, nahe am Ausgang. Nur zur Sicherheit, falls Finn spontan das natürliche Bedürfnis überkommen sollte, sich kreischend auf dem Boden zu wälzen. Einmal hatte er sich vor lauter Geschrei sogar übergeben müssen. Mir war so etwas immer unfassbar peinlich. Ich bewunderte Trine für ihre nie zu enden scheinende Gelassenheit.

»Eis! Ah-ha-heisss!!!«, forderte Finn lautstark.

Ich wusste bereits jetzt, dass mein Guthaben auf dem Nettigkeitenkonto bei Trine nach dem heutigen Tag ins Unermessliche steigen würde.

*

Die Zooschlange war lang. Länger, als ich erwartet hatte. Es waren sicher zwanzig Leute vor uns. Mütter mit Kindern und vollgepackten Rucksäcken, Väter mit Kinderwagen und schmusende Pärchen.

Wo kommen denn all die Menschen her – muss denn hier niemand arbeiten?

»Eiiiiiiiiiiiiiis!«

Finn war ein wirklich ehrgeiziges Kind, das musste man ihm lassen. Zumindest wenn es um sein Quengeldurchhaltevermögen ging.

»Ganz schön nervig manchmal, die Kleinen, was?«

Ich drehte mich um. Hinter mir stand ein dunkelhaariger Mittdreißiger, der mich sympathisch anlächelte. An seiner Hand hatte er ein kleines Mädchen, das ungefähr in Finns Alter sein musste.

»Ja.« Ich lächelte unsicher zurück. »Manchmal schon.«

Hoffentlich kommt jetzt nicht der Spruch mit dem Sie geben einem aber dafür so viel zurück, dachte ich, *den benutzen sie doch immer alle.*

»Sie geben einem aber dafür so viel zurück«, sagte der Mittdreißiger.

Ich kämpfte mit mir, jetzt nicht die Augen zu verdrehen.

»Keine Sorge, war 'n Scherz!« Er lachte. »Ich habe gerade Ihr Gesicht gesehen. Mit Authentizität haben Sie schon mal keine Probleme.« Sein Lachen wurde zu einem breiten Grinsen.

Was soll das denn jetzt?

»Von meinen Problemen haben Sie ja wohl keine Ahnung«, wetterte ich zurück.

Was meint der Typ denn bitte, wer er ist? Mich so von der Seite anzumachen, und dann noch mit Kind. Zu Hause sitzt wahrscheinlich seine Frau gerade hochschwanger mit dem zweiten, und er kümmert sich um meine Probleme.

»Tut mir leid, ich wollte nicht nerven.« Er wandte sich wieder ab. »Das war nur nett gemeint.«

»Schon gut.«

Ich sah ihn mir aus dem Augenwinkel noch mal genauer an. Dass er schlecht aussah, konnte man nicht behaupten. Im Gegenteil. Dunkle Haare, helle Augen, markantes Gesicht. Im Grunde genau das, worauf ich immer wieder aufs Neue ansprang. Aber junge Väter beim Marktwerttest waren nicht mein Ding.

»Ganz schön viel los hier heute«, versuchte ich es jetzt in nett.

»Ja, wegen des Eisbärbabys. Sie haben doch sicher auch im Fernsehen davon gehört.«

Eisbärbaby? Gibt denn jeder Zoo direkt eine Pressemittei-

lung an Frauke Ludowig ab, wenn ein neuer Sohlengänger geboren wird?

»Ehrlich gesagt, nein«, gestand ich.

Ob ich jetzt eine schlechte Patentante bin?

»Ist die Sensation hier, diese Saison«, erklärte er.

»Dann sind Sie also öfter hier?«

»Ja, in der Tat«, gab er zurück und deutete lächelnd auf das kleine Mädchen an seiner Hand. »Maya und ich besitzen Dauerkarten. Eigentlich müssten wir gar nicht in dieser Schlange anstehen«, er lächelte und zuckte mit den Schultern, »aber ich bringe Maya gerade das Teilen und das Verzichten bei, und da passte es irgendwie nicht so richtig, sich hier vorzudrängeln.«

Oh, dämmerte es mir, *auch noch ein Übervaterexemplar.*

»Wie viele Personen?«, donnerte es aus dem Eintrittskartenhäuschen.

Eine mittelalte Matrone mit Dutt sah mich mit hochgezogenen Augenbrauen und zusammengekniffenen Augen ungeduldig von ihrem Hochsitz aus an, als ob ich ein Reh sei, das es zu erlegen galt.

»Äh … eine und … ähm … eine halbe?«

»Halve han mir nit«, gab die Matrone unbeeindruckt zurück.

»Ich meine ihn hier.« Ich deutete auf Finn. »Mein … ähm … das Kind.«

»Wie ald?«

»Drcißig. Wicso? Spiclt das cinc Rollc?« Ich wunderte mich.

Sah ich etwa so jung aus, dass man mir kein Kind zutraute? Das war neu.

»Hat sich god gehalde, für dressig.« Die Frau versuchte sich offensichtlich an einem Scherz. »Sagen Se mir jetz nit, dat der do Benjamin heiß, wie der … der met dem Knopp do …« Der Matronendutt wackelte und hüpfte beim Lachen wild hin und her.

»Button, Benjamin Button. Und nein, heißt er nicht«, gab ich säuerlich zurück. »Was ist denn jetzt mit ihm?«

»Wie ald?«, wiederholte die Matrone stoisch.

Denk nach, Charlotte, wie alt ist Finn noch mal? Ich versuchte, alle Kindergeburtstage der letzten Jahre abzurufen. Ein grauenhaftes Erlebnis nach dem anderen spulte sich in meinem Kopf ab, ein Best-of aller je mit Finn erlebten Katastrophensituationen.

Finn übergibt sich auf mein teuerstes Mexx-Kostüm: 1. Geburtstag.

Finn und sein Freund Kevin übergeben sich auf mein neues Sommerkleid vor meinem erstem Date mit (inzwischen) Exlover Bernd: 2. Geburtstag.

Schaumkussschlacht mit mir als Ziel: 3. Geburtstag.

Hatte ich was vergessen? War da ein vierter Geburtstag irgendwo, den ich verdrängt hatte? War da nicht mal was mit Körperfarben und einem weißen Hosenanzug …? Wann *hatte* Finn überhaupt noch mal Geburtstag?

»Frollein, kumme Se ens zo Potte hee.« Die Matrone holte mich zurück in die Realität. »Se weede jo wall noch wesse, wie ald Üür Kind is, wa?«

»Na ja, so zwischen drei … und fünf. Und überhaupt, es ist nicht …« Ich biss mir auf die Lippen. Was ging den alten Wackeldutt an, ob Finn nun mein Kind war oder nicht.

Jetzt lachte der Übervater hinter mir sogar laut.

»Han Se dä Thriller *Entrissen* gelese?«, meldete sich die Matrone wieder zu Wort. »Do is och su en Verzwiefelte, die 'ner Mutter dat Kind usem Buch …«

»Zwei Erwachsene, bitte.«

Der Zoo war genauso voll, wie man nach der langen Schlange am Eingang hätte erwarten können. Ich konnte es nicht fassen, aber ich war bereits leicht gestresst, obwohl wir noch kein einziges Tier besichtigt hatten. Dabei hatte ich mich eigentlich auf den Zoo gefreut, denn mit Tieren erging es mir wie mit Kindern: Solange es nicht meine eigenen waren, fand ich sie recht unterhaltsam – zumindest die meiste Zeit.

»Eii-iiis!«, brüllte etwas an meiner rechten Hand.

Finn hatte die Warterei ebenfalls zugesetzt, und wie ich ihn kannte, witterte er seine Chance auf Wiedergutmachung. Aber so leicht wollte ich mich nicht geschlagen geben.

»Komm, Schatz, erst gehen wir ein paar Tiere ansehen, und dann machen wir eine Pause, und da gibt's dann Eis, ja?«

Vielleicht sollte ich Trine *Warum unsere Kinder Tyrannen werden* noch schenken, bevor ich Herrn Winterhoff eine schriftliche Aufforderung zukommen ließ, sein neues Buch über den Umgang mit Patenkindern zu schreiben?

»Inguine, Inguine!!!«, brüllte das Anhängsel an meiner rechten Hand jetzt weiter.

»Erst kommt der Pavianfelsen, Finn, und danach gehen wir dann zu den Pin-gu-i-nen, ja? Mit Peee!«

Ich konnte es nicht lassen, Finn ständig zu verbessern. Alte Lektorenkrankheit. Trine hasste es. Aber Finn sollte doch in seinem Alter wenigstens *Pinguine* sagen können?! Ich kannte mich mit dem Entwicklungsstand der Drei bis irgendwas-Mitte-Fünfjährigen zwar nicht aus, aber …

»Da!«, schrie Finn und zeigte auf ein eselpferdartiges Wesen. »Przewalskipferd!«

Aha, ging doch.

Am Pinguinbecken ging es gerade wild zu, die Fütterung stand an. Das Pinguingehege war in zwei Bereiche aufgeteilt: Ein Teil war umgeben von einer hohen Glaswand, an der das Wasser emporpeitschte und man die kleinen Vertreter in Herrenanzügen beim Schwimmen beobachten konnte. Der andere Teil war nur andeutungsweise von einer mittelhohen Felssteinmauer umgeben. Die Granitplatten gingen kaum bis zur Hüfte und sollten wohl den freien Blick auf das Gehege nicht stören.

»Siehst du, Finn«, erklärte ich, »da kannst du gleich auch sehen, wie Pinguine essen. Das ist doch toll!«

Als ich die kleinen dicklichen Zeitgenossen sah, erinnerte ich mich an ein Gespräch mit Renate, das wir geführt hatten, als ich ungefähr so alt war wie Finn heute. Ich hatte meine Mutter gefragt, wo Eskimos denn lebten.

»In Iglus, das sind Häuser aus Eis«, war Renates Antwort gewesen.

»Und was passiert, wenn Sie ausziehen?«

»Womit?«

»Mit den Häusern.«

»Die bleiben dann leer.«

»Wieso?«

»Keine Ahnung …«

Renate wirkte bei derartigen Fragen schon damals immer schnell verzweifelt.

»Aber es könnten doch die Pinguine einziehen?!«

»Theoretisch ja …«

Auch das war keine gute Antwort.

»Was heißt das?«

»Ich weiß es nicht«, sagte sie matt. »Heute ist kein Fragewetter.«

»Aber vielleicht Pinguinwetter?«

»Auch kein Pinguinwetter, Kind.«

Bis heute stellte ich mir ständig Fragen dieser Art, die nicht ganz so einfach zu beantworten waren. Was geschieht also nun mit den leerstehenden Iglus? Oder: Wo ist der Unterschied zwischen Raben und Krähen? Gibt es überhaupt einen? Und warum dreht sich der Uhrzeiger von links nach rechts und nicht andersrum?

Inzwischen hatte ich wenigstens einen besten Freund, der mir diese Fragen beantworten konnte: *Wikipedia*.

Ich wäre sicherlich noch länger in Gedanken versunken geblieben, wenn mir nicht diese seltsame und in Gegenwart von Finn immer beunruhigende Stille aufgefallen wäre.

»Finn?«

Wo war er hin?

»Fiiiinn! Fi-hinn!!!«

Ein winziger Moment Unaufmerksamkeit rächte sich in Sekundenschnelle. Ich sah nur noch, wie Finn flitzbogenartig Richtung Felsmauer rannte, hinter der die Wärter bereits die Fischeimer deponiert hatten. Mit spontan einsetzender Schnappatmung rannte ich hinterher. Ein Patenkind ersetzte also auch noch ein Fitnessstudio.

Na, einen Drei-bis-Mitte-Fünfjährigen werde ich ja wohl noch einholen, dachte ich.

Aber Finn war um einiges schneller, als ich erwartet hatte. Mit einem gezielten Sprung hüpfte er auf einen der ausstehenden Felsvorsprünge und zog sich an der Mauer hoch.

Oh Gott, betete ich nur noch, *bitte nicht …!*

In Slow Motion konnte ich Finns Balanceakt auf der Felsmauer verfolgen. Er trippelte, wankte, kippte – und war weg!

Meine rettende Hand griff in letzter Sekunde ins Leere.

»Fii-iinn!«

Mein Schrei war so hoch, dass er sicher nur noch für Delfine hörbar war. Schlagartig konnte ich keinen klaren Gedanken mehr fassen (außer vielleicht: *Wenn du das überlebst, Junge, bringe ich dich eigenhändig um die Ecke!*).

Ich stand wie zur Salzsäule erstarrt vor dem Gehege. Ein engagierter Besucher mit Fernglas und Tennissocken in beigen Sandalen winkte einen Tierpfleger herbei, sofort entstand ein lautes Raunen unter den Besuchern.

Ein junger Mann neben mir hechtete mit einem gekonnten Seitwärtssprung über die Felswand.

»Nichts passiert!«, schrie er von unten und hielt den rechten Daumen hoch.

Gott sei Dank! Ich hatte mir schon das Horrorszenario ausgemalt, in dem ich Trine und Paul beichten musste, dass Finn halb ertrunken in Pinguinpipi im Krankenhaus liegt.

Aber Moment mal … War Finns heldenhafter Retter nicht der Family-Man aus der Warteschlange?

5. Kapitel

»Darf ich mich diesmal richtig vorstellen?« Der spontane Retter lächelte mich an. Er atmete noch angestrengt von seinem soeben vollführten Hechtsprung und hatte die Hände in die Hüfte gestemmt, um besser Luft zu bekommen.

»Mein Name ist Eric, und das ist Maya.« Er deutete auf das kleine blonde Mädchen, das Finns Rettungsaktion aufgeregt und mit klatschenden Händen beobachtet hatte.

Ich befand mich immer noch in einer Art Schockstarre, konnte nicht fassen, was gerade passiert war.

»Ähm, ha! Ja, also, erst mal ... Danke!«

Wie bedankte man sich bei einem wildfremden Kerl, der einem soeben etwa zweihundertachtundneunzig Vorwürfe und lebenslangen Stress mit Patenkindeltern erspart hatte? Ich deutete eine Geste der Umarmung an.

»Und wir beide, Freundchen, wir reden später noch mal«, zischte ich aus dem Mundwinkel in Richtung Finn.

Der schien von seiner eigenen Courage selbst überrascht zu sein und war zur Abwechslung einfach mal still. Jeder ADHS-Therapeut hätte wohl seine helle Freude an diesem Kind.

»Kein Thema«, wiegelte Eric ab, »das hätte doch wirklich jeder getan. Sie können froh sein, dass er sich nicht das Luchsgehege ausgesucht hat.« Er grinste.

Süß irgendwie, dachte ich.

»Und Sie sind ...?«, fragte er, immer noch umwerfend lächelnd.

»Oh! Ja. Äh … Also mein Name ist Sander, und das Terror-Kommando hier ist … äh … Finn.«

»Sander? Seltsamer Name …«

Oh Mann, Charlotte! Geht's auch ein einziges Mal nicht peinlich?

»Äh, ich meinte natürlich Charlotte. Sander ist mein Nach…äh…«

»So ähnlich hatte ich mir das auch schon gedacht.« Er lachte wieder.

Super Einstieg, Charlotte. Unschlagbar. Sexy. Eloquent.

»Hallo Finn«, begrüßte Eric das Häufchen Elend neben mir. »Das ist Maya. Mögt ihr vielleicht auf den Spielplatz, damit wir uns von dem Schock erholen können?«

Finn nickte stumm, während er die freudig strahlende Maya misstrauisch beäugte. Als sie ihm jedoch ihr kleines Händchen entgegenstreckte, war das Eis gebrochen. Ohne Worte.

Es ist wie ein Wunder, dachte ich, *diese Stille!*

Finn schien offensichtlich immer noch ein wenig erschrocken zu sein.

Der Zoospielplatz war nur ein paar Schritte entfernt, und wir schlenderten gemütlich darauf zu. Maya zog Finn in einen der bunten Drehkreisel, und ich entdeckte eine freie Holzbank direkt davor. Finn konnte man ja nicht lange aus den Augen lassen, er würde sich sicher schnell von seinem Schock erholt haben.

»Puh, nach dem Erlebnis muss ich mich erst mal ausruhen«, stöhnte ich und ließ mich ungraziler als beabsichtigt auf die Holzbank plumpsen.

Eric setzte sich neben mich. »Ja, das war schon aufregend. Aber nichtsdestotrotz sind Kinder das Beste, was einem passieren kann«, resümierte er die nervenaufreibende Situation, die sich in diesem Augenblick langsam wieder zu entspannen schien. »Maya und ich sind wirklich oft hier«, erzählte er weiter, »aber so etwas ist uns noch *nie* passiert.« Er lächelte mich wieder an.

Grübchen, dachte ich, *auch das noch.*

»Wir sind zum ersten Mal hier …«, begann ich, »zumindest alleine.«

»Mmh … Als Mayas Mutter noch bei uns war, waren wir auch oft zu dritt hier«, sagte er ganz beiläufig.

Ich konnte meine Neugier kaum verbergen. Hieß das nun, dass er geschieden war?

»Das heißt, Sie sind auch alleine mit … Wie heißt der kleine Terrorkeks noch? Finn?«, fragte Eric interessiert.

»Ja, also … na ja … zumindest die nächste Zeit«, stammelte ich.

»Das finde ich großartig, wie Sie das formulieren. So … so positiv. Ich schätze das sehr an Menschen. Wenn man nicht davon ausgeht, dass eine Trennung das Ende bedeutet. Großartig finde ich das.«

Ich öffnete den Mund, um etwas zu sagen, aber Eric unterbrach mich.

»Aber er ist ja ein … ich sag mal … aufgewecktes Kind.«

Eric deutete mit dem Kinn auf Finn und Maya, die an dem direkt neben dem Spielplatz angrenzenden Flamingogehege standen und einem der großen rosa Vögel entgegenschrien, ob er denn tatsächlich nur ein Bein habe.

»Er scheint offensichtlich nicht allzu sehr unter der Situation zu leiden«, stellte Eric fest.

Ich sah ihn anscheinend irritiert an, denn er ruderte sofort zurück.

»Tut mir leid. Das geht mich nichts an. Ich bin oft etwas zu neugierig«.

Ich war froh, dass er nicht weiter nachbohrte. Mir war das ganze Kinderthema sowieso zu viel, und er hatte recht: Was ging ihn meine Situation an? Wenn er mich für die hippe Alleinerziehende halten wollte – bitte! Wir würden uns sowieso nie wieder sehen.

»Verzeihen Sie mir noch einmal?«

Er entschuldigt sich bei mir für seine Aufdringlichkeit? Verdammt, wie süß ist das denn?

»Natürlich.« Ich atmete auf. »Kein Problem. Ich bin selbst auch immer viel zu neugierig.«

»Eis?«, fragte Eric.

»Klar!«

Das hatten wir uns jetzt redlich verdient.

Eric war wirklich neugierig. Allerdings erzählte er ebenso gerne von sich, und so erfuhr ich, dass Maya bei Eric aufwuchs und er freiberuflich als Grafiker von zu Hause aus arbeitete, während sie im Kindergarten war. Er schien mit der Alleinerziehender-Vater-Nummer wenig Probleme zu haben, und ich hatte das Gefühl, dass er die ungeteilte Aufmerksamkeit von Maya sogar genoss. Seine stahlblauen Augen strahlten regelrecht, wenn er von ihr erzählte. Es imponierte mir, und ich fand die Vaternummer erstaunlicherweise sogar irgendwie sexy – wobei mich allein dieser Gedanke schon wieder schockierte. Kinder waren nun echt nicht mein Thema, und Väter somit erst recht nicht.

Trotzdem: Ein zauberhaftes Exemplar des gemeinen Alleinerziehenden, dachte ich noch, bevor ein gellender Schrei uns aufschrecken ließ.

»Maaaa-iiiiiiin Eiiiii-iiiiiiiiiiiiiiiiss!«, brüllte Maya heulend.

Finn hatte ihr mit einer unkoordinierten Bewegung das

Eis aus der Hand gehauen. Nun tropfte es langsam an Mayas leichtem Baumwollkleidchen hinunter auf ihre kleinen rosa Sandalen und bildete um ihre Füße eine dickflüssige Eislache. Der grobmotorische Eislachenverursacher stand schuldbewusst vor ihr.

»Ach Finn«, stöhnte ich, »jetzt ist aber genug!«

Ich war sauer. Konnte dieses Kind nicht einmal wenigstens eine Stunde am Stück Ruhe geben? Wie hielt Trine das in Gottes Namen nur aus?

»Warum hast du nicht besser aufgepasst?«, fragte ich ihn, während ich ihm seinen eisbekleckerten Arm mit einem Feuchttuch abwischte, das Eric mir netterweise angereicht hatte, als er begann, Maya ebenfalls mit einem zu bearbeiten.

»Du kostest mich heute echt den letzten Nerv«, raunte ich Finn zu. Und mit einem Blick Richtung Maya fügte ich noch im strengen Ton hinzu: »Und bei Maya kannst du dich jetzt wenigstens mal entschuldigen.«

Finn stampfte mit dem Bein auf und schüttelte den Kopf. Dann streckte er ihr die Zunge raus und verschränkte seine Arme. *Na fein*, dachte ich, *auf dem Nachhauseweg kaufe ich dieses verdammte Erziehungsbuch, koste es, was es wolle.*

Eric betrachtete uns und lachte. »Ach was, das ist doch völlig normal. Sie testen sich eben aus in dem Alter.«

»Ja, das mag schon sein«, antwortete ich, »aber rund um die Uhr?«

»Manchmal auch rund um die Uhr. Aber er wird ja sicher auch ab und zu bei seinem Vater sein, oder?«

Irgendwie fand ich diese Ich-bin-alleinerziehend-und-du-auch-wir-teilen-dasselbe-Leid-Nummer immer noch ganz witzig und wollte dieses verbindende Gefühl nicht zerstören. Darum beließ ich es bei einem leisen: »Hmhm …«

»Das finde ich auch wichtig. Ein Kind sollte ein Anrecht

auf beide Elternteile haben. Allerdings ist es bei Maya in der Tat nicht so einfach.«

Ich fragte lieber nicht weiter nach. Was gingen mich auch seine Probleme bezüglich Mayas Mutter an?!

Es war allerdings interessant, wie schnell wir beide eine Wellenlänge gefunden hatten, und ich bedauerte fast Finns Schmieraktion mit dem Eis, die die Begegnung jetzt so abrupt beendete.

»Wir müssen jetzt leider los«, sprach Eric meine Befürchtung aus. »Maya muss sich umziehen. Das ist ein wenig viel Eis für so ein kleines Kleidchen. Nicht, dass man mir am Ende noch Verwahrlosung vorwirft!« Er zwinkerte mir zu.

»Ja, das ist eher mein Part.«

Als wir uns verabschiedeten, überlegte ich kurz, ob ich ihn noch nach seiner Nummer fragen sollte, verwarf den Gedanken dann aber sofort wieder. Schließlich hätte er auch fragen können, und da er dies nicht tat, schien sein Interesse an einem Wiedersehen bedeutend geringer bis gar nicht vorhanden zu sein.

Langsam verstand ich jedoch, was Mona und ihre anderen Single-Freundinnen immer meinten, wenn sie sagten, dass Väter einen gewissen Sex-Appeal mitbrächten. Nur mit dem Zusatz, dass sie eben leider bereits »besetzt« oder gerade frisch geschieden und bindungsgestört seien oder ähnliche Probleme hätten. Eric war wirklich sehr attraktiv, aber das war es nicht einmal, was mich so faszinierte. Er schien die Verantwortung für Maya nicht nur ernst zu nehmen, sondern sogar zu genießen, und das imponierte mir und erschreckte mich zugleich. Schließlich war Mann mit Kind so gar nicht mein Beuteschema. Ob das noch Spätfolgen von dem Kündigungstrauma waren?

Finn verabschiedete sich ohne weitere Vorkommnisse bei

Maya. Ich konnte sogar eine Art Bedauern in seinem Gesicht erkennen, seine neue Freundin so schnell wieder verlassen zu müssen.

Erics Abschied schien mir etwas übereilt zu sein, aber ich hatte nicht vor, etwas dazu zu sagen. Streng genommen würden wir uns sowieso nie wieder sehen, also was sollte es?

Finn trottete wortlos neben mir her, als Eric und Maya winkend den Spielplatz verließen. Ihn so lange so still zu sehen machte mir dann doch etwas Sorgen.

»Und, Finn, gucken wir noch mal Erdmännchen?«

Schulterzuckend stimmte Finn weder zu, noch sagte er was dagegen.

Ob ich ihm vielleicht eine Fanta kaufen sollte? Ich würde ein Kariesproblempatenkind heranzüchten, das war klar. Trine hatte feste Regeln, was Süßigkeiten für Finn betraf. Er bekam nur an bestimmten Tagen oder zu besonderen Gelegenheiten Süßes. Die meiste Zeit nötigte sie ihn, vorbereitete Sellerie- und Möhrensticks zu essen, die er meist widerwillig anknabberte, um sie dann an sämtlichen möglichen oder unmöglichen Orten zu verteilen. Bis zu seinem zweiten Lebensjahr galt sogar der Leitsatz: »Finn ist zuckerfrei! Das weißt du doch!« Finns Sympathie für Rohkost hielt sich allerdings trotz oder gerade wegen dieser schmalen Zuckerkarriere in Grenzen.

Ich hatte beim letzten Umzug von Trine und Paul noch vertrocknete Selleriesticks von anno dazumal in Sofaritzen und unter den Schränken gefunden. Kein Wunder, dass Trine regelrecht froh war, wenn Finn sich beim Verteilen auf Pauls Ohren und Nasenlöcher beschränkte.

»Komm, Finn, wir schlagen heute mal über die Stränge und kaufen eine Fanta!«

Ich brauchte selbst weitere Seelennahrung, am besten noch mal in der Magnum'schen Form. Finns schlechte Laune war eine gute Ausrede, die ich vorschieben konnte.

Ich ärgerte mich, dass ich nicht den Mut gehabt hatte, Eric wegen eines möglichen Wiedersehens zu fragen. Irgendwie war er mir selbst in der kurzen Zeit, die wir miteinander verbracht hatten, so sympathisch geworden, dass ich mich über mich selbst wunderte. Aber vielleicht war es auch gut, dass es kein weiteres Treffen geben würde, denn er hatte anscheinend noch einiges mit Mayas Mutter zu schaffen. Er hatte sicher andere Probleme, als eine arbeitslose Rabenpatentante nach ihrer Nummer zu fragen.

Mir blieb also erst einmal nichts anderes übrig, als für mich und Finn am Kiosk erneut kräftig zuzulangen. Finn nutzte meine Großzügigkeit aus und strahlte bereits wieder über beide Ohren. Kariesproblemkind hin oder her – aber diese Ruhe war es wert.

Meine Tasche klingelte. Das war es wohl mit der Ruhe – Trines Kontrollanruf ließ nie lange auf sich warten. Nach einer kurzen Begrüßung gab ich Finn das Handy. Telefonieren konnte er immerhin schon.

»Mama! Wir haben Schilddrüsen gesehen!«, rief er erfreut in den Hörer.

»...kröten«, flüsterte ich Finn zu. Mit Tiernamen hatte er es wirklich nicht so.

Anscheinend fand Trine diese Information bedenklich, denn Finn gab mir nun das Handy zurück.

»Charlotte! Es war nicht abgesprochen, dass du mit Finn in die Körperwelten-Ausstellung gehst. Er ist doch noch viel zu jung für so was!«

»Äh ...«

»Und, wie sieht so 'ne Schilddrüse jetzt aus?«

6. Kapitel

»Ja bitte?«

»Sander. Charlotte Sander. Ich hatte einen Termin um zehn.«

»Aha. Und?«

»Und was?«

»Haben wir schon zehn?«

Das durfte ja wohl nicht wahr sein! Was glaubte dieser spitzlippige, vertrocknete Fräulein-Rottenmeier-Verschnitt eigentlich, wer sie war?

Ich schloss die Tür von Raum 312B wieder und ließ mich wutschnaubend auf den Stuhl im Gang der Agentur für Arbeit nieder.

Drei Minuten vor zehn war ich da gewesen, und dieses dreiste Subjekt diktierte mich sofort wieder vor die Tür? Dabei war weit und breit kein anderer *Kunde* (eine Bezeichnung, die ich mit höchstem Verwundern auf meiner Einladung der Agentur für Arbeit entdeckt hatte) zu sehen.

Fräulein Rottenmeier alias Frau Katzenbeisser machte nicht gerade den Eindruck, stark überarbeitet zu sein. Als ich die Tür geöffnet hatte, war sie gerade dabei, sich den knallroten Lippenstift nachzuziehen, der ihre dünnen Lippen noch spitzer aussehen ließ und in der trostlosen Umgebung ein wenig overdressed wirkte.

»Sander?«, schallte es nun nach Ausbilder-Schmidt-Manier durch die geschlossene Tür.

Punkt zehn. Aha. Frau Resa Katzenbeisser hatte also eine gewisse Pünktlichkeitsmanie.

Ich betrat wortlos Zimmer 312B und setzte mich auf den Stuhl vor Frau Katzenbeisser-Rottenmeiers Schreibtisch.

Sie trug eine Perlenkette und eine Brille, die ganz tief auf ihrer Nase saß. Dazu eine schwarze Kostüm-Kombination, die selbst auf einer Beerdigung depressiv wirken würde. Der grellrote Lippenstift begann auf ihren trockenen Lippen bereits leicht zu bröckeln.

»So, Frau Sander. Dann wollen wir mal. Ich werde nun aufnehmen, was Sie bis jetzt alles gemacht haben, was für Sie infrage kommt und was Sie an Qualifikationen mitbringen. Ihren Lebenslauf können Sie direkt hierlassen. Können Sie tippen? Wie sieht es mit Buchhaltung aus? Administrative Aufgaben? Sekretariat? Arbeitsrecht?«

Frau Katzenbeisser stellte gefühlte hundertachtundzwanzig Fragen, meist mehr als sechs in einem Satz. Ich war bereits nach zehn Sekunden gereizt, versuchte aber, es mir nicht anmerken zu lassen.

»Hören Sie, Frau Rott… ähm … Frau Rotten… äh … Katzenbeisser, ich bin Lektorin«, unterbrach ich sie. »Was habe ich da mit Ablage und Arbeitsrecht am Hut? Haben Sie nun eine geeignete Stelle für mich oder nicht?«

Frau Katzenbeisser sah mich durch ihre Brille an, die sie bereits bis ganz vorn zur Nasenspitze gezogen hatte. »Lektorenstellen. Da kennen Sie wohl den Markt nicht. Nein, Lektorenstellen sind gerade aus.« Ein schrilles, einem Lachen annähernd ähnliches Geräusch entwischte ihren Bröckellippen. Sie versuchte tatsächlich, einen Scherz zu machen. Dann wurde sie wieder ernst. »Sie können froh sein, wenn Sie zum Übergang was im Sekretariat finden.«

Ich wusste, dass die Lage gerade mehr als ungünstig war,

denn ich hatte mich bereits nach freien Stellen bei bekannten Verlagen umgehört. Im Moment reduzierten viele Verlage jedoch ihre Mitarbeiterzahl, denn die Nachwirkungen der Finanzkrise waren noch immer spürbar. Trotzdem wollte ich jetzt keinen Job annehmen, der mir überhaupt keinen Spaß machte und für den ich mein Studium nicht einmal im Ansatz brauchte.

»Also ich denke nicht, dass etwas von Ihren Angeboten für mich infrage kommt«, erklärte ich steif. »Ich möchte in meinem erlernten Beruf arbeiten. Oder zumindest etwas Ähnliches tun, etwas, das meinem Abschluss gerecht wird. Ich bin doch völlig überqualifiziert für das, was Sie mir hier vorschlagen!«

Jetzt setzte Frau Katzenbeisser ein Lächeln auf, das mich schwer an eine Figur aus *Shining* erinnerte. Ein kurzer Gänsehautschauer überkam mich.

»Überqualifiziert also, ja?« Sie spitzte ihre Bröckellippen. »Von dem hohen Ross werden Sie schon noch herunterkommen«, erklärte sie trocken. »Da hab ich bereits ganz andere Leute hier sitzen gehabt. Manager, Firmenleiter, alles Mögliche. Und heute pflanzen sie Bäume im Akkord in Sundsvall.«

Ich musste schlucken. Ich sah mich bereits Spargel stechend auf den Feldern im Heimatdorf meiner Mutter. Apropos – die hatte sich auch nicht mehr gemeldet. Wo sie wohl gerade war …

»Ich hätte auch mal eine Frage«, wechselte ich das Gänsehaut verursachende Thema. »Wie setzt sich das Arbeitslosengeld denn genau zusamm…«

»Das gehört nicht zu meinem Bereich. Diese Frage müssen Sie den Kollegen im Erdgeschoss stellen. Raum 115.« Sie sortierte ihre Blätter. »So! Geeignete Stellenangebote werden Ihnen dann zugeschickt«, kam es trocken von dem Rottenmeier-Verschnitt zurück.

Jetzt bricht sie sich doch glatt einen Zacken aus der hochtoupierten Zementkrone, dachte ich noch, schluckte den Gedanken aber runter, denn Frau Katzenbeisser sah das Gespräch anscheinend bereits als beendet an.

»Wie? Das war's?!?«, fragte ich ungläubig.

»Im Moment kann ich nichts für Sie tun. Oder doch …« Sie sah mich eindringlich an. »Ich hätte da noch einen Tipp für Sie, Frau Sander«, sagte sie und zog sich ihre Brille auf den äußersten Rand der Nasenspitze. Dabei wurde ihr Blick auf eine merkwürdige Weise mitleidig. »Sehen Sie es, sagen wir mal, als kleine Anregung. Sie sollten sich vielleicht ernsthaft überlegen, schwanger zu werden.«

Waaaas?!? Das kann sie doch unmöglich ernst meinen!

»Noch haben Sie Zeit, Frau Sander. Das wird nicht ewig so bleiben. Denken Sie an meine Worte.«

Frau Katzenbeisser deutete auf ihre Armbanduhr und hielt mir anschließend eine Handvoll Prospekte hin, die mich über meine Rechte und Pflichten als Neu-Arbeitslose aufklären sollten. Dann streckte sie mir die rechte Hand entgegen, um sich von mir zu verabschieden. Ich nahm die Prospekte wortlos entgegen und schüttelte die Hand, die sich anfühlte wie die eiskalte Hand des Pförtners am Tor zur Hölle.

Als ich die Tür von Raum 312B hinter mir schloss, musste ich erst mal tief durchatmen. Nicht, dass es schon schlimm genug war, dass ich mir einen neuen Job suchen musste. Es schien auch fast unmöglich zu sein, etwas Adäquates zu finden. Und dann der Tipp, schwanger zu werden! Was dachte sich die blöde Kuh überhaupt? Ich ärgerte mich, dass ich ihr nicht einen passenden Spruch zurückgegeben hatte.

Jetzt ist es amtlich, dachte ich, *ich bin unschwanger und erledigt.*

*

Auf dem Nachhauseweg fiel es mir siedend heiß ein: Frau Tany! Sie würde diese Woche wie immer zum Putzen kommen. An sie hatte ich gar nicht mehr gedacht. In der aktuellen Situation konnte ich mir wohl keine Putzfrau mehr leisten, aber auf Frau Tany verzichten? Das war eine grauenhafte Vorstellung, vor allem wenn ich bedachte, wie viele Gläser, Vasen und Fenster ich in meiner kurzen Putzkarriere bereits auf dem Gewissen hatte. Erst letztens hatte ich mit Mona und Trine darüber gewitzelt, dass ich lieber eine Woche nichts essen würde, als auf Frau Tany zu verzichten. Plötzlich sah die Sache dann doch etwas anders aus …

Ich erinnerte mich daran, wie Frau Tany angerufen hatte, als ich per Annonce nach einer geeigneten Putzhilfe gesucht hatte. Sie war damals erst zwei Jahre in Deutschland und blickte dem Erwerb der deutschen Sprache noch freudig entgegen. Das Gespräch dauerte circa drei Sekunden.

»Hallo?«

»Hallo, hier ist Tany, ist Job noch frei?«

»Äh … Ja, ist er, aber …«

»Okay. Ich nehme.«

Das war Frau Tany.

Seitdem gab es statt Apfelschorle Ingwertee und seltsame geheime chinesische Heilmittelchen bei den geringsten Erkältungsbeschwerden meinerseits. Die Herkunft dieser Mittelchen hinterfragte ich nie, ich hielt es für besser so.

Ich entschied, Frau Tanys Kündigung auf nächste Woche zu verschieben. Fräulein Rottenmeier war genug für heute.

*

»Und, wie ist es gelaufen?«

Mona und Trine hatten schon gespannt auf meine Rückkehr von der Agentur für Arbeit gewartet.

»Beschissen!«

Mit einem lauten Seufzer ließ ich mich auf Monas filzbestückter Couch nieder, die durch Trine bereits so tief durchhing, dass ich mir ernsthaft Sorgen machte, ob wir beide jemals wieder aus der Versenkung emporsteigen würden.

»Und dafür hab ich mich in meinen besten Hosenanzug geschmissen.«

»Na, das hätte ich dir gleich sagen können. Was anderes als verwalten tun die da nicht«, gab Mona unbeeindruckt zurück. Ihr Blick fiel neugierig auf meine mitgebrachten Tüten. »Was hast du denn da drin?«

»Nutella?«, fragte Trine freudig. Seit der Schwangerschaft war ihr ohnehin schon übernatürlich hoher Nuss-Nougat-Creme-Konsum ins Unermessliche gestiegen.

»Alles, was fettig ist und dick macht«, antwortete ich. »Der Arbeitsmarkt will mich sowieso nur noch als Gebärmaschine, da kommt es auf das eine oder andere zusätzliche Pfund auch nicht mehr an.« Ich hielt mir die Hand vor den Mund. »Oh.« Ich schluckte. »Trine, ich wollte nicht …«

»Schon gut, ich liebe meinen Job hier.« Sanft streichelte sie sich über ihren Bauch. »Wer kann denn sonst ungestraft ein Glas Nutella mit zehn Prozent extra an einem Tag leermachen? Und jetzt gib das Glas schon her.«

»Du meine Güte, Charly!«, echauffierte Mona sich. »Du

befindest dich bereits in Phase zwei nach der Kündigung. Verdrängung.«

»Und was ist Phase eins?«, fragte ich.

»Na, Wut. Aber die ist kurz. Dann kommt die Verdrängung mit Fressphasen«, erklärte sie und deutete auf den Süßigkeitenberg, den Trine mittlerweile freigelegt hatte, »und dann die Depression. Das ist die längste und schwerste Phase.«

»Woher weißt du so was?«, fragte Trine, die sich bereits den vierten Esslöffel Nuss-Nougat-Creme in den Mund schob.

»Na, selbst durchgemacht!«

»Ich weiß nicht, verdrängen … So würde ich es nicht nennen«, überlegte ich laut. »Ich bin eher unentschlossen. Ich weiß eben nicht, was ich jetzt machen soll. Wenn ich keine Lektorenstelle finde, müsste ich mich neu orientieren. Aber dazu fehlen mir die Ideen.«

»Dazu fehlt dir im Moment nur der Mut«, konstatierte Mona trocken.

Ich schluckte. Im Grunde hatte Mona nicht unrecht. Ich hatte Angst, dass ich mich am Ende vielleicht umorientieren musste. Das hieße, die jahrelange Schufterei wäre vollends umsonst gewesen.

»Mut kann man sich antrinken, Kinder! Ich würd ja mitgehen, wenn ich könnte«, ächzte Trine, »aber ich kann alkoholfreies Bier nicht ausstehen. Und verzichten erst recht nicht.«

Das Nuss-Nougat-Creme-Glas war bereits zur Hälfte geleert. Ich staunte nicht schlecht angesichts Trines Tempo.

»Ja, lass uns feiern gehen«, stimmte Mona zu.

»Was genau, Mona? Dass ich arbeitslos bin, depri und unschwanger oder ohne die geringste Idee, wie es weitergehen soll?« Ich schüttelte abwehrend den Kopf.

»Alles zusammen!« Mona lächelte mich herausfordernd an. »Kein Alkohol ist auch keine Lösung. Wir müssen uns dringend betrinken.«

*

Um Punkt acht Uhr abends klingelte es an der Haustür. Ich wunderte mich, denn Mona war eigentlich nie pünktlich. Im Gegensatz zu mir nahm sie es mit Uhrzeiten nicht so genau. Mona hatte früher bei der Deutschen Bahn gearbeitet, wahrscheinlich war das eines der wenigen Überbleibsel aus dieser Zeit.

»Auf geht's, du Trübsalblaserin, mach mal ein nettes Gesicht! So spricht dich sicher keiner an!«, begrüßte sie mich.

Über ihrer Schulter hing ein neues giftgrünes Etwas in undefinierbarer Blütenform. Als ich es näher betrachtete, erkannte ich, dass es wohl eine selbstgebastelte Filztasche sein sollte.

»Schick, gell? Mein neuestes Werk. Habe schon Bestellungen dafür aufgenommen. Filz ist wirklich der Pelz von morgen!«

Ob sie sich da nicht täuscht?

Ich packte meine – gegen ihr Kunstwerk langweilig erscheinende – graue Umhängetasche und schloss die Tür ab.

Das Stylingprogramm hatte ich komplett ausgelassen. Es war doch sowieso kein interessantes männliches Exemplar in Reichweite, erst recht keines ohne Kinder oder ohne eine Sarah-Irgendwas. Duschen hielt ich ebenfalls für überbewertet. Irgendwie gefiel mir der verwahrloste Look. Destroyed, quasi.

»Was stinkt denn hier so?«, fragte Mona und roch schnaufend in alle Richtungen, bevor sie mit ihrer Nase an mir hängenblieb.

»Wo gehen wir denn überhaupt hin?«, lenkte ich schnell ab.

Mona, die immer noch stolz das giftgrüne Etwas vor meinen Augen hin und her schwenkte, um mir das Betrachten zu vereinfachen, verdrehte die Augen. »*Hausbar*, wohin sonst?!«

Die *Hausbar* war immer eine gute Idee. Es war unsere Stammkneipe, und man kannte sich. Der Barkeeper, Hannes, wurde von allen nur Trümmerhannes genannt, weil er früher beim TÜV gearbeitet hatte und als Prüfer so einiges zerstören musste, um die Beschaffenheit der Produkte zu testen. Außerdem lag sie direkt um die Ecke.

Als wir reinkamen, war es schon recht voll.

»Hey Mona, na? Charly, lang nicht mehr gesehen, wie geht's euch?«, begrüßte Trümmerhannes uns, charmant wie immer.

»Machst du mir bitte was Starkes?«, beantwortete ich indirekt seine Frage.

»So schlimm?«, fragte Trümmerhannes mit besorgtem Blick.

»Schlimmer.«

Ich erzählte ihm von der Kündigung und der bereits jetzt einsetzenden Phase zwei. Das mit dem Duschen ließ ich allerdings vorsorglich weg, man soll es ja nicht übertreiben mit der Vertraulichkeit.

»Ach ja, Charly, das macht doch jeder von uns mal durch. Der eine früher, der andere später. Wichtig ist doch nur, dass du nicht aus den Augen verlierst, was du wirklich willst«, kommentierte Trümmerhannes meine Ausführungen.

»Genau. Unsere Charly steckt gerade in der Krise. Du hast doch sicher einen Krisen-Cocktail in petto, oder?« Mona kümmerte sich äußerst rührend um mich.

»Oh ja, mit Krisen kenne ich mich schließlich aus.«

Ich wusste, dass dies nichts Gutes bedeutete, denn wenn man Trümmerhannes freie Hand ließ, schleppte er einen entweder ab oder machte einen betrunken – oder beides. Nur in umgekehrter Reihenfolge.

Er mixte uns beiden in Sekundenschnelle etwas sehr Buntes zusammen und kippte zusätzlich einen extragroßen Schuss Irgendwas in meinen Drink. Bunt ist immer gefährlich, hatte mal jemand gesagt.

»Zwei KriCocks«, sagte er und stellte zwei riesige rot-grün-gelbe Cocktails auf die Theke. »Wenn das nicht hilft, hilft nichts.«

»Prost!«

Im Laufe des Abends stellte Trümmerhannes mir einen Drink nach dem anderen hin – zur Aufmunterung, wie er sagte –, jeder mit einem größeren Schuss Alkohol. Ich hatte die begründete Befürchtung, dass sein Engagement weniger seiner sozialen Ader als vielmehr seinem guten Geschäftssinn zuzuschreiben war.

Mona hatte sich bereits recht früh mit einem alten Bekannten abgesetzt, den sie aus ihrer Zeit bei der Deutschen Bahn kannte; er war Schaffner. Die beiden hatten sich schon immer gut verstanden und sogar einmal außerhalb ihrer regulären Mittagspause einen Kaffee im Speisewagen zusammen getrunken.

Mona konnte es sich natürlich nicht verkneifen, mir den Schaffner vorzustellen.

»Charly, das ist Klaus. Klaus, das ist Charly.« Entschuldigend fügte Mona noch hinzu: »Sie sieht nicht immer so aus.«

Klaus gab mir seine Hand, die so winzig war wie die von Finn. Wohl eher ein Kläuschen. Ich traute mich kaum zuzudrücken.

»Ein absoluter Volltreffer!«, flüsterte sie mir ins Ohr.

Als ich allerdings lauthals bemerkte, wie praktisch ich es fände, dass Kläuschen im Stehen genauso groß ist wie ich im Sitzen, stieß Mona mir mit dem Ellenbogen in die Seite.

»Hör mal, Charlotte. Ich verstehe durchaus, dass du eine unschöne Zeit durchmachst. Das mit dem Job, mit Marc und das Schlamassel beim Arbeitsamt. Aber Klaus ist ein echter Glücksfall. Gönn mir das bitte, und lass deine zynischen Kommentare. Ich brauche deinen Miesmachtrip jetzt wirklich nicht.«

Mona war ernsthaft sauer. Ich hatte sie lange nicht mehr so aufgebracht erlebt.

Anscheinend hatte sich die ganze Welt gegen mich verschworen. Von wegen Miesmachtrip!

»Der Schaffner ist ganz schön klein für sein Alter!«, zischte ich Mona hinterher. Solche Männertypen kannte ich doch zur Genüge. Die brauchten immer ein wenig mehr Bestätigung als andere, um sich gut zu fühlen. Aber Hauptsache, Mona fand ihn toll.

Die folgenden Stunden verbrachte ich alleine an der Bar, während Mona und der Schaffner weiterturtelten.

»Sssogar Mona findet einen, und die macht Filzzzzzhüte«, lallte ich motzig.

Mona knutschte mittlerweile wild vor dem Zigarettenautomaten mit dem Schaffner herum.

»Filztaschen. Taschen und Hüllen«, korrigierte mich Trümmerhannes.

»Woher weisssse denn dasss? Seit wann brauchsssste Mutter… Mutter…schutz… äh … Hüllendingsdapässe?«

»Ich nicht«, antwortete er mit stolzgeschwellter Brust, »aber Trudi. Sie ist im dritten Monat schwanger. Mona hat uns letztens eine geschenkt.«

Na fein, es sind wirklich alle liiert und/oder schwanger. Selbst der streunende Wolf hier hat sich zur Ruhe gesetzt. Alle sind sie schwanger und glücklich, alle haben jemanden – außer mir. Ich habe niemanden. Außer einer Mutter, die mit einem Eisbrecherkapitän durchgebrannt ist und ein manipulierendes Patenkind, das mir den letzten Nerv raubt.

»Na dann herrrlichen Glücks…ups…wunsch!«, schluckaufte ich und kippte meinen fünften oder sechsten oder siebten Drink hinunter.

Ich fühlte mich schrecklich. Und das lag nicht nur an meiner desaströsen Situation. Ein schlechtes Gewissen Mona gegenüber hatte ich jetzt auch noch. Ich fühlte mich klein, geradezu winzig.

»Sehe isch kleiner ausss?«, fragte ich Trümmerhannes. »Isch fühle mich ssooo.«

»Nicht kleiner als sonst.«

Trümmerhannes hatte immer das Gespür für Feingefühl im richtigen Moment. Ich war im wahrsten Sinne des Wortes mutterseelenallein.

»Charlotte, sind Sie es? Das ist ja toll, Sie hier zu treffen!«

Ich drehte mich so langsam wie möglich zur Seite. Der Alkohol hatte mir schon mächtig zugesetzt, ich hatte kleine Wahrnehmungsverschiebungen.

Ach herrje!

Eric!

Wo kommt der denn jetzt bitte her?

»Ich musste dringend mal raus, mal unter Erwachsene. Wie geht's Ihnen? Was macht Finn?«, begrüßte er mich erfreut.

Er trug ein hellblaues Hemd, das seine Augen noch blauer scheinen ließ, und eine Jeans im angesagten Destroyed-Look.

Außerdem hatte er jetzt einen Dreitagebart. Er sah einfach umwerfend aus.

Und ich? Ich hatte es noch nicht mal für nötig gehalten, mich für den heutigen Abend umzuziehen, geschweige denn zu duschen. Schließlich lautete die Mission Betrinken und nicht Aufreißen. Allerdings hielt sich Mona auch nicht wirklich daran, wie ich aus dem Augenwinkel beobachtete; der Schaffner und sie hatten sich bereits bis zum Kondomautomaten vorgearbeitet.

Jetzt saß ich hier in einem abgewetzten Shirt mit Schmetterlingsaufdruck und Nuss-Nougat-Flecken und einer Uralt-Jeans, auf der sich Finn in Wachs verewigt hatte. Meine Haare standen sicher kreuz und quer zu Berge, denn auch um die hatte ich mich vor dem Weggehen nicht mehr gekümmert.

Aber Eric schien das nicht zu stören. Lächelnd gab er bei Trümmerhannes seine Bestellung auf: »Einmal dasselbe wie die bezaubernde Dame hier, bitte!«

»Also, wie geht es Finn? Und dir?«, fragte Eric noch mal.

Ich wunderte mich. *Sind wir bereits beim Du? Hatte ich etwas verpasst? Oh Mann! Und wieder dieses Lächeln …*

»Oh, dem gehtsss gut. Übrigensss, mir auch. Prossst!«

*

An alles, was danach kam, konnte ich mich nicht mehr erinnern. Ich war soeben mit einem unglaublich dicken Kopf und halb angezogen in meinem Bett aufgewacht. Überall um mich herum lagen zerknüddelt meine Sachen.

Was zur Hölle war passiert?

Ein schneller Anruf bei Mona würde Klarheit bringen.

»Na du olle Sickergrube!«, begrüßte mich meine sogenannte Freundin.

Gott sei Dank, dachte ich, *sie ist nicht mehr sauer auf mich.*

»Keine Ausschweifungen, Mona, bitte«, bat ich. »Was ist gestern passiert? Habe ich mich lächerlich gemacht?«

»Och, nicht mehr als sonst auch«, gab Mona staubtrocken zurück.

Oh weh, das kann nichts Gutes bedeuten!

Dann erzählte sie mir, dass ich nach meinem sechsten Cocktail auf Erics Schoß gelandet war und ihm Kinderlieder vorgesungen hatte - laut Monas Angaben unter anderem *Ein Vogel wollte Hochzeit machen* und *In der Weihnachtsbäckerei.*

Eric schien – Monas Meinung nach – trotzdem nicht abgeneigt gewesen zu sein (was nahezu an ein Wunder grenzte – vor allem, wenn man mein Outfit, meinen hygienischen Zustand, mein nicht vorhandenes Gesangstalent und meine Liedauswahl berücksichtigte) und hatte versucht, meinen alkoholischen Vorsprung einzuholen. Das war ihm jedoch nicht mehr gelungen, da ich mich infolge der vielen Drinks und ob der fehlenden Grundlage (außer dem Rest Nuss-Nougat-Creme, den Trine gnädigerweise übrig gelassen hatte, hatte ich nichts mehr gegessen) übergeben musste.

Leider hatte ich es in meinem Zustand nicht mehr bis aufs Klo geschafft ...

Eric beteuerte wohl, dass er wirklich nur alte Sachen anhabe und es ihm nicht das Geringste ausmache, aber Mona schien die Sache selbst heute noch unangenehm zu sein.

Trümmerhannes hatte dann ein Taxi bestellt, und Eric und Mona hatten mich nach Hause gebracht.

Mona betonte immer wieder Erics heldenhaften Einsatz an meinem komatösen Körper. »Er hat dich die ganze Treppe hochgetragen! Wie er das wohl geschafft hat?«

»Wie soll ich das denn jetzt bitte wieder verstehen?«,

zischte ich und fasste mir im gleichen Moment an den Kopf. *Aua!* Selbst meine Haare taten weh.

»Na ja …«, stellte Mona fest, »nicht, dass Eric nicht stark aussieht, aber sooo stark …«

»Danke, Mona. Sehr aufbauend.«

Die nächsten zwölf Stunden hatte ich demnach im Koma verbracht und war erst jetzt wieder aufgewacht.

Ich trug immer noch das Shirt, das ich in der *Hausbar* angehabt hatte (irgendwie fehlten dem Schmetterling allerdings der rechte Flügel und der linke Fühler) – nur keine Hose mehr. *Ob Eric mich so gesehen hat?* Mir lief es heiß und kalt den Rücken hinunter. *Bitte nicht!* Langsam wanderte mein Blick körperabwärts. *Oh Gott! Die Snoopy-Unterhose!*

Bevor Mona und ich losgezogen waren, hatte ich es nicht für nötig befunden, mir schwarze Spitzenunterwäsche anzuziehen – für wen auch? Schließlich wollte ich mich nur betrinken. Also hatte ich den ausgeleierten Snoopy-Slip angelassen.

Da war er. Grau und verwaschen schlabberte er an mir herum, auf einer Seite war sogar die Naht angerissen. *Oh nein! Es war auch noch der aus der Wochentag-Reihe! Sonntag! Dabei war es nicht mal ein Sonntag gewesen!*

Jetzt fühlte ich mich noch schlechter, und mein Kreislauf war im Keller. Aber: Es hätte schlimmer kommen können. Doch Gott sei Dank war der rosa Schlüpfer mit der Aufschrift *Bitch Power* in der Wäsche.

Monas Stimme holte mich zurück in die Realität: »Eric und ich haben dir die Sachen ausgezogen. Du warst ja zu nichts mehr in der Lage. Ich will zwar nichts sagen, aber das mit den Wochentagen …«

»Schon gut!«

Mona blieb jedoch erbarmungslos. »Ganz schön eng,

deine Jeans. Wir haben uns gefragt, wie du die überhaupt angekriegt hast.«

»*Ihr euch?*«, wiederholte ich schockiert.

»Ja. Also, wie?«

»Im Liegen natürlich.«

»Verstehe. Und ich dachte immer, die Boyfriend-Jeans trage man weit?« Mona pulte weiter in der offenen Wunde.

Ich entschied mich für das Ignorieren und wechselte das Thema: »Und außerdem, wieso schleppst du hier fremde Männer rein? Das ist meine Wohnung! Er hat hier nichts zu suchen!«

»Aber ich dachte, ihr kennt euch. Ihr wirktet so vertraut, als du auf seinem Schoß saßt.«

»Oh Mann, ich muss mich bei ihm entschuldigen. Er muss sonst was von mir denken. Und das mit Kind!«

»Was für 'n Kind?«, fragte Mona verwirrt.

»Das erzähle ich dir ein andermal.«

Ich musste Eric schleunigst finden und mich entschuldigen, da kam ich nicht drum herum.

Nur wo?

»Ach ja, er hat mir seine Nummer für dich mitgegeben«, warf Mona beiläufig ein. »Nur für den Fall, dass du mal einen Begleiter auf dem Spielplatz brauchst, meinte er. Keine Ahnung, was das bedeuten soll. Gehst du neuerdings auf Spielplätze, um dich zu entspannen?«

»Danke Mona, du bist die Beste, ich werd's dir bei Gelegenheit erklären. Gibst du mir seine Nummer?«

Ich notierte die Nummer auf einem herumliegenden Werbeprospekt für Diätpillen, die angeblich automatisch das gegessene Fett absorbierten (vorsorglich hob ich es auf – für Notfälle) und fragte mich, wieso so was immer in *meinem* Briefkasten landete.

Dann ließ ich mich wieder schlaff ins Bett fallen. Sollte ich direkt anrufen? Ich traute mich nicht. Schließlich hatte ich mich mächtig peinlich aufgeführt. Und was sollte ich überhaupt sagen? Sorry, dass ich dich angekotzt habe?

Andererseits hatte er mir seine Nummer übermitteln lassen. Das bedeutete, dass er mich wiedersehen wollte, was wiederum bedeutete, dass er mich mochte. Und das war doch schon mal nicht schlecht.

Allerdings war ich nicht gerade in Bestform, vielleicht sollte ich mich erst mal ausnüchtern. Also verschob ich das Telefonat und drehte mich noch mal auf die Seite. Sicher könnte ich klarer denken, wenn ich noch etwas geschlafen hätte.

7. Kapitel

Ein lautes Rufen und Klopfen an der Tür weckte mich. Ich fühlte mich jetzt noch geräderter als nach dem ersten Aufwachen.

»Ja, ja, ich komme schon!«, rief ich, während ich mich mühsam aus dem Bett schälte, mir schnell meine Nickihose überzog und mich zur Tür schleppte.

Als ich sie öffnete, stand Mona mit Finn an der Hand davor.

»Oh.« Ich versuchte angestrengt, mich daran zu erinnern, ob ich mit der Terrorbekämpfung dran gewesen war.

»Paul hat mir Finn gebracht, nachdem er dich nicht wach gekriegt hat«, klärte Mona mich auf. »Und er hielt es auch für besser, dass Finn erst mal zu mir kommt. Wie ich sehe, geht es dir auch nicht wirklich besser?!«

»Charly sieht kacka aus!«, bemerkte jetzt auch Finn.

»Was für ein schöner Start in den Tag!«, bedankte ich mich und ließ die beiden rein.

Im Wohnzimmer lagen überall auf dem Boden Chipstüten, halbleergegessene Gummibärchenpakete und das fast leere Nutella-Glas herum. Anscheinend hatte ich einen nächtlichen Post-Alkohol-Flash gehabt, an den ich mich nur noch ganz dunkel erinnern konnte.

»Oh Mann!«, stöhnte Mona, »ganz schön übel, das hier.«

Sie begann, alles nacheinander aufzusammeln und in die zerknüllte Einkaufstüte zurückzupacken, die neben dem Sofa lag.

»Ich sag das nicht gerne, Charly«, meinte sie zögernd, »zumal ich deinen Zustand verstehe.«

Mit angeekeltem Gesicht zog sie eine halbe Bifi aus der Sofaritze. Finn versuchte sofort, sie ihr abzunehmen. Er schien ein leichtes Fleischmanko zu haben; Trine kochte vorwiegend fleischlos.

»Aber bitte tu mir unbedingt einen Gefallen, ja?«

Wenn sie jetzt wieder mit dem Filzen anfängt, dachte ich, *drehe ich ihr den Hals um. Ich werde ganz sicher nicht ins Pelzgeschäft von morgen einsteigen. Und falls es Eric betrifft – es ist einfach viel zu peinlich, was gestern vorgefallen ist. Was soll ich ihm also überhaupt sagen?*

»Geh bitte dringend duschen!«

Wenn's nur das ist, dachte ich und nickte stumm, *den Wunsch erfülle ich dir gerne. Das schaffe ich gerade noch.*

Als ich, einen nassen Schokoriegel kauend, zurück aus der Dusche kam, war Mona immer noch damit beschäftigt, den ein oder anderen essbaren Schatz aus den Untiefen meiner Wohnung zu bergen.

»Ach herrje, Charly! Die übelste aller Phasen! Die unkontrollierte depressive Fressphase«, kommentierte Mona das Ganze, nicht ohne ihr Gesicht vorwurfsvoll-bekümmert zu verziehen. »Sogar unter der Dusche?!«

Ich nickte betroffen.

»Hör mal, Süße, das hier ist auch keine Lösung! Das bringt doch nichts! Danach fühlt man sich nur noch schlechter. Und wenn dir erst mal die Hosen nicht mehr passen, hast du gleich die nächste Krise. Glaub mir, ich weiß, wovon ich rede.«

»Is' mir egal«, nuschelte ich mit dem halben, ziemlich aufgelösten Milky Way im Mund. »Wenn ich eh hier versauere, dann kann ich auch mies aussehen.« Ich schluckte. »Man soll mir das ruhig ansehen. Und in Zukunft brauche ich sowieso nur noch Schlafhosen. Die hier zum Beispiel.« Ich deutete auf meine lila Lieblingsnickihose mit dem Gummizug, die ich gerade trug. »Die ist schön praktisch. Passt ganz viel rein. Meine schicken Sachen ziehe ich doch ohnehin nicht mehr an, jetzt wo ich ar-beits-los bin.«

»Und wenn du es noch so oft betonst, Charly, damit bedauert dich keiner mehr. Und lass dieses Unwort. Du bist im Moment nur auf der Suche nach einem neuen Projekt, das ist alles. Wir werden schon noch was für dich finden. Komm, lass den Kopf nicht hängen, ja? Mir und Finn zuliebe!«

Mona stopfte zu meinem und Finns Bedauern die letzten Reste in die Tüte.

»Nicht die Küsschen! Die muss ich noch aufessen. Das Beste zum Schluss!«, protestierte ich und entriss Mona die Packung.

»Das hast du wirklich alles alleine gegessen?«, fragte Mona ungläubig. »In was für einem Zeitraum?«

»Na, heute. Zwei Stunden oder so«, antwortete ich elend.

Mona schüttelte den Kopf und schmunzelte. »Ich sag nur Williams Christ.«

Das war mal wieder typisch Mona. In den härtesten Momenten meines Lebens setzte sie noch einen drauf und spielte auf meine kleine Neigung zur Birnenfigur an.

»Solange die Vierzig passt, esse ich, was ich will«, protestierte ich grummelnd.

»Wenn du nur Sachen mit Gummizug trägst, musst du dich nicht wundern, dass alles passt. Die Frage ist nur, was du machst, wenn du jemals wieder ordentliche Sachen tragen musst.«

Mona hatte wieder ihren berühmten Oberlehrerton drauf,

den ich gar nicht mochte. Er kam direkt nach dem Mutterton, den Trine sehr gut beherrschte.

»Du siehst aus wie ein verdammtes lila Glücksbärchi!«

Ich schnaufte.

»Nur eben nicht glücklich.«

Das musste sie ja noch loswerden. Mona ließ einfach nie locker.

»Ich glaube, mir ist schlecht.« Ich rollte mich auf dem Sofa in meiner Kuscheldecke zusammen. »Außerdem verlasse ich die Wohnung sowieso nie mehr. Gummizug hin oder her.«

»Aber sicher tust du das. Solange du meine Freundin bist, werde ich zu verhindern wissen, dass du hier versauerst und dich in Selbstmitleid suhlst. Los, auf!« Mona zerrte an meiner Kuscheldecke. »Wir drei machen jetzt einen langen Spaziergang. Dann kriegst du endlich mal den Kopf frei. Und wir können gemeinsam überlegen, was du machen könntest. Eine Lösung werden wir schon finden, wenn auch vielleicht nicht heute. Irgendwas wirst du schon noch machen.«

Eigentlich gefällt es mir ganz gut in meiner selbsterschaffenen Lethargiewelt aus Schokolade, dachte ich.

Mona ließ nicht locker und überredete mich schließlich, mit ihr und Finn in den Park zu gehen.

»Aber meinen Hausanzug lasse ich an! Ich brezel mich sicher nicht für irgendwelche Latte-macchiato-Mütter im Park auf!«

»Meinetwegen. Und wenn dir dein Traummann über den Weg läuft, versteckst du dich einfach.«

»Ganz sicher läuft der nicht am helllichten Tag im Park rum und sucht nach mir.« Trotzig schob ich noch hinterher: »Der ar-bei-tet nämlich!«

Ich schlüpfte in meine ausgelatschten Sneakers, und wir gingen los. Die Luft war immer noch schön frisch und belebend, obwohl es schon weit nach Mittag war. Finn beschäftigte sich auf dem Weg eingehend mit den Pfützen vom Vortag und war wie immer engagiert, auch andere, vorzugsweise in Weiß gekleidete Spaziergänger, an seiner Freude teilhaben zu lassen.

»Wie viele Leute an einem normalen Tag in der Woche frei haben … Was machen die alle?«, fragte ich Mona verwundert.

»Dasselbe wie ich. Oder du. Oder was anderes. Oder sie haben Kinder. Alles Mögliche eben.«

Für Mona war das also kein Rätsel.

»Lass uns lieber über dich sprechen, Charly. Lass uns überlegen, ob du jetzt versuchst, eine Lektorenstelle zu finden, oder ob du was anderes machen solltest. Was dir Spaß macht.«

Ich zuckte unsicher mit den Schultern. »Ich kann doch beides versuchen. Ich weiß nicht, was mir noch Spaß macht. Basteln wie du kann ich nicht, und kreativ bin ich auch nicht. Ich habe keine Idee.«

»Schade, ich hätte dich wirklich liebend gern für meine Produktion eingespannt.« Mona zwinkerte mir zu und lächelte.

»Du musst dir schon noch überlegen, in welche Richtung du willst, Charly. Sonst eierst du monatelang einfach so rum und kommst nicht weiter. Vielleicht hilft es ja, wenn du dir mal aufschreibst, was dir Spaß macht. So ganz allgemein. Mach eine Liste. Nur Brainstorming.«

Mittlerweile waren wir an einer Bank angekommen, direkt vor dem beliebten See, an dem es Enten und Schwäne gab und der deshalb von jeher das erklärte Ausflugsziel aller

Mütter und Väter und deren Brut im unmittelbaren Umkreis dieses Parks war.

Finn rannte bereits hinter der ersten Ente her, die vor Schreck laut quakend ihre Kleinen zusammentrieb. Anschließend attackierte er eine Krähe. (Oder war es ein Rabe? Und überhaupt: Was ist denn eigentlich der Unterschied? Das musste ich unbedingt nachgucken!)

Zwei Schwäne schwammen eng nebeneinander an der aufgescheuchten Truppe Enten vorbei. Sie schien der Trubel nicht im Geringsten zu stören. Sie wirkten so verliebt, dass sie anscheinend gar nichts davon mitbekamen.

Verdammt, sogar die bescheuerten Schwäne sind happy!

»Komm, setzen wir uns«, schlug Mona vor und ließ sich auf die Bank fallen. »Die Sonne scheint so schön hier. Und wie toll die Blumen schon blühen! Oh, die Enten haben Babys … Guck mal, wie süß!«

Direkt neben unserer Bank tapsten vier kleine Entenküken in einer Reihe hinter ihrer Entenmama her und steuerten auf das Wasser zu.

Ganz wunderbar, sogar die blöden Enten kriegen eine eigene Familie auf die Reihe!

»Es gibt so viel Schönes – man muss nur lernen, es zu sehen«, fuhr Mona mit einem fast spirituell wirkenden Blick fort. »Es ist wirklich so, Charly. Wenn du willst, ist die Welt grau und öde. Oder sie ist eben bunt und schön. Sieh mich an. Wie oft war ich damals bei der Bahn unglücklich und schlecht gelaunt! Die unvorteilhafte und fantasielose Uniform, das ständig viel zu frühe Aufstehen und immer dieses Trillerpfeifengeräusch wie in der Hundeschule. Grausam! Seit ich endlich das mache, was mir Spaß macht, geht's mir viel besser.«

Eine der Entenmütter attackierte jetzt Finn, der sich daraufhin unter unserer Bank versteckte. Anscheinend hatte er das Entenspiel mal wieder übertrieben.

Solange er mir nicht in die Wade beißt, dachte ich, *kann er da ruhig bleiben.*

»Apropos Bahn, was macht dein Schaffner eigentlich?«, fragte ich Mona. Mich plagte plötzlich das schlechte Gewissen, denn in letzter Zeit ging es immer nur um mich.

»Er hat angerufen, wir treffen uns übermorgen. Er heißt übrigens Klaus – falls du das vergessen haben solltest – und ist frisch geschieden. Seine Exfrau ist auch bei der Bahn, und er meinte, das verträgt sich irgendwie nicht. Sie haben abends nur an Routenplanverbesserungen gesessen und sich über Tarifabschlüsse und die Gewerkschaft unterhalten. Klaus fand, dass die Erotik darunter litt. Bin ich froh, dass ich nicht mehr in dem Verein bin!« Mona schnaufte erleichtert.

»Sozusagen doppelt froh«, resümierte ich. »Und, meinst du, das wird was?«

»Keine Ahnung. Immerhin ist er gerade geschieden. Aber sie haben keine Kinder, das ist das Gute. Ich warte es mal ab. Aber mein Typ ist er schon. Er lispelt so süß.«

»Das war doch der Typ, der nicht ganz so groß war?«, fragte ich ängstlich und hoffte inständig, dass ich mich irrte. Ich erinnerte mich nur extrem dunkel an die Bekanntschaft in der *Hausbar*. Mein Verdrängungsmechanismus klappte wieder einmal fast einwandfrei. Vielleicht war es auch einfach Selbstschutz.

»Ja, genau der. So klein ist er auch gar nicht«, konstatierte Mona, »sicher eins fünfundsiebzig! Und süß ist er, oder?«

Da war sie, die berühmte Zwickmühle, in der ich öfter mal steckte, weil ich nämlich nicht gut lügen konnte. Wir hatten einen sehr unterschiedlichen Geschmack, was Männer betraf. Immerhin kamen wir uns so nicht ins Gehege.

»Also, er ist nicht ganz mein Typ. Aber zu dir passt er sicher gut.« Ich versuchte, mich mal wieder zu retten. »Ich wünsch es dir auf jeden Fall. Die Sache mit Fiese-Matenten-Georg ist ja schon lange genug her.«

Fiese-Matenten-Georg war Monas große Liebe gewesen und hatte sie wegen seiner einundzwanzigjährigen Praktikantin verlassen, der er anscheinend mehr zutraute als nur Kaffeekochen. Er war in einer Nacht-und-Nebel-Aktion ausgezogen, natürlich nicht, ohne die komplette Wohnungseinrichtung mitzunehmen – und Monas Selbstbewusstsein.

Mona war seinerzeit am Boden zerstört gewesen, und ich hatte kaum Hoffnung gehabt, dass sie einmal darüber hinwegkommen würde. Kurze Zeit später war dann auch noch die Kündigung von der Deutschen Bahn gekommen, und Mona hatte ihr Leben ändern müssen. Und das hatte sie ja auch gut hingekriegt, wie ich fand.

»Ja, denke ich auch«, sagte Mona und ließ ihren Blick durch den Park schweifen. »Guck mal, Charly, der Mann da vorne mit dem Kind starrt uns so an … Ich glaube, er kommt auf uns zu. Ist das nicht E…«

Ich kniepte die Augen zusammen. Ich war viel zu eitel, um eine Brille zu tragen, obwohl meine Kurzsichtigkeit mich bereits mehr als einmal in üble Situationen gebracht hatte. Aber nun konnte auch ich ihn deutlich erkennen: Eric! Er war es, tatsächlich!

»Und, versteckst du dich jetzt?«, gluckste Mona.

Das konnte doch nicht wahr sein! Hatte Eric etwa ein Dauerabo auf Zufallstreffen mit mir? Wenn dem so war, hatte ich anscheinend eins auf äußerst peinliche Situationen im Zusammenhang mit ihm bekommen. Verdammt, ich saß hier allen Ernstes im Nickianzug! Da denkt man, man könnte die Snoopy-Wochentags-Edition nicht mehr toppen – und jetzt …

»Charlotte, wie schön! Die Stadt scheint doch kleiner zu sein, als man denkt.« Eric ließ sich neben uns auf die Bank fallen. »Wir treffen uns ja immer wieder! Man sollte meinen, dass es Schicksal ist.«

Haha, wenn das Schicksal ist, dann kann das Schicksal mich aber gehörig am …

Finn schien über das Wiedersehen mit Maya mehr erfreut zu sein als ich über das mit Eric. Das neue Spiel Enten-Bewerfen funktionierte augenscheinlich zu zweit sogar noch besser als alleine.

»Öhöm … Eric! Das ist aber ein … ein netter Zufall! Ich wollte dich eigentlich noch anrufen, um mich für letztens … na ja … du weißt schon, wofür … zu entschuldigen«, stotterte ich.

»Dass du mich angekotzt hast? Schon verziehen. Ich hoffe nur, du hast nicht versucht, mir damit unterschwellig etwas mitzuteilen.«

Ich räusperte mich. »Es tut mir echt leid. Ich hab mich momentan nicht so gut unter Kontrolle.«

»Ach was«, tat Eric es ab, »kann jedem mal passieren. Viel gegessen hattest du ja vorher nicht.« Er lachte.

»Wäh!« Ich verzog das Gesicht. *Jetzt bitte keine bildhafte Vorstellung!* Das Ganze war auch so wirklich unfassbar peinlich – wie konnte es sein, dass er mich anscheinend immer noch nett fand?

»Ich glaube, es ist besser, wenn ich die Kinder zum Sandkasten bringe«, schlug Mona zwinkernd vor, »sonst sterben die armen Enten am Ende noch am Herzinfarkt.«

Ich saß unsicher wippend neben Eric.

»Nettes Outfit, übrigens.« Eric zerstörte meine naive Hoffnung, dass er den unpassenden Aufzug vielleicht übersehen haben könnte.

»Öhöm … Ja … ähm«, stammelte ich, »wir wollten noch 'ne Runde joggen gehen, gleich.«

Ich sprang auf und deutete einige Joggingschritte an. Die Schritttechnik und Schnelligkeit kam dem *Moonwalk* sehr nahe. *Oh mein Gott, mein Peinlichkeitskonto wächst ja sekündlich!*

Verlegen ließ ich mich wieder auf die Bank plumpsen. *Verdammt, Charlotte!* Wieso setzte eigentlich jedes Mal mein kompletter Verstand aus, wenn ich diesen Mann traf?

»Aha.« Eric lächelte leicht irritiert. »Joggt Finn auch gerne?« Und mit einem Augenzwinkern fügte er hinzu: »Ganz schön sportlich, ihr drei. Vor allem Mona. Mit hochhackigen Schuhen joggen zu gehen …« Er pfiff anerkennend durch die winzige Lücke zwischen seinen Vorderzähnen. Selbst die war sexy. »Pffh, wow!«

Ich errötete in Sekundenschnelle. Mein Peinlichkeitskonto begann überzuquellen.

Eric schien das alles nicht zu beeindrucken. Im Gegenteil, er schlug jetzt sogar einen ernsteren Ton an. »Charlotte, ehrlich gesagt, ich finde es schön, dass wir uns getroffen haben. Ich meine, wir kennen uns kaum, und der Abend vorgestern endete etwas … na ja … merkwürdig. Aber ich möchte dir gerne sagen, dass du … also du und Finn, ihr seid mir trotz der kurzen Zeit schon sehr ans Herz gewachsen.« Er lächelte mich wieder so süß an. »Ich will sagen, ich mag euch. Dich. Sehr.«

Und schon wieder schaltete mein Verstand in den Standby-Modus: *Ich mag dich. Sehr. Hach!* Auf meinem Gesicht erschien ein breites Happy-Hippo-Überraschungsei-Grinsen. *Er mag mich,* wiederholte ich, *sogar sehr.*

»Charlotte?«, holte Eric mich aus meinem rosa Gedankenkarussell zurück.

»Äh, ja … Das ist toll«, stammelte ich, »nahezu … grandios.«

»Grandios?« Eric sah mich leicht verwirrt an.

»Äh, ja, ich meine gut. Das ist richtig gut.«

»Na, dann bin ich aber froh!« Er lachte erleichtert und versuchte, einen Scherz zu machen. »Und ich dachte schon, du findest mich zum Kotzen.«

Ich rang mir ein gequältes Lachen ab.

Oh Mann! Charlotte! Hirn einschalten! Sofort!

In dem Moment klingelte Erics Handy.

»Warte bitte mal kurz. Da muss ich rangehen.«

Er stand auf und ging ein paar Schritte weiter Richtung Seeufer, während er leise in den Hörer sprach.

Ich versuchte, unauffällig einige Gesprächsfetzen aufzuschnappen.

»Ja, sicher kommen wir. Natürlich.«

Mit wem er da wohl gerade spricht?

»Maya wird sich über einen Urlaub zu dritt freuen. Ja. Ja. Das wird toll. Ja.«

Urlaub zu dritt*?*

»Ja. Ich freue mich auch. Wir vermissen dich auch. Ja … Ja, mache ich. Gut.«

Wir *vermissen dich auch?*

Verdammt, wer ist wir*?*

Eric schien sich beobachtet zu fühlen, denn mit einem kurzen Blick über die Schulter spazierte er noch ein wenig weiter zum See, sodass ich nichts mehr hören konnte.

»Alles in Ordnung?«, wollte Mona, die wieder zur Bank geschlendert kam, von mir wissen.

»Ich weiß nicht so genau.«

Generervt verdrehte Mona die Augen. »Was heißt das denn jetzt schon wieder?«

»Einerseits hat er gesagt, dass er mich mag.«

»Na endlich!«, prustete Mona und schlug die Hände über dem Kopf zusammen. »Und was ist jetzt genau dein Problem?«

»Andererseits telefoniert er da gerade mit einer Frau, zumindest hörte es sich so an.«

»Na und?«

»Na ja, er vermisst sie.«

»Hat er das gesagt?«

»Nicht so genau …«

»Charly!« Mona stöhnte. »Was hat er denn nun *genau* gesagt?«

»Ach, was weiß ich«, tat ich es ab, »irgendwas mit ›wir vermissen dich auch …‹«

»Hm …« Mona überlegte angestrengt. »Vertrackt.«

In diesem Moment fragte ich mich zum x-ten Mal, warum ich meine Freundin eigentlich immer wieder aufs Neue um ihren zwar konspirativ wirkenden, aber vollkommen substanzlosen Rat fragte.

»Und irgendwas von einem gemeinsamen Urlaub hat er auch gesagt.«

Bevor wir die Wortfetzen weiter tiefenpsychologisch analysieren konnten, kam Eric zu uns zurück.

»Wir müssen jetzt leider gehen«, sagte er entschuldigend und rief nach Maya. »Es hat mich sehr gefreut, dich zu sehen, Charlotte. Ich hoffe, wir wiederholen das bald.«

»Oookay … Na dann, bis bald hoffentlich«, antwortete ich.

Als Maya angelaufen kam, nahm er sie an die Hand, und die beiden gingen. Nach ein paar Schritten drehten sie sich noch einmal um und winkten uns zu.

So ein abrupter Abschied war nach seinem Geständnis schon sehr merkwürdig. Was er wohl gerade besprochen hatte? Vielleicht war er doch verheiratet oder hatte was zu verbergen? Einer wie er war doch sowieso viel zu gut, um wahr zu sein – da musste doch irgendwo ein Haken sein.

»Und? Suchst du wieder nach dem berühmten Haken?«

Eins musste man Mona lassen: Sie kannte mich.

»Da stimmt doch schon wieder irgendwas nicht.« Ich verschränkte die Arme vor der Brust und dachte angestrengt nach.

»Ach Charly! Jetzt genieß doch einfach mal, dass dir jemand was Nettes gesagt hat.«

Da hatte Mona auch wieder recht. Eric hatte mir ganz schön den Kopf verdreht. Und er lenkte mich sogar von Marc ab, an den ich nicht einmal gedacht hatte, seit Eric aufgetaucht war.

»Ist das Ihr Sohn?!«, kläffte eine indianerbesohlte Mittvierzigerin uns plötzlich von der Seite an und zeigte wutentbrannt in Richtung Finn. Der stand verdächtig unschuldig neben einem heulenden Mädchen im Sandkasten.

»Kommt drauf an«, entgegnete Mona und stützte die Arme kampflustig in die schmale Taille.

»Er hat Telse-Caja gezwungen, Sand zu essen! Das ist eine Unverfrorenheit!«

»Ist nicht meiner«, gab ich gleichgültig zurück.

»Meiner auch nicht«, sagte Mona schulterzuckend.

8. Kapitel

Was ich gut kann, schrieb ich auf die linke Seite des weißen Blattes Papier, das vor mir auf dem Tisch lag. Dann zog ich in der Mitte einen Strich und schrieb auf die rechte Seite: *Was ich nicht gut kann*. Danach allerdings fiel mir nichts weiter ein.

Nur brainstormen, hat Mona gesagt, das wird doch nicht so schwer sein, Charlotte. Streng dich wenigstens ein bisschen an!

Zum Beispiel konnte ich gut … Sachen auftauen!

Oh, da fiel mir tatsächlich was ein: Ich konnte unheimlich gut auf Pflanzen aufpassen, wenn es nicht meine waren.

Letzten Sommer zum Beispiel, da hatte Mona mir ihre Kräutertöpfe anvertraut, und ich hatte ganze zwei Pflanzen durchgebracht.

Als Mona nach zwei Wochen aus ihrem Fuerteventura-Urlaub mit Fiese-Matenten-Georg als Single wiedergekommen war, war selbst sie über meine Erfolgsquote überrascht gewesen. Zwei von sieben war gut. Sogar hervorragend. Das hatte Mona mir zumindest glaubhaft versichert.

Zwar konnte es auch an den siebzehn Martinis gelegen haben, die Mona ab dem Zeitpunkt der Landung am Kölner Flughafen auf ex getrunken hatte, weil Fiese-Matenten-Georg das längst überfällige Praktikantinnen-Geständnis am karibisch anmutenden Strand von Sotavento bei sechsunddreißig Grad im Schatten gemacht und Mona im selben Moment verlassen hatte, um sich anschließend von den dort ansässigen Strandlaken-Verkäuferinnen eingehend beraten zu lassen.

Aber das kann hier nicht weiter verifiziert werden, also weiter im Text, dachte ich und schrieb auf die linke Seite: *Auf Pflanzen aufpassen, wenn es nicht meine sind.*

Das Gleiche konnte ich im Grunde auch über Kinder und Tiere sagen. Solange es nicht meine waren, verkörperte ich die perfekte Bespaßung für jedes Lebewesen unter achtzig Zentimetern und war in der Lage, jahrelange und mühevolle Erziehungsarbeit innerhalb von Rekordzeiten zu zerstören. Das musste in jedem Fall auch auf die linke Seite.

War Liegenbleiben auch ein Talent? Schnelllesen … das war ein Talent! Und schreiben, ja, das auch! Aber welcher Job verlangte ausdrücklich Qualitäten wie auf fremde Pflanzen, Kinder und Tiere aufpassen, Sachen auftauen, Liegenbleiben und Schnelllesen?

Ganz schön anstrengend, diese Brainstormerei!

Auf jeden Fall konnte ich nicht gut Witze erzählen, das hatte ich von Renate.

Apropos Renate: Nach der Eisbrecherinfo hatte sie sich nicht mehr gemeldet. Ob es ihr diesmal ernst war? Ich könnte Tante Marlene anrufen …

Sie war die ältere Schwester von Renate, außerdem meine Patentante, und sie wusste meist genau, in welcher – meist katastrophalen – Lage sich ihre jüngere Schwester befand.

»Diesmal macht sie ernst«, sagte Marlene. »Der Eisbrecherkapitän kommt nach der Saison sogar mit nach Köln.«

»Was?!?«

Ich konnte es kaum glauben. Meine Mutter wollte den armen Eisbrecherkapitän allen Ernstes ins Rheinland schleifen?

»Ja. Und es kommt noch besser: Jörn ist neunundzwanzig.«

»Bitte?!?«

Ich staunte nicht schlecht. So weit war Renate noch nie gegangen, Toy-Boy-Leidenschaft hin oder her. Der Trend ging ja eindeutig zum jüngeren Mann, das hatte Mona mir letztens erst aus einer Frauenzeitschrift vorgelesen, aber die eigene Mutter … Ich verdrängte weitere Gedanken zu dem Thema schnell.

»Na ja, sie behauptet zumindest, es sei für immer. In unserem letzten Gespräch ließ sie so etwas fallen wie ›feste Lebenspartnerschaft‹ oder so. Für Renates Verhältnisse ein regelrechter Durchbruch!«

Das konnte man wohl laut sagen! Wenn selbst meine Mutter jetzt den Mann fürs Leben gefunden hatte, konnte ich mich auf der Stelle in ein Grab aus Pringles und Schokoküssen versenken lassen. Anscheinend gab es für jeden den passenden Deckel, außer für mich. Und jetzt hatte ich noch nicht mal mehr einen Job, um mein lausiges Liebesleben durch Selbstverwirklichung zu ersetzen.

Renate wusste noch gar nichts davon. Vielleicht sollte ich wenigstens Tante Marlene beichten, in welch misslicher Lage ich mich befand …

»Kindchen, das ist aber doch nicht so schlimm«, kommentierte Tante Marlene meine bibbernd vorgetragene Beichte. »Tu doch was Gutes. Besuch deine Oma zum Beispiel. Jetzt hast du ja Zeit. Außerdem kommst du dann mal raus aus der stickigen, ozonbelasteten Stadtwohnung, und Oma würde sich freuen. Man sollte überschüssige freie Zeit immer nutzen, um etwas Gutes zu tun.«

Man musste wissen: Tante Marlene war das Paradebeispiel im Gutestun. Sie engagierte sich für UNICEF und Greenpeace und arbeitete ehrenamtlich beim Kinder- und Jugendtelefon. Sie weigerte sich, bei mir den eigens von ihr so bezeichneten Kommerz-Kaffee zu trinken und tauschte ihn immer unauffällig gegen Fair-Trade-Kaffee aus.

Einmal hatte sie bei einem gemeinsamen Essen sogar die Garnelen von allen Tellern eingesammelt, weil der Kellner deren genaue Herkunft nicht kannte und sie nicht bio waren.

»Alles voll mit Antibiotikum!«, schimpfte sie.

Mein Einwurf, man würde sich dann aber damit doch den ein oder anderen Arztbesuch sparen, zählte bei Tante Marlene nicht.

Dabei sah sie gar nicht bio aus, im Gegenteil. Sie war immer très chic und sah mit ihren fünfundfünfzig Jahren aus wie Mitte vierzig.

Das fand auch ihr gebeutelter Mann Jürgen, der nichts mehr liebte als ein gutes T-Bone-Steak, medium gebraten, mit lecker Pommes. Der hatte allerdings noch mehr unter ihrer Gutmenschen-Einstellung zu leiden als ich. Aufgrund der bislang fünfundzwanzigjährigen Marlene-Herrschaft, in der sie ein eigenes Rohkost-Imperium aufgebaut hatte, lebte er in ihrer Ehe vegetarisch und konnte nur heimlich Fleisch essen.

Einmal hatte ich ihn in einem Fast-Food-Restaurant getroffen. Er saß ganz hinten in einer dunklen Ecke und hatte bereits einen Big Mac und diverse Aktionsburger verspeist.

Ich musste ihm hoch und heilig versprechen, Marlene nichts zu sagen und mich auf keinen Fall zu verplappern. Im Gegenzug übernahm Jürgen meine Rechnung, und ich machte fette Beute.

Bis dahin wusste ich gar nicht, dass ich tatsächlich in der Lage war, drei große Burger mit Pommes zu essen, wenn es umsonst war. Beim anschließenden Erdbeer-Milchshake, der unbedingt noch sein musste, wurde mir dann allerdings schlecht. Trotzdem war es ein guter Deal, wie ich damals fand, obwohl ich leicht gekrümmt nach Hause ging.

Beim nächsten Grünkernburgeressen an Pfingsten hatte ich echt Mühe, mich zusammenzureißen und mir nichts anmerken zu lassen. Mein grinsendes Gesicht fiel nämlich nicht nur Jürgen auf, und ich erntete böse Blicke von ihm.

Bei Renate und Marlene gab es allerdings eine Gemeinsamkeit, die sich nicht von der Hand weisen ließ. Beide waren definitiv etwas *anders*.

Und das kam – und das wusste ich mit absoluter Sicherheit – von meiner Oma. Melitta Beutel. Ja, das war tatsächlich ihr Name, und *sie* war mit absoluter Gewissheit anders als alle Menschen, die ich kannte oder je getroffen hatte.

Die gleichnamige Kaffeefirma hatte ihr schon einige Male große Pakete Kaffee und Filtertüten zugesandt, in der Hoffnung, sie als Werbegesicht zu gewinnen. Natürlich vergebens.

Melitta war ein Kriegskind, fast neunzig Jahre alt und lebte auf einem alten Bauernhof mitten im Wald am Ende der Welt und weigerte sich, von dort wegzugehen.

Jeden Morgen um fünf stand sie auf, um sämtliche Hirsche und Rehe von ihrem Gemüsebeet zu vertreiben, indem sie in ihr Horn blies (früher hatte ich mich bei dem Geräusch immer wie in *Herr der Ringe – Die Gefährten* gefühlt), und um den ein oder anderen Maulwurf mit der Schreckschusspistole ihres verstorbenen Mannes von der Terrasse aus zu erledigen. In Tierkreisen war sie gefürchtet. Aber nicht nur da.

Für sie gab es nur eine Mitteilungsform, und das war die des Imperativs. Diesen nutzte sie grundsätzlich in einer

Lautstärke, die selbst gut geübten Discogängern das Trommelfell platzen ließ. Nachbarn, Metzgereifachfrauen und Kellner fürchteten ihre radikalen Anweisungen gleichermaßen wie ihre Familie. Was man ihr allerdings lassen musste, war, dass sie zwar kein Blatt vor den Mund nahm, aber immer ehrlich war. Nach einiger Zeit (bei mir dauerte es knapp dreißig Jahre) wusste man das allerdings zu schätzen.

»Ja, vielleicht hast du recht, Marlene. Mir fällt die Decke hier auf den Kopf, ich muss wirklich mal raus.«

War nur die Frage, ob das Ende der Zivilisation gut geeignet war, um *rauszukommen* …

»Sehr gut. Dann kommst du uns auf dem Hin- oder Rückweg besuchen. Ich habe ein paar neue super Rezepte, die muss ich einfach für dich kochen. Sehr figurfreundlich, Kind, also genau das, was du brauchst. Du wirst begeistert sein!«

Der Jürgen sicher auch.

Ich stellte mir immer vor, wie Jürgen im hohen Alter (durch Bioernährung wird man mindestens hundert Jahre alt, meinte Marlene) auf dem Sterbebett liegt, während Marlene ihm die Hand hält, und ihr beichtet, dass er während ihrer dann über sechzigjährigen Ehe nie Vegetarier war. Was dann wohl los sein wird? Ich konnte mich mit diesem Bild immer wieder aufheitern, besonders in Situationen wie dieser.

Bevor Tante Marlene mir einen Besuchstermin zum Grünkernbratlingessen aufzwingen konnte, suchte ich nach einem Grund, das Gespräch schnellstmöglich zu beenden.

»Du, Marlene … *schschscht* … Es rauscht in der Leitung … *schschscht* … Ich fahr gerade durch einen Tunnel!«

»Ich hab dich aber doch auf dem Festnetz zurückgerufen, Kindchen.«

Mist, Tante Marlene entgeht auch nichts.

»Ja genau, das Haus fährt gerade durch …«

Super Idee, Charlotte.

»Kindchen, ich glaube, du drehst langsam total durch. Na ja, bist halt wie deine Mutter. Das kann man nicht leugnen.«

Und ob man das konnte! Ich war überhaupt ganz anders als meine Mutter! Wir hatten überhaupt nichts gemein!

Tante Marlene akzeptierte mit dieser Erklärung jedoch den Umstand, dass ich trotz Haus in einem Tunnelproblem steckte, und verabschiedete sich. Allerdings nicht, ohne vorher einen ihrer weisen Ratschläge loszuwerden, die ich normalerweise immer gerne mit einem blitzartigen Auflegen unterband. Heute war ich aber nicht schnell genug.

»Ach, und noch was, Charly, falls dir gar nichts mehr einfällt: Werde doch schwanger!«

Langsam hatte ich das Gefühl, dass sämtliche Uhren um mich herum weitaus lauter tickten als meine eigene.

9. Kapitel

Auch wenn ich mich weiterhin beharrlich weigerte, in Monas Filzgeschäft einzusteigen, hatte sie mich als Beraterin beim Stoffeinkauf eingeplant. Unser Ziel war das schwedische Möbelparadies.

Da Finn seit Mittag bei mir war, sollte er einfach mitkommen. Mona und ich hatten Trine allerdings hoch und heilig versprechen müssen, Finn auf keinen Fall in der »Kinderablagestelle«, wie Trine es nannte, abzugeben, da man ja nie wisse, welche Spinner dort rumhingen, um fremde Kinder zu entführen. Wir hatten lieber nichts gesagt und uns darauf geeinigt, in dieser Sache spontan zu entscheiden.

Nach der dreißigminütigen Autofahrt mit Finn waren Mona und ich uns jedoch einig.

»Schatz, schau mal, das ist das Småland! Da gibt es eine Ballrutsche und viele nette Kinder zum Spielen.« Ich versuchte, meine Begeisterung in Form von wildem Herumfuchteln mit den Armen und Herumspringen zum Ausdruck zu bringen.

Finn schien beim Anblick des Kinderparadieses semibegeistert, ließ es aber auf einen Versuch ankommen und stellte sich sogar vorbildlich in die Schlange an der Rutsche.

Mona und ich waren zufrieden und machten uns gleich auf Stoffsuche. Dabei schienen die Krimskrams- und die Dekoabteilung ein mittelschweres Hindernis darzustellen.

»Guck mal, die süßen Teller! Mit Blumenrand!«, säuselte Mona verzückt.

»Du hast doch schon tausend Teller.«

Ich versuchte stark zu sein, obwohl ich bereits neue Prosecco-Gläser im Auge hatte. Aber die benutzt man ja auch wirklich sehr, sehr häufig.

»Wir machen es so: Wir packen alles ein, was uns gefällt, und sortieren dann erst kurz vor der Kasse aus.« Freudig ob ihrer tollen Idee und des, wenn auch kurzlebigen, bevorstehenden Auslebens ihres Kaufrausches, klatschte sie in die Hände.

Diese Strategie war nicht neu. Jedes Mal, wenn Mona kurz vor der Kasse sämtliche Teile versuchsweise unbemerkt überallhin verstreute, um diese dann in letzter Sekunde gegen mehrere Pakete Servietten einzutauschen, trafen sie verschwörerische Blicke von – so Mona – »Gleichgesinntinnen«.

Eine schrille Durchsage störte uns in unserem Kaufrausch.

»Der kleine Finn möchte aus dem Kinderparadies abgeholt werden.«

»Oh nein, jetzt noch nicht!« Mona stöhnte. »Ich bin gerade in Fahrt, und wir sind noch nicht mal bei den Stoffen angekommen.«

»Ich denke, ein bisschen wird er noch durchhalten. Wir beeilen uns einfach und holen ihn gleich ab.«

Zehn Minuten später kam erneut eine Durchsage.

»Der kleine Finn möchte *jetzt* im Kinderparadies abgeholt werden.«

Irgendwie klingt der Ton der Kindergartenfrau ein wenig schriller als noch vor ein paar Minuten, dachte ich. *Na ja, kein Wunder bei diesem Job – immer zu wenig Personal und sicher auch schlechte Bezahlung.*

Trotzdem ermahnte ich Mona: »Los jetzt, wir müssen

weiter. Ich will nicht, dass er einen Aufstand macht und einen schlechten Eindruck hinterlässt. Schließlich ist das Småland als Rettung für ganz schlechte Tage von Finn und mir gedacht. Am Ende bekommt Finn noch Hausverbot! Das kann ich mir nun wirklich nicht leisten.«

Dieses Argument konnte Mona natürlich sofort nachvollziehen.

»Warte, nur noch der Ballen hier. Ich brauche fünf Meter, dann bin ich fertig«, sagte sie gehetzt und fuchtelte wild mit der Schere herum.

Wieder eine Durchsage.

»Der kleine Finn möchte *auf der Stelle*, *un-ver-züg-lich*, *so-fort* und ziemlich *dringend* aus dem Kinderparadies abgeholt werden!«

Irgendwie klang das wie eine Drohung. Ich sah das Hausverbot winken. *Bitte nicht!!!*

Auf dem Weg zur Kasse schafften es noch eine Vase (man weiß ja nie, wann man mal wieder einen riesigen Strauß Rosen geschenkt bekommt – besonders als Single), ein Untersetzer-Set aus Rattan (passt immer und wirkt stilsicher, aber nicht spießig), eine neue Klobürste in dezentem Rosa (Mädchenwohnung!) und diverse Duftkerzen (wirken immer entspannend – egal, ob beim heißen Date oder beim einsamen, traurigen, lasterhaften Chips-Singleabend vorm Fernseher) in Monas und meinen Einkaufswagen.

Seit der letzten Durchsage schienen nur wenige Minuten vergangen zu sein, aber ich begann, mir langsam Sorgen zu machen. Der Ton der schwedischen Erziehungsfachfrau wirkte ernsthaft nachdrücklich.

»Geh du zur Kasse. Ich geh schon mal vor und hole Finn, okay?«, schlug ich vor und ließ Mona in der wie immer und zu jeder Tageszeit überlangen Schlange stehen.

»Aber was soll ich denn jetzt aussortieren?«, fragte Mona verzweifelt.

»Was du willst«, gab ich zurück.

Finn war jetzt wichtiger.

Als ich völlig aus der Puste an der Abgabetheke vom Småland ankam, begrüßte mich eine sehr junge, sehr blonde Frau.

»Ich möchte Finn abholen, Sie wissen schon, ›der kleine Finn möchte *so-fort* und *dringend* abgeholt werden…‹.«

»Ach ja, *der* Finn. Sein Vater hat ihn eben abgeholt. Wissen Sie denn nicht Bescheid?«

»Sein Vater? Welcher Vater?« Mir rann augenblicklich der kalte Schweiß über die Stirn.

»Na, das müssen Sie schon selber wissen, junge Frau«, entgegnete mir die sicher zehn Jahre jüngere Schwedentante naserümpfend und zog ab.

Wie kann das denn sein?

Paul war arbeiten und wusste gar nicht, dass wir bei *Ikea* waren. In der kurzen Zeit konnte das Personal ihn doch nicht informiert haben … Außerdem hatten sie Pauls Nummer gar nicht.

Hatte Trine mir vielleicht was verschwiegen?

Hinter all dem steckte doch nicht etwa der süße Kellner von unserem Stammitaliener, der jetzt Rache dafür übte, dass Trine ihm das gemeinsame Kind vorenthielt, und Finn in Form einer Auslandsentführung eingesackt hatte? Ich glaubte, mich daran zu erinnern, dass er auf mich schon immer einen etwas fanatischen Eindruck gemacht hatte, wenn er Trine – sogar während ihrer Schwangerschaft – angeflirtet hatte.

Panisch schaute ich mich um. Ich musste Mona finden und dann Finn suchen. Sofort! Mona war generell leicht zu finden. Besonders in Läden, in denen es Stoffe zu kaufen gab. Und Essen.

»M-arly, m-iem-abenm-ieM-ackfleisch-Mällchenm-etzt-mauchm-im M-echermürmaufmieM-and, m-ist m-asm-ichtmoll?« Zufrieden kauend begrüßte Mona mich hinter der Kasse.

Mein panischer Blick mit aufgerissenen Augen verhieß nichts Gutes. Das merkte sogar Mona relativ schnell.

»Was ist denn los, wieso schwitzt du so?«, fragte sie und schluckte zwei Köttbullar auf einmal runter. »Für die Wechseljahre ist es ja noch ein bisschen früh. Obwohl, ich hatte da mal eine Freundin, die eine Freundin hatte, und bei der setzten die Wechseljahre völlig überraschend von heute auf morgen mit fünfunddreißig ein. Ganz plötzlich, ohne jegliche Vorzeichen. Ist das nicht verrückt?«

»Mona!«

Mona schluckte ein weiteres Köttbullar, ohne zu kauen, hinunter.

»Und wo ist überhaupt Finn?«

»Er ist abgeholt worden, Mona! Wir müssen ihn suchen! *Sofort!*«, schrie ich sie an.

»Abgeholt? Von wem denn? Du meinst entführt? Oh mein Gott!«

Schlagartig entwich die Farbe aus Monas rosigem Gesicht, und der letzte Rest Köttbullar blieb ihr im Halse stecken.

»Das darf doch nicht wahr sein! Die bekloppten Schweden können doch nicht einfach irgendwem so ein Kind in die Hand drücken! Und da sagt man auch noch, die skandinavischen Länder seien so kinderfreundlich!«

»Angeblich ist er von seinem Vater abgeholt worden«, erklärte ich schnaufend, »aber das kann ja gar nicht sein. Paul arbeitet doch!«

»Wir teilen uns auf. Du suchst hier und ich auf dem Parkplatz – los!«

Mona schien Hackbällchen und Stoffbahnen vergessen zu haben und war blitzartig zu einer Kindersuchmaschine mutiert. Sie ließ sogar ihre geliebten Stofflappen liegen, und das sollte schon was heißen.

Ich rannte wild und planlos herum: zur Essenstheke, vorbei an den Kühltheken und weiter zu den Umtauschkassen. Ich betete, dass alles nur ein blöder Irrtum sei, wobei ich mich im gleichen Moment fragte, wie es sein konnte, dass ein Vater aus Versehen ein falsches Kind abholte. *Selbst Workaholics erkennen doch ihre eigene Brut. Oder? Oder?!?*

»Charlotte, da bist du ja endlich! Wir suchen dich schon die ganze Zeit!«, sprach mich eine wohlbekannte Stimme von der Seite an.

Was? Das kann nicht wahr sein! Nicht schon wieder!

Eric stand vor mir, seelenruhig, mit Maya an der linken und Finn an der rechten Hand. Beide Kinder kauten zufrieden an ihrem Hotdog.

»*Du* bist der *Vater*?«

Eric sah mich an und zuckte gelassen mit den Schultern.

»Na ja, es tut mir leid, Charlotte, ich musste das sagen, sonst hätten sie mir Finn nicht gegeben, und er weinte doch so schrecklich. Ich wollte gerade Maya abgeben, da hab ich ihn gesehen, wie er da so verzweifelt stand. Und nach der dritten Durchsage dachte ich, du seist irgendwie verhindert. Er nannte mich sogar Papa, damit ich ihn mitnehmen konnte.« Eric zwinkerte mir zu. »Natürlich nicht umsonst. Für einen Hotdog. Er hat für sein junges Alter bereits einen wirklich guten Geschäftssinn.«

Ich konnte es nicht fassen. *Da hat er doch allen Ernstes den Nerv, jetzt noch Scherze zu machen?!?*

»Und ein Hotdog löst doch fast jedes Problem«, fügte er lächelnd hinzu und deutete auf die stillen, weil zufriedenen Kinder.

Ich war außer mir vor Wut und ließ es direkt an Eric aus: »Du hast sie doch nicht mehr alle! Ich hatte beinahe einen Herzinfarkt! Wie kannst du nur so was Blödes tun! Du spinnst ja total! Ich dachte, ihm wäre wer weiß was passiert! Auslandsentführung, Verschleppung, Organhandel – alles drei zusammen! Es hätte *alles Mögliche* passiert sein können! Und du stehst hier seelenruhig mit den Kindern und den bescheuerten Hotdogs rum!«

Inzwischen hatte sich auch die erstaunte Mona wieder eingefunden.

»Es tut mir so leid! Ich konnte ihn nicht dalassen, wie er da so schreiend stand, und *du* bist nicht gekommen. Jetzt sei bitte nicht mehr böse! Es war ein Riesenaufwand, ihn da rauszukriegen. Sie geben die Kinder nicht einfach so raus, das war alles total sicher.«

»Das sehe ich, wie sicher das alles war! So was hab ich noch nie erlebt. Erst lügst du die dilettantische Schwedentante an – und jetzt auch noch mich!«

Mona verzog über meinen erneuten Ausbruch das Gesicht. Vielleicht auch, weil ich ja eher im Glashaus saß als in Birke Natur.

Ich für meinen Teil hatte sowieso genug und wollte nur noch weg. Also zerrte ich Finn Richtung Ausgang.

»Bei mir brauchst du dich gar nicht mehr zu melden! Ich habe diese beknackten Zufallstreffen satt! Leb wohl!« Das musste ich noch loswerden, bevor ich wütend durch die Tür stapfte.

Mona lief mir hinterher und rief Eric noch ein entschuldigendes »Das meint sie nicht so!« zu. Dann blieb sie kurz stehen und sah zu ihm zurück: »Wir haben uns ernsthaft Sorgen gemacht, Eric, das war wirklich keine gute Idee.«

»Nein, das war es wohl nicht«, sagte Eric und warf seinen Hotdog in den Müll, »das war es ganz und gar nicht.«

Die Autofahrt nach Hause verlief still.

Finn war müde vom vielen Schreien und schlief direkt beim Verlassen des Parkplatzes ein. Natürlich nicht, ohne vorher den Rest seines Hotdogs gründlich in den Kindersitz sowie in die umliegenden Autositze eingearbeitet zu haben.

Mona traute sich nicht, überhaupt etwas zu sagen. Besonders wohl deshalb nicht, weil ich während des Fahrens eine gewisse Raserei an den Tag legte – und zwar im doppelten Sinne. Nebenbei redete ich wirr halbe Sätze vor mich hin, wie: »Der Spinner, der Irre!«, oder: »Vollidiot, der kann mich mal!«, und: »Den zeig ich an!«.

Nach zwanzig schweißtreibenden Minuten fasste Mona sich dann doch ein Herz: »Wie fühlst du dich jetzt? Besser?«

»Wie ich mich fühle? Was ist das denn für eine Frage? Ätnamäßig fühle ich mich!«, antwortete ich wild schnaubend.

»Charlotte, hier ist hundert!«, warf Mona ein.

»Na und? Beinahe wäre unser Kind entführt worden! Da machen ein paar Stundenkilometer mehr oder weniger auch nichts mehr aus.«

»Also, erstens ist er ja nicht entführt worden, auch nicht beinahe. Und zweitens ist Finn nicht *unser* Kind, sondern Trines. Und drittens fährst du hundertachtzig, das sind also achtzig Stundenkilometer zu schnell.«

»Deine Belehrungen ändern jetzt auch nichts daran, dass Eric ein Idiot ist. Ich kann echt nicht verstehen, wie er denken konnte, dass das eine gute Idee sei. Und wieso treffe ich den Blödmannsgehilfen eigentlich alle naselang?«

»Schicksal«, murmelte Mona leise, »alles Schicksal.«

Als wir den schlafenden Finn bei Trine abgaben, hüteten wir uns, von dem einschneidenden Erlebnis gerade eben zu berichten. In Trines Zustand wäre das unverantwortlich gewesen, das war klar.

»Da habt ihr meinen Kleinen ja ganz schön ausgepowert, was?«

Trine freute sich. Sie sah richtig erholt aus.

»Was so ein Vormittag auf der Terrasse mit einem Buch guttut, Leute. Da könnte fast ein Fünkchen Neid auf euch Kinderlose aufkommen. Manchmal denke ich in solchen Momenten, sie könnten mir den Finn ruhig mal ein, zwei Tage entführen. Sinnbildlich, meine ich natürlich«, sagte Trine.

Mona und ich sahen uns stumm an.

Wie wahr, Trine, dachte ich, *wie wahr.*

10. Kapitel

Den folgenden Vormittag verbrachte ich mit Pringles und der extragroßen Sonderedition Merci im Bett. Dort hatte ich genügend Zeit und Ruhe, mir Gedanken über mein Eric-Småland-Erlebnis zu machen.

Eric war endgültig raus aus der Nummer. Aber so was von! Da hatte ich doch noch gerade eben ein schlechtes Gewissen gehabt, dass er womöglich glauben könne, Finn sei mein Sohn, und für ihn die hippe Alleinerziehende gemimt – und im nächsten Moment leistete er sich so was! Mich so zu Tode zu erschrecken! Dabei müsste er als alleinerziehender Vater doch am besten wissen, dass so eine Aktion einfach nicht geht! Aber was half es, sich weiter darüber aufzuregen? Der Schlamassel war sowieso perfekt. Marc hätte sich so eine Nummer jedenfalls nicht geleistet. Und überhaupt, Marc war viel verantwortungsvoller. Nicht, dass ich ihn schon mal mit einem Kind gesehen hätte, aber so was hätte er sicher nicht zustande gebracht. Ach Marc …

*

Trine hatte sich mit Finn zum Kaffee angemeldet, um feierlich den offiziellen Arbeitstitel des aktuellen Babys bekannt zu geben.

Als sie zur Tür hereinkam, staunte ich wieder mal, was für eine Styling-Queen meine Freundin doch war. Trotz des wassermelonengroßen Bauches sah sie todschick aus. Trine trug ein enges Langarmshirt in Pink und darüber ein kurzärmeliges grellgrünes Oberteil, dazu ihre Lieblings-Schwangerschafts-Röhrenjeans.

Trine machte sich nichts aus weiten Hängerchen, obwohl die ja momentan recht modern waren. Aber sie befürchtete, dass die Leute am Ende womöglich dachten, sie sei einfach nur dick. Deswegen trug sie lieber enge Sachen, um auch jedem Zweifler eindeutig zu zeigen: Ja, ich bin schwanger, und du kannst mir gerne die Tür aufhalten/mir die Treppe hoch-,/runterhelfen/mir den einzigen Stuhl im Raum überlassen/im Bus für mich aufstehen/mich in der Warteschlange vorlassen/mir deinen Parkplatz nach fünfundvierzigminütiger Suche überlassen, ohne mich beim Aussteigen (aufgrund der dann erscheinenden Plauze) anzuschreien.

Ich glaubte, im Grunde war Trine nur aus solchen Motiven zum zweiten Mal schwanger geworden, denn ein weiteres Wunschkind konnte es nach Finn eigentlich nicht geben.

Sie sah auf jeden Fall aus wie das blühende Leben. Dagegen kam ich mir erst recht wie eine vertrocknete Sickergrube vor.

An ihrer Hand hing ein reiswaffelnzerbröselnder Finn, der die Reispops wie Hänsel in meinem Flur verteilte.

Ob er nach der Småland-Aktion Angst hatte, nicht mehr nach Hause zu kommen? *Hoffentlich kein schwerwiegendes Trauma,* dachte ich noch, bevor mich mein nächster Gedanke von einer horrenden Psychologen-Rechnung ablenkte. Denn die Reispops in Finns Haaren erinnerten mich stark an die Hochzeitsfrisur von Sissi in Teil eins der Sissi-Trilogie. Die Gedanken über meine zunehmend merkwürdig anmutenden Assoziationsketten wurden abrupt von Trine unterbrochen.

»Es ist doch kein Hein geworden«, verkündete Trine und

stellte eine Flasche alkoholfreien Sekt auf den Tisch. »Ich mag das Zeug zwar nicht, aber nach einer so wichtigen Entscheidung kann ich kein Wasser trinken. Ich bestehe sowieso nur noch aus Wasser.« Sie schnaufte laut und stützte sich am Küchentisch ab. »Also: Der offizielle Arbeitstitel lautet ...« Trine ließ eine längere Pause für den imaginären Trommelwirbel. »... Elmo!«

Ich dachte: *Ach du Scheiße.*

Ich sagte: »Super! Hört sich gut an. Mal was ... anderes.«

Trine sah mich prüfend an. »Ich weiß, dass du ihn nicht magst. Ich kenne dich, Charly. Mit Authen...ti...tizi... tizi... hoooh, du weißt schon, hast du zumindest kein Problem.«

Hat das nicht schon Eric festgestellt? Ach Eric ...! Ich seufzte.

»Na, so schlimm ist er doch wirklich nicht, Charlotte! Es war halt der einzige Name, den Paul *und* ich gut fanden. Also wird er es. Aus die Maus. Für das Recht auf einen guten Namen musst du also nicht mehr plädingsen. Paul und ich sind uns einig. Außerdem hätte ich zur Not den Namen sogar alleine bestimmen können. Das wäre Paul mir schon für seinen Nachnamen schuldig.«

Da hatte sie absolut recht. Trine hatte nach langer Überredung seitens Paul seinen Nachnamen angenommen, was ein *sehr* großer Akt der Liebe gewesen war. Denn Paul hieß Gehtrümpel. Wenn man nun Tine wie alle *Trine* nannte und dann den Nachnamen ... Wie auch immer, es war ein großer, lebenslanger Liebesbeweis.

Und nun also noch ein Elmo Gehtrümpel. Auch gut, wenn die Kinder direkt mit der harten Realität konfrontiert werden. Ist schließlich kein Ponyhof, das alles hier, dachte ich. *Und das wird Elmo auch recht schnell feststellen. Spätestens dann, wenn er seinen großen Bruder Finn kennenlernt.*

Der hatte gerade seinen Spaß dabei, den Rest der Reispops in die Parkettritzen einzuarbeiten. Das Gute an seiner Technik war, dass er die Reispops so fest in den Boden drückte, dass es fast gewollt aussah. Über diverse Reinigungsmöglichkeiten musste ich mir nun keine Gedanken mehr machen.

»Aha, Elmo also. Wie bist du draufgekommen?«

»In Elmo spielt meine Lieblingsserie.«

Ich sah Trine entgeistert an. »Du nennst deinen Sohn nach einem *Ort* in einer *Serie*?«

»Nach *dem* Ort meiner *Lieblingsserie*. Ja.«

»Na gut. Trinken wir darauf.«

Einen solch spektakulären Arbeitstitel wie *Elmo* musste man allemal feiern.

Trine saß zufrieden am Küchentisch. Ich spürte ein stechendes Gefühl in der Magengegend. *Wieso sieht sie so verdammt glücklich aus?*

Das konnte ja unmöglich an ihrer Chaosfamilie liegen, und nur ein gutes Outfit alleine brachte sie doch auch nicht derartig zum Strahlen.

»Du glaubst nicht, was mir heute passiert ist!« Trine machte ein ernstes Gesicht und sah plötzlich nicht mehr ganz so strahlend aus. Außerdem riss sie derart die Augen auf, dass ich wusste, dass ein einfaches Nachfragen nicht genügen würde. Es musste also dramatisch sein.

Ich überlegte, was geschehen sein könnte. Eventuell hatte irgendjemand Trine in einer zweihundertzwanzig Meter langen Warteschlange trotz Schwangerschaft nicht bis an die Spitze vorgelassen …

»Keine Ahnung, was denn?«

»So ein blöder Typ hat mir den Parkplatz weggeschnappt!

Dabei wollte ich nach dem Frauenarzt nur kurz was einkaufen, nur zwei Minuten, und dafür soll ich dann stundenlang auf Parkplätze warten!« Trine neigte ihrer Meinung nach nie oder wirklich nur sehr selten zu Übertreibungen. »Der Be-El-Öh-De-mann meinte, er sei zuerst da gewesen, dabei hat er sich fies und aasig von hinten angeschlichen.« Trine buchstabierte vorsichtshalber schlimme Wörter, damit Finn sie nicht nachplappern konnte (selbst wenn er nicht anwesend war). »Ich hab's genau gesehen, der miese Sch-Uh-Er-Ka-Eh!«

Schurke? Wer benutzt denn solche Wörter heute noch? Gut, wer sein Kind Elmo *nennt …*

»Und dann?«, fragte ich semi-interessiert.

»Ich bin ausgestiegen und habe ihm die Leviten gelesen.«

Was sind eigentlich Leviten?, fragte ich mich unvermittelt. *Achtung! Wikipedia-Liste, nicht vergessen, heute Abend nachgucken, zusammen mit der Raben-Krähen-Sache.*

»Das war so ein Pseudo-Manager-Typ mit seinem Understatement Passat-Kombi, typisch, nach außen familienfreundlich, aber dann so was von total anticool, von wegen im Stress und so.«

»Du meinst uncool?«

»Antikuh, Antikuh!«, echote es aus Finns Mund.

Super, neues Wort gelernt, um mich in der Öffentlichkeit zu blamieren!

Finn war bis jetzt verhältnismäßig leise und unauffällig gewesen. Ich kannte diese Art der Stille, es war die gleiche, wie sie in Splatterfilmen kurz vor dem Massenmord herrschte.

»Ja, und was war dann mit dem Pseudo-Typen?«, fragte ich.

»Er meinte, er sei zuerst da gewesen und dass da kein

Schild stehe, Schwangeren-Parkplatz und so. Als ob so was nötig ist! So weit kommt es noch! Das gebietet doch der gesunde Menschenverstand, dass man eine Frau in anderen Umständen vorlässt!«

Ich überlegte, wie oft ich das bis jetzt gemacht hatte. Ich rechnete zusammen und kam auf: kein Mal. Allerdings musste ich zu meiner Verteidigung sagen, dass ich ja weitestgehend alle Plätze mied, wo sich Schwangere oder Familien aufhielten, es sei denn, ich war mit Finn unterwegs, und da hatte ich dann auch andere Sorgen.

»Aber er konnte das doch gar nicht sehen, im Auto«, verteidigte ich den armen Pseudo-Schurken nun doch.

»Ach, so ein Quark! Auf jeden Fall hab ich dem Macker dann mal erklärt, was so eine Schwangerschaft bedeutet. Keine Salami mehr essen, kein perfektes Steak, medium gebraten, sondern nur die furztrockenen, durchgebratenen Fleischstücke, die keiner will, monatelang auf Koffein verzichten, weil es frei die Plazenta passieren kann, jedes Gemüse stundenlang vor dem Verzehr abwaschen, auf zu viel Spinat verzichten, weil sich das enthaltene Nitrat in Nitrit umwandeln kann und das giftig ist, kein Sushi mehr, kein Alkohol, also auch kein Feierabendbier, keine wilden Prosecco-Abende, keine Happy Hour und neun Monate lang sämtlichen Rohmilchprodukten entsagen, das heißt keinen Mozzarella, keinen Brie, keinen himmlischen Roquefort mehr!« Trine hatte sich anscheinend stark veräußert, denn sie schnaufte heftig. »Keinen frischen Feta!!!«, fügte sie donnernd hinzu.

»Feta ist doch auch ein Rohmilchprodukt. Das wird er sicher gewusst haben«, ergänzte ich stellvertretend schuldbewusst.

»Und davon mal ganz abgesehen auch noch die ganzen Kosten für die unzähligen Paletten Nutella-Gläser!«

Paletten? Ich sollte das Aufräumkommando Mona vorbeischicken. Oder noch besser: Tante Marlene. Bei der war das höchste der Gefühle an einem Schlemmerabend eine halbe Tüte Studentenfutter. Das bereute Tante Marlene dann aber meist ganz schnell wieder mit den Worten: »Wie konnte ich mich bloß so gehen lassen?«

Auch Trine ließ sich weiter gehen und ließ auch ihrer Wut immer noch freien Lauf.

»Und ständig die Schmerzen im Rücken, ganz abgesehen von den Wasseransammlungen im ganzen Körper! Dicke Beine, dicke Füße, Wassereinlagerungen ü-ber-all, Riesenplauze, sodass man seine Schuhe irgendwann nicht mehr zubinden kann, keine Stellungswechsel mehr beim Liebesakt, keine Shoppingsamstage mehr mit Freundinnen, weil einem eh nichts mehr passt, was sexy ist, und ständig diese fettigen Haare!«

Ich ging mir reflexartig durch die Haare, aber Gott sei Dank waren sie nicht fettig. Ich hatte immerhin gestern erst geduscht.

»Das hast du ihm alles gesagt?«

»Natürlich!«, antwortete Trine immer noch kampflustig.

»Auch das mit deinen Flatulenzproblemen?«, fragte ich vorsichtig.

»Mist, das habe ich doch glatt vergessen, bei der ganzen Aufregung!«

Trine schien es ehrlich zu bedauern.

»Und was hat er dann gemacht?«

»Zuerst guckte er nur blöd, ich hab wohl wieder zu schnell gesprochen. Er dachte, es sei eine Fremdsprache. Kyrillisch oder so.«

Ein Phänomen, das bei Trine nicht selten vorkam. Wenn sie richtig loslegte, verstand man meist nur jedes zweite

Wort, und oft hörte es sich an wie irgendein slawischer Dialekt.

»Kyrillisch ist eine Schrift, Liebes, und keine Sprache«, warf ich kurz ein.

Trine winkte ab. »Ich war eben aufgeregt.«

»Er hat also nichts verstanden?«

»Na ja, ich hab ihm dann alles noch mal etwas langsamer erzählt. Aber nicht weniger laut.«

Langsam bekam ich dann doch echtes Mitleid mit dem armen Mann. »Und dann?«

»Der miese Kerl hat geantwortet, dass er nichts dafür kann, dass ich schwanger bin, und dass er, wenn er mich so ansehe, es auch nicht bedauere, und dass ich mich nicht so anstellen soll, ich sei ja schließlich nicht krank.«

»Unverschämtheit!«, antwortete ich brav.

»Genau! Dem habe ich eins übergebraten mit meiner guten Picard, der aus braunem Wildleder, du weißt, welche.«

Aaah ja. Spielte das eine Rolle? Ich wusste nämlich nicht, welche.

»Ja klar weiß ich, welche! Und, ist er geflüchtet?«

»Ja, er hat noch irgendwas mit ›Das arme Kind und der arme Mann!‹ gebrabbelt, aber dem hab ich es gezeigt! So schnell nimmt der einer Schwangeren nicht mehr den Parkplatz weg, das sag ich dir!«

Trine schien sichtlich stolz aufgrund ihres vermeintlichen Triumphes. Und obwohl ich die ganze Sache ein bisschen überzogen fand, konnte ich sie verstehen. Im Grunde erging es ihr in ihrer Schwangerschaft ähnlich wie mir mit meiner Arbeitslosigkeit. Ein bisschen abgeschnitten von der Außenwelt, daher froh um jedes Projekt und immer ein wenig überreizt genossen wir jeden Moment der Ablenkung. Und wenn es auch nur ein Pseudo-Typ mit geklautem Parkplatz war. Für Trine war er heute zweifellos das Highlight des Tages.

»Wie geht's dir denn sonst? Ich meine, abgesehen von bösen Schurken, die Parkplätze klauen?«

»Psst! Du weißt doch, Finn!« Trine rollte die Augen Richtung Finn, der ein Meister seines Fachs zu sein schien. Alle Reiswaffelbrösel waren bis auf den letzten Krümel versenkt.

»Ja«, korrigierte ich mich, »also bis auf die Sch-Uh-Er-Ka-Eh-En?«

»Ach, es geht. Ich schlafe nachts kaum mehr. Paul hat zwar schon immer geschnarcht, aber es wird permanent schlimmer. Zurzeit liegt er immer auf dem Bauch und macht diese seltsamen Sterbegeräusche.«

Trine versuchte, Pauls Sterbegeräusche zu imitieren. Es hörte sich an wie ein Elefant, der bei einer Wassergeburt untergeht.

»Danke, Trine. Sehr gut veranschaulicht. Du Arme!«

»Ja, oder? Paul muss jetzt im Wohnzimmer schlafen. Und das Klo im Keller benutzen. Ich kann gerade weder seine Geräusche noch seine Gerüche ertragen.«

Ich wusste plötzlich nicht mehr, wen ich mehr bemitleiden sollte: Trine oder Paul.

»Und dann das viele Liegen!« Trine stützte ihr rosiges Gesicht in die Hände. »Und außerdem habe ich auch wieder diese Gelüste.«

Ich überlegte kurz, ob ich das alles wissen wollte. Und beschloss, dass heute ein mutiger Tag war.

»Was für Gelüste?«

»Auf polnisches Essen.«

Als ich sie vor ein paar Jahren zu der Hochzeit einer entfernten Cousine meiner Großtante Wanda mit nach Polen genommen hatte, war Trine auf den Geschmack von polnischem Essen gekommen. Besonders während der Schwangerschaft mit Finn aß sie *Barszcz* und *Pierogi*, was das Zeug hielt.

»Ach so«, seufzte ich erleichtert, »wenn's nur das ist. Ich dachte schon, du hättest ganz andere Gelüste.«

Trine hielt auch mit noch delikateren Themen meistens nicht hinterm Berg.

»Die habe ich auch! Aber komischerweise nicht mit Paul.«

Oje! Ich biss mir auf die Lippen. Jetzt hatte ich auch noch den Anstoß gegeben.

»Letztens im Supermarkt, an der Gemüsetheke, da stand so ein süßer Typ und hat gerade seine Zucchini abgewogen.«

Ich dachte: *Oh nein.*

Ich sagte: »Oh nein.«

»Er hatte so 'ne süße Hornbrille an und guckte so niedlich verwirrt. Ich hab mir vorgestellt, wie wir es wild zwischen den Zucchini machen. Allerdings habe ich mit dem dicken Bauch dabei sämtliche Regale abgeräumt. Bis zu den dreifarbigen Paprika. Es war trotzdem toll!« Reumütig fügte sie noch hinzu: »Ich meine, die Vorstellung war toll.«

»Ich glaube, ich möchte niemals schwanger werden. Das hört sich alles sehr anstrengend an. Und der arme Paul erst!«

»Ach der. Der muss sich nicht mit der Kugel durch die Gegend rollen. Ein paar Tage auf dem Sofa werden ihn schon nicht umbringen. Nur die Zucchini-Geschichte fand er beängstigend.«

»Du hast ihm die doch nicht etwa erzählt?«, fragte ich ungläubig.

»Doch, klar. Wir sagen uns alles.«

Trine war manchmal mehr als nur schmerzfrei. Paul allerdings auch.

»Aber sag mal, Charlotte, was gibt es eigentlich Neues von der Eric-Front?«

Ich wurde still.

»So schlimm?«

»Es gibt nichts Neues zu berichten. Er meldet sich nicht mehr, zu Recht, und ich hatte auch noch nicht den Mumm. Außerdem war ich wegen einer Sache wirklich sehr sauer auf ihn.«

»Was für eine Sache?«, fragte Trine interessiert.

»Ach, eigentlich nichts Wichtiges«, antwortete ich beschämt und dachte an die Småland-Aktion.

»Wirf doch nicht gleich die Pfeife ins Feld. Ist doch alles zu regeln. Musst ihn nur anrufen.«

»Trine, es heißt Flinte. Und ins Korn!«

»Was?« Trine sah mich leicht verwirrt an.

Wie immer. Trine halt.

»Man wirft nicht gleich die Flinte ins Korn, nicht die Pfeife ins Feld.«

»Ach, ist doch sowieso ein blöder Spruch! Mach endlich weiter, darum geht's doch!«

»Ja. Darum geht's. Nur geht's halt mal grad nicht weiter. Manchmal gibt's auch Sackgassen. Da muss man erst wieder rausfinden.« Meine eigene Stimme klang seltsam fremd, irgendwie blass, farblos. Und traurig.

»So ein esoterischer Weichspülermist. Haste das von Mona? Nichts Sackgasse. Eher Überholspur. Und das bitte zügig, ja?«

Trine war ganz euphorisiert und steckte sich zwei Cantuccinis aus der Schale in den Mund, die ich vor ihr aufgestellt hatte.

Finn ließ nicht lange auf sich warten und schnappte sich mit einem Griff den kompletten Rest aus der Schüssel.

»Fi-hinn!«

Trine packte Finn am Arm, noch bevor er sich den ersten Keks in den Mund stecken konnte.

Ich war beeindruckt. Eine derartige Reaktionsschnelligkeit hatte ich ihr gar nicht zugetraut.

»Das ist nichts für dich. Die sind alle für die Mama«, sagte sie kauend. »Al-le!«

Pädagogisch war diese Erziehungsmethode sicherlich zu hinterfragen, aber ich sagte mal lieber nichts.

»Außerdem wirst du auch nicht jünger, meine Liebe. Und unsere Kinder sollen doch noch zusammen spielen können. Zumindest Elmo. Oder willst du, dass Elmo dein Kind dann mit dem Auto vom Kindergarten abholt, wenn du es bis dahin endlich mal geschafft hast?«

»Du bist hart«, schnaubte ich verletzt.

»Nein, nur besorgt.«

Na toll, da war er, der Muttertton.

»Tu dich doch mit Mona zusammen. Ihr gemeinen Schwestern!«

»Sie ist auch sicher nur besorgt. Und jetzt tätige den längst überfälligen Anruf bei deinem Eric. Bitte.«

»Aber er hat doch …«, begann ich, um im nächsten Moment zu stocken. Schließlich wusste Trine nichts von meiner Småland-Aktion, und ich konnte es ihr ja schlecht erzählen. »Also zumindest ist er schuld, dass es nicht … weitergeht.«

»Das ist doch albern, Charlotte!« Trine sah mich an, als hätte ich sie soeben gefragt, ob sie mir die Schuhe zubinden könne. »Du kommst nicht aus dem Quark, weder in dieser Sache noch arbeitsmäßig. Dabei verstehe ich überhaupt nicht, wo das Problem liegt.«

Das war es ja eben, ich wusste es selbst nicht. Aber gemein war es schon, mich hier so runterzumachen.

»Du hast gut reden«, verteidigte ich mich. »Dein Paul hält dich schön aus, und du kriegst einen Terrorkeks nach dem anderen.«

Ich bereute meine Worte sofort.

Trines Gesicht hatte sich augenblicklich von strahlend-euphorisch in sauer-enttäuscht verwandelt. Ich wusste genau, dass Trine auf viel verzichtete. Die Familie war nun mal ihr Heiligtum – und auch ihre Achillesferse.

»Es tut mir leid, Trine«, entschuldigte ich mich zerknirscht. »Ich weiß selber nicht mehr, was mit mir los ist.«

Trines Gesicht entspannte sich langsam wieder.

»Wenn ich es nicht besser wüsste, würde ich denken, *du* bist hier die Schwangere von uns beiden!«

Ich sah sie an und schwieg kurz.

»Trine?«

»Ja?«

»Bist du glücklich? Ich meine, wirklich, ernsthaft, total, hundertprozentig?«

»Oh ja«, antwortete sie sanft. »Nicht immer, Charlotte. Aber die meiste Zeit, ja. Und wie.«

Ich holte tief Luft und seufzte schwer.

Ob alkoholfreier Sekt jetzt hilft?

11. Kapitel

Als Trine weg war, hatte ich das unbedingte Gefühl, mich belohnen zu müssen. Da meine Hosen langsam kniffen und ich mir Monas Rat bezüglich meines leicht außer Kontrolle geratenen Lebensmittelkonsums zu Herzen genommen hatte, verzichtete ich auf den Pizzadienst und entschied mich für Schuhe. Die gingen immer und passten, egal, ob man ein paar Kilo mehr oder weniger draufhatte.

Zwar war die dämliche Abfindung immer noch nicht auf meinem Konto und der Dispo schwer ausgereizt (ich hatte mir mittlerweile angewöhnt, meine Hausbank nicht mehr zu betreten, da ich die begründete Angst hatte, mein Bankberater würde mich wortlos in einen dunklen Raum zerren und mich so lange dort einsperren, bis er mir das Versprechen abringen konnte, dass ich umgehend meinen Dispo ausgleichen würde), aber irgendeine Aufmunterung brauchte ich jetzt.

Ein neues Paar von *Paul Green* würde sicher helfen. Diese Markenschuhe waren nicht allzu teuer, aber immer schick und machten vor allem froh.

Gerade als ich mich zur Einstimmung in die Auslage meines Lieblingsschuhladens vertiefte, stellte sich ein schmusendes Pärchen neben mich vor das Schaufenster.

Die schlanke Blondine war sicherlich etwas älter als ich, aber äußerst attraktiv. Sie lachte laut und schmiegte ihr Gesicht an die Schulter ihres viel zu kleinen Mannes ... der kreisrunden Haarausfall hatte ... *Moment mal, ist das nicht ...?*

Ich konnte es kaum glauben. Angestrengt sah ich in die Spiegelung des Schaufensterglases.

Es war der Schaffner! *Monas* Schaffner! Da bestand kein Zweifel! Diese seltene Kombi aus fehlender Größe, fehlendem Haar und zu viel Selbstbewusstsein gab es so schnell nicht wieder.

Er hatte mich nicht erkannt, und auch jetzt stand ich so zu ihm gedreht, dass er mein Gesicht nicht sah, ich ihn aber gut beobachten konnte. Die Blondine und er waren schwer mit wildem Rumgeturtel beschäftigt.

Das kann doch nicht wahr sein, dass er Mona derart verarscht!

Die Blondine lachte schrill und warf ihr seidiges Haar nach hinten. »Schatzemann, dass du aber auch immer so verschwenderisch bist!« Sie grinste ihn kuhäugig an. »Na gut. Welche kluge Ehefrau sagt da schon Nein?«

Ehefrau?!? Von wegen geschieden! Ich war völlig erstarrt.

Die beiden waren sich anscheinend schnell einig und betraten den Laden.

Schlagartig war mir die Lust am Schuhkauf vergangen. Ich musste Mona dringend anrufen und ihr von dem eben Erlebten erzählen. Es würde sie in ihrer momentanen Euphorie hinsichtlich ihrer neuen Liebe zwar schwer treffen, aber besser jetzt als später.

Hektisch wählte ich Monas Nummer. Es klingelte viermal, fünfmal, keiner ging ran.

Am besten fahre ich sofort zu ihr, irgendwann wird sie schon nach Hause kommen.

Monas Rettungsaktion hatte jetzt Vorrang – vor allem. Selbst der Seelentröster Schuhkauf war plötzlich vergessen.

Die Geschichte mit Fiese-Matenten-Georg war schon schlimm genug. So was soll Mona nicht noch mal passieren. Heute ist defi-

nitiv kein guter Tag, dachte ich, als ich nervös zum Bus sprintete.

Und er würde es sicher auch nicht mehr werden.

*

»Charly!«, begrüßte mich Mona gut gelaunt an der Tür. »Komm doch rein. Ich bin zwar im absoluten Terminstress, weil ich heute noch drei Lieferungen fertig machen muss, aber für einen Kaffee habe ich immer Zeit.« Mona trat zur Seite und legte den Blick auf unzählige neue Filzberge frei. »Ich brauche dringend ein Lager und einen Laden. Am besten beides zusammen. Ich komme vorne und hinten nicht mehr mit den Aufträgen nach. Bist du sicher, dass du mir nicht vielleicht übergangsweise helfen willst? Ich meine, du könntest dir was dazuverdienen …«

»Mona«, unterbrach ich ihren Redeschwall, »ich muss dir was erzählen.«

»Oh, bist du in der Eric-Sache weitergekommen? Du hast dich doch nicht etwa entschuldigt?«

Mona deutete meinen zerknirschten Gesichtsausdruck definitiv falsch.

»Nein, es ist eher … Es betrifft eher dich …«

»Du willst mir also doch unter die Arme greifen? Charly, das wäre ein Traum! Wir beide! Das perfekte Team! Du könntest dich um die Kundenbetreuung kümmern, um Werbung, Organisation. Und ich kümmere mich um die kreative Seite. Das wäre zu schön!«

»Mona, es geht um den Schaffner. Ich habe ihn heute gesehen.«

»Ich auch«, zwinkerte Mona mir zu. »Er war gestern hier und ist bis heute Morgen geblieben. Ich habe heute Nacht viermal in das Antlitz Gottes gesehen. Es war einfach großartig! Er *ist* es, Charly, das weiß ich genau. Er ist der Richtige!«

Ich biss mir auf die Lippen. Meine Freundin strahlte mich mit dem Blick der Glückseligen an, und ich war hergekommen, um ihr zu sagen, dass sie ihre Hoffnungen begraben konnte. In diesem Moment kam ich mir mies und gemein vor – aber ich musste es ihr sagen, es blieb mir keine andere Wahl.

»Er war nicht allein, Mona. Ich habe ihn in der Stadt gesehen, mit einer anderen Frau.«

Mona sah von ihrer Filzarbeit, die auf ihrem Schoß lag, auf.

»Ja und? Kann ja wer weiß wer gewesen sein. Schwester, Mutter …«

»Also, wenn er so mit seiner Schwester umgeht, oder mit seiner Mutter, dann stimmt da aber was ganz gewaltig nicht«, schob ich hinterher.

»Was willst du damit sagen, Charlotte?«, fragte Mona jetzt ernst.

Sie hatte schlagartig ihre ganze Gesichtsfarbe verloren und sah in ihrem lindgrünen Oberteil derartig blass aus, dass sich das Grün fast in ihrem weißen Gesicht spiegelte.

Zumindest kam es mir so vor.

Mir war ebenfalls übel, aber es musste jetzt raus.

»Er war mit seiner Frau unterwegs, seiner *Ehe*frau, Mona. Sie wirkten sehr … sehr verliebt. Kein Zweifel, sie war es. Sie hat ihn ›Schatzemann‹ genannt! Sie haben sich geküsst und Händchen gehalten. Er ist ein mieser Lügner, Mona.«

Mona sah mich wie versteinert an. »Niemals.«

»Es tut mir leid, Süße. Wirklich. Aber hätte ich es dir besser nicht sagen sollen und dich in dein Unglück rennen lassen?«

»Niemals!«, wiederholte Mona.

Ich saß wie ein Häufchen Elend vor Mona und sah sie mitleidig an. Ich konnte erkennen, wie sich ihre Augen mit Tränen füllten. Ich legte meine Hand auf Monas Arm, aber sie zog ihn ruckartig weg.

»Du kennst ihn doch überhaupt gar nicht richtig. Du hast ihn garantiert verwechselt. Er hat ja fast ein Allerweltsgesicht. Da passieren leicht Verwechslungen.«

»Mona …«, setzte ich wieder an.

»Nein«, unterbrach Mona mich, »nein. Er war es ganz sicher nicht. Er war bis heute Morgen hier. Er *kann* es nicht gewesen sein!«

»Mona …«

»Und ich sag dir noch was, Charlotte. Nur weil du dein Leben nicht in den Griff kriegst und gerade dabei bist, dir aus Faulheit oder Überforderung dein eigenes Grab zu schaufeln, und weil du den einzigen Typ, der auf dich stand, mit deiner egozentrischen Hysterie vergrault hast, musst du noch lange nicht zum Rundumschlag ausholen. Dass du mir mein Glück nicht gönnst, habe ich jetzt begriffen. Ich schlage vor, du gehst jetzt.«

Was?!? Wie kann Mona so etwas von mir denken? Ihr das Glück nicht gönnen? Das Gegenteil ist doch der Fall!

Mona stand wortlos auf und ging zur Tür.

Ich ging ihr nach und wollte sie in den Arm nehmen. »Mona …«

»Und ich halte es für das Beste, wenn wir uns eine Weile nicht sehen. Bis du zur Besinnung gekommen bist und weißt, was du willst. Du weißt ja nicht mal mehr, was richtig oder falsch ist.«

Ich spürte, wie mir jetzt auch Tränen in die Augen schossen. »Aber ich meinte es doch nur gut!«

»Ja, das sagst du immer. Aber denk mal darüber nach, was andere Leute fühlen. Du bist doch in deiner Seifenblase aus Selbstmitleid und Lethargie gefangen. Pass nur auf, dass sie nicht platzt. Der Aufprall auf den Boden der Realität kann ganz schön hart sein.«

Mit diesen Worten schob Mona mich zur Tür hinaus und schlug sie mir vor meiner Nase zu.

Ganz toll, Charlotte. Jetzt hast du es endgültig geschafft, alle zu vergraulen.

Als ich meine eigene Haustür aufschloss, piepte mein Handy. Es war eine SMS von Renate.

Jörn und ich werden hier in Scoresbysund heiraten. Schriftliche Einladung folgt. Renate

Ich schaffte es nicht einmal mehr, die Eingangstür hinter mir zu schließen, bevor ich lauthals zu schluchzen begann.

Die alte Frau Heimatlohs aus dem vierten Stock ging gerade schlürfend den langen Flur entlang und sah mich kopfschüttelnd an.

12. Kapitel

»Renate Sander?«

»Hmpf … *Maaama!*«

»Charlotte? Bist du es?«

»Hmpf!«

»Char-looo-tteee?«

Ich hatte innerhalb von Sekunden das Display meines Telefons geflutet, und die Tränenbäche liefen zwischen die Tasten, in den Hörer und am Telefon herunter über meinen Hals auf mein Oberteil.

Bis eben hatte ich noch versucht, mich zusammenzureißen, aber Renates lange nicht gehörte und doch so vertraute Stimme ließ sämtliche Staudämme brechen.

»Ist jemandem was passiert?«, fragte Renate.

Das war mal wieder typisch, dass sie vermutete, dass *jemandem* erst etwas passiert sein müsse, damit ihre Tochter sie anrief. Die Tatsache, dass ich mich vielleicht einfach nur ausheulen wollte, existierte in ihrem Vorstellungsvermögen irgendwie nicht.

Renate war nie die Gluckenmutter gewesen. Die Besorgnis in ihrer Stimme verriet jedoch, dass sie sich zumindest Gedanken machte.

Ich zog erst die tropfende Nase hoch und schnaufte dann noch mal provisorisch in meinen Blusenärmel.

»Du hast ja … Empfang!«

Dass ich meine Mutter erreicht hatte, grenzte schon fast an ein Wunder, denn der Handyempfang ließ in den Breitengraden, in denen sie sich in den letzten Jahren immer wieder befand, doch sehr zu wünschen übrig.

»Ja, ist das nicht einfach toll? *Greenland Home Rule* hat erlassen, dass jede Siedlung mit mehr als siebzig Einwohnern seinen eigenen Mast bekommt! Gott sei Dank sind wir nun mit mir einundsiebzig!«

»Wo bist du denn jetzt genau?«, fragte ich schniefend.

»In Siorapaluk!«

»Seniora… was?«

Renate hatte das unglaubliche Talent, sich immer nur an Orten aufzuhalten, die ich nicht aussprechen konnte.

»Das ist die nördlichste Siedlung der Welt!«, beantwortete sie meine Frage, noch bevor ich sie überhaupt zu Ende stellen konnte. »Von hier aus sind es nur noch knapp über tausend Kilometer bis zum Nordpol!« Renate brüllte regelrecht ins Telefon. Sie hatte sich irgendwann mal angewöhnt, jedes Handytelefonat schreienderweise zu führen, wie man es in den Achtzigerjahren bei Ferngesprächen ins Ausland machen musste. Wie so vieles war auch der aktuelle Stand der Telefontechnik spurlos an Renate vorbeigegangen.

»Ah … Wie geht's dir? Ähm, ich meine euch, wie geht's euch? Dir und … äh … Jörn?«, begann ich das Gespräch.

»Gut! Sehr gut! Jörn ist gerade mit den Männern auf Robbenjagd. Und heute Nachmittag werden wir meine erste eigene Schlittenhundfahrt machen. Jörn meint, ich sei jetzt so weit!«

Robbenjagd? Schlittenhundfahrt? Jörn meint, sie sei jetzt so weit? Ich verstand nur Bahnhof.

»Ich dachte, er sei Eisbrecherkapitän«, sagte ich verwundert.

»Ja, aber nur die eine Hälfte des Jahres. Die andere Hälfte gibt es zu wenig Eis, dafür aber mehr Robben. Ein ganz einträgliches Geschäft, Kind. Du wirst es kaum glauben, aber ich habe mir erst gestern die ersten drei eigenen Huskys gekauft. Für einen kleinen Pulka reicht es!«

Sie hat sich Huskys gekauft? Und was ist überhaupt ein Pulka?

»Sag mal, Renate, muss ich mir Sorgen machen?«, fragte ich sie – und stellte erschreckt fest, dass ich den sonst so verhassten Muttertton in meiner eignen Stimme hörte. »Bist du sicher, dass du Huskys gekauft hast? Ich meine, echte?«

Ich konnte mich noch gut an meine ersten Erlebnisse mit Fred, unserer adipösen Goldfischdame, erinnern. Dass Fred eigentlich eine Sie war, wurde allerseits konsequent ignoriert. Ich war gerade fünf geworden und hatte Fred zum Geburtstag bekommen.

Es war Renates erster und gleichzeitig letzter Versuch, so zu sein wie die Mütter meiner Freundinnen, um die ich diese so beneidete, und mir das Gefühl zu vermitteln, es sei auch in unserer Familie durchaus möglich, eine bürgerliche Kindheit zu verleben.

Genau genommen waren es auch eigentlich Fred I. bis XIII. Denn Fred wurde ungefähr alle drei Wochen ausgetauscht, weil sie sich immer wieder mit gezielten Sprüngen aus dem Aquarium das Leben nahm.

Renate stellte Freds suizidale Lebensumstände deswegen aber nicht infrage, sondern fuhr einmal im Monat zur Tierhandlung, um Fred schnellstmöglich zu ersetzen.

Als die dreizehnte Fred morgens vertrocknet auf den Bodenfliesen aufzufinden war, hatte ich beschlossen, Nummer vierzehn in Ludwig umzutaufen, nach Ludwig dem XIV.

Spätestens nach Nummer fünf hatte ich damals begriffen, dass Fred heimlich ausgetauscht wurde, denn meine gut gemeinten Fütterungsaktionen blieben nicht ohne Konsequenzen: Fred platzte aus allen Nähten. Wenn sie nicht alleine im Aquarium herumgeschwommen wäre, hätte ich vermutet, dass sie langzeitschwanger gewesen wäre.

Nach Renates Austauschaktionen war Fred allerdings jedes Mal wieder erschlankt, und ich hatte aufs Neue mit meinen Mastaktionen begonnen.

Bis heute hatte ich mich nicht getraut, meiner Mutter zu beichten, dass ich sehr wohl wusste, dass es vierzehn Freds (oder genau genommen dreizehn Freds und einen Ludwig) gegeben hatte, denn ich wollte den ersten zaghaften Versuch, uns in der heilen, weil bürgerlichen Welt zu etablieren, nicht gänzlich niedermachen.

»Natürlich echte, was denkst du denn?« Renate war ganz entrüstet.

»Meinst du, ich sitze hier untätig rum? Ich werde meine eigenen Huskytouren organisieren. Spätestens in zwei Monaten bin ich so weit!«

Das kann sie doch unmöglich ernst meinen, oder?

»Dazu brauche ich sicherlich noch ein paar Tiere. Aber Jörn hat gute Kontakte. Du glaubst gar nicht, was man damit alles verdienen kann! Für sieben Tage Abfrieren unterm eiskalten Sternenhimmel inklusive Inuit-Besuch kann ich glatt zweieinhalbtausend Euro nehmen!«

Sie kann.

Renate klang derart euphorisch, dass ich fast vergaß, warum ich eigentlich angerufen hatte.

»Das klingt ja … spannend. Aufregend, meine ich.«

»Das ist es auch!«

»Was ich eigentlich sagen wollte …«, setzte ich an, wurde aber sofort wieder von meiner Mutter unterbrochen.

»Hast du meine Nachricht bekommen? Die mit der Heirat?«

»Ja«, antwortete ich enttäuscht, weil ich meinen Kummer

schon wieder nicht loswerden konnte, »aber meinst du nicht, dass das Ganze ein wenig übereilt ist?«

»Übereilt? Wie kommst du denn darauf? Wir haben uns hier schließlich schon ganz schön was aufgebaut!«

Ich stellte mir gerade vor, wie Renate und ihr halb so alter Lover in Grönland auf einem Hundeschlitten zur Robbenjagd fuhren. Das einzige Wort, das mir in diesem Zusammenhang einfallen wollte, war: skurril.

»Er hat mich ganz romantisch gefragt«, erklärte Renate weiter. »Am Evighedsfjord! Bei schönstem Wetter! Ist das nicht traumhaft?«

Spätestens jetzt drängte sich mir eine plastische Vorstellung auf; mein Kopfkino lief auf Hochtouren. Ich stellte mir vor, wie Jörn mit seiner blutverschmierten, aber wasserdichten Anglerlatzhose vor Renate auf die Knie ging, neben ihm ein Berg gerade gehäuteter und womöglich noch zuckender Robbenbabys, in der einen plastikbehandschuhten Hand ein riesiges blutiges Schlachtmesser und in der anderen den Ring für meine Mutter.

»Äh. Ja. Absolut traumhaft«, gab ich zurück.

Es war wie immer. Wie hatte ich auch glauben können, dass Renate ein offenes Ohr für meine Probleme haben könnte? Sie war so sehr mit sich selbst beschäftigt, dass sie wahrscheinlich noch nicht mal wissen wollte, warum ich überhaupt angerufen hatte. Im Grunde hatte ich mich über die Jahre ja auch daran gewöhnt. Trotzdem wäre es schön gewesen, mich mal an Renates Schulter – wenn auch nur an der Vorstellung davon – auszuheulen. Gerade in Zeiten wie jetzt wäre ich einfach gerne nur wieder das Kind gewesen, das sich hinter der Mutter versteckt.

Renate meinte es sicherlich nicht böse, aber ihr Verhalten war trotzdem oft mehr als ungewöhnlich. Die Wechseljahre alleine konnten es auch nicht sein, denn demnach hätte sich meine Mutter bereits mein ganzes Leben in denselben befinden müssen.

Ob Renate die armen Schlittenhunde auch heimlich hinter dem Rücken von Jörn austauschen würde, wenn sie den ein oder anderen nicht durchbekam? Ich malte mir diese Szenerie besser nicht aus.

Dass sie nun ernsthaft überlegte zu heiraten, war neu. Selbst mein Vater hatte es nicht geschafft, Renate von einer beglaubigten Lebenspartnerschaft zu überzeugen, und hatte sich dann auch recht schnell wieder abgesetzt, nachdem Renate und Tante Marlene in einer Art Siebziger-Revival-Flash eine Mutter-Kind-Kommune in einem Vorort von Köln gegründet hatten, in der er nur als Besucher Eintritt fand.

An diese ersten Lebensjahre konnte ich mich kaum erinnern. Mein Erinnerungsvermögen begann erst einzusetzen, als das Projekt bereits gescheitert war und wir alle drei bei meiner Oma Melitta auf dem Bauernhof untergekommen waren.

Renate begann damals eine Ausbildung zur Reiseführerin und lernte auf ihren Touren den ein oder anderen außergewöhnlichen Mann kennen. So entstanden dann auch meine beiden Brüder: Till und Tom.

Marlene heiratete Jürgen und bekehrte ihn nicht nur zu Greenpeace und einer vegetarischen Ernährung, sondern auch zu Fair-Trade-gehandelten Erzeugnissen. Seitdem machte Onkel Jürgen reichlich Überstunden, um – wie er immer sagte – Marlene ihren Lebensstandard zu erhalten.

»Also, was ist, kommst du zu meiner Hochzeit?« Renate holte mich aus meinen Gedanken zurück.

»Ich weiß wirklich nicht …«, setzte ich noch mal an, brach dann aber wieder ab.

Was sollte es bringen, ihr mit rationalen Argumenten zu kommen – wenn Renate sich etwas in den Kopf gesetzt hatte, war es nahezu unmöglich, sie davon abzubringen.

»Natürlich komme ich«, erwiderte ich also. »Dass du dich irgendwann mal traust, hätte ich nicht geglaubt. Und dann auch noch mit einem Grönländer! Dieses monumentale Ereignis werde ich mir bestimmt nicht entgehen lassen.«

»Fein. Du kannst dir nicht vorstellen, wie glücklich er mich macht! Du, ich muss auflegen, die Tour geht gleich los«, verabschiedete Renate sich. »Oder war noch irgendwas?«

Ich überlegte nicht lange. Es wäre nicht nur unpassend, sondern auch sinnlos gewesen, ihr jetzt noch die Ohren mit meinem vermurksten Leben vollzuheulen. Also ließ ich es sein.

»Ich meine, weswegen hattest du überhaupt angerufen?«, wollte Renate nun doch noch wissen.

»Ach«, schoss es mir durch den Kopf, »ich wollte eigentlich nur fragen, ob du jetzt endlich weißt, warum die Pinguine nicht in die verlassenen Iglus der Eskimos ziehen.«

Ein leichtes Grinsen konnte ich mir nicht verkneifen. Da hatte ich mich ja noch mal gut rausgeredet. Renate kannte und hasste meine Frageleidenschaft gleichermaßen.

»Das weiß ich nicht, Kind«, antwortete sie, »aber dass du wegen so was anrufst, gibt mir schon zu denken.«

Ich musste – trotz meines desolaten Zustands – lachen. Jetzt würde der übliche Spruch kommen, mit dem Renate sowie auch Tante Marlene jedes Gespräch – nur in der jeweils umgekehrten Version – beendeten.

»Du bist eben wie deine Tante«, sagte Renate, »völlig weltfremd! Ach, und apropos Marlene, sag ihr bloß nichts von der Robbenjagd! In manchen Gegenden ist das illegal. Und du weißt ja, Greenpeace und der ganze Schnickschnack. Wir wollen sie ja nicht unnötig aufregen.«

»Nein«, seufzte ich, »das wollen wir nicht. Ich sage kein Sterbenswörtchen.«

Als ich aufgelegt hatte, fühlte ich mich auch nicht besser. Renate war mutig, sie probierte Neues aus und hatte keine Angst vor Veränderung.

Ich selbst befand mich dagegen in einer seltsamen Schockstarre und hatte immer noch keinen blassen Schimmer, wohin die Reise gehen sollte. Im Grunde wusste ich nur eines: Weitergehen konnte es so nicht.

Aber was ich ändern sollte, wusste ich auch nicht. Vielleicht würde es sich auszahlen, mir jetzt mal ernsthaft Gedanken über mein Leben zu machen?

13. Kapitel

Nach einer Woche selbstauferlegten Stubenarrests konnte ich folgende stolze Bilanz ziehen:

2 kg Gewichtszunahme (*Wie konnte das nur passieren? Okay, dumme Frage.*)

1 Dauerabo Glückslotterie (*Wie und wo löst man so was ein? Ach, ich gewinne doch sowieso nie was …*)

1 x Optimierung meines Handytarifes inkl. Upgrade und neuem Handy mit unaussprechlichem Namen per Telefon

1 Spende für das Mormonenbingo im Nachbarort

1 Jahresabo *Kleine Gemüsekiste zum Abspecken für Singles* vom Bauern Lemke aus der Voreifel

1 Testabo *Simplify your Midlife Crisis*

3 ungeöffnete Briefe der Sparkasse

1 Stapel diverser Rechnungen unbekannter Herkunft

Sämtliche abgelaufenen und nicht abgelaufenen Essensreste vertilgt (in umgekehrter Reihenfolge)

Ich müsste dringend einkaufen gehen, und die Wohnung sah unterirdisch aus, denn zu allem Übel war Frau Tany für sechs Wochen in ihre Heimat geflogen, um einen großen Familienbesuch abzuhalten, wie sie mir per SMS mitgeteilt hatte.

Anscheinend hatten Gott und die Welt genug von mir, dachte ich, *wenn selbst meine sonst so treue Putzfrau die Flucht ergriff.*

Immerhin konnte ich so die unangenehme Kündigung wegen akuten Geldmangels hinausschieben.

Aber wenn man den ganzen Tag zu Hause verbrachte und

es wirklich wenig Spaßiges zu tun gab, stellte der ein oder andere Impulskauf eine willkommene Ablenkung dar. Und damit waren sämtliche Abos eigentlich gerechtfertigt. Nur bei der Spende für das Mormonenbingo war ich wahrscheinlich zu weit gegangen.

Es konnte aber auch daran gelegen haben, dass ich mir, gerade als der junge Mormone klingelte, die hundertelfte Wiederholung von *Gandhi* ansah und – zusätzlich zu meinen aktuellen Stimmungsschwankungen – noch ein wenig emotionaler war als sonst.

Der junge Mormone staunte nicht schlecht, als ich ihm tränenüberströmt meine rosafarbene Sparente mit Federboa überreichte. Über mein unter großem Schluchzen hervorgebrachtes Zitat: »Was immer du tust, ist unbedeutend, aber es ist wichtig, dass du es tust« schien er leicht irritiert zu sein, was mich wiederum nicht im Geringsten störte.

In letzter Zeit reagierten ja alle ein bisschen irritiert auf mich, da kam es auf den einen jungen Mormonen auch nicht mehr an.

Allerdings hatte das viele Nachdenken und auch das Weiterführen der von Mona so angepriesenen Liste mich nicht wirklich weitergebracht.

Wie fast jeden Tag trotte ich nach dem Aufstehen gegen vierzehn Uhr zum Briefkasten.

Meiner Meinung nach angemessen angezogen war ich in einer Schlafhose mit rosa und hellblauen Elefantenbabys, die seit dieser Woche mein ungeschlagener Favorit war. Der Gummizug war bis in die Unendlichkeit dehnbar, und die Hose hatte ich sowieso eine Nummer zu groß gekauft. Mittlerweile saß sie perfekt.

Eine Straßenfegertruppe grinste mich hämisch an. *Gibt*

es etwa was gegen pastellfarbene Elefantenkinder einzuwenden? Kopfschüttelnd wandte ich mich meinem Briefkasten zu.

Mist! Jetzt habe ich auch noch den Briefkastenschlüssel liegengelassen!

Ich steckte meine Hand tief in die Briefkastenöffnung und fühlte vorsichtig hinein. Es waren mehrere Briefe drin. Vorsichtig fischte ich nach ihnen und zog sie nach oben zur Schlitzöffnung. Als ich meine Hand jedoch wieder herausziehen wollte, blieb sie hängen.

War ja klar, Charlotte Sander.

Jetzt stand ich da, mitten am helllichten Tag, in Elefantenschlafhosen, und steckte fest.

Hoffentlich kommt jetzt niemand vorbei!

Ich drehte und schraubte meine Hand um die eigene Achse und schnaufte laut dabei. Nicht nur, dass meine Blutzufuhr in der Hand mit einem Mal abgeklemmt war und es höllisch wehtat, das Ganze sah mit Sicherheit auch recht bedenklich aus. In diesem Moment hörte ich Schritte.

Oh nein …!

Frau Heimatlohs schlurfte langsam an mir vorbei und grüßte irritiert. »Kann ich Ihnen irgendwie helfen?«, fragte sie mit skeptischem Blick.

»Ach, nein danke, ich … reinige nur den Briefkasten«, erklärte ich ernst. »Wenn man Urlaub hat, sollte man doch auch mal sinnvolle Dinge tun. Man kommt ja sonst nie dazu.«

Frau Heimatlohs schlurfte kopfschüttelnd und wortlos weiter.

Mit einem heftigen Ruck schaffte ich es, meine schmerzende Hand, die mittlerweile rot angelaufen war, zu befreien. Und auch die Briefe hatte ich – wenn auch leicht lädiert – herauszerren können.

Aha! Ein Brief vom Arbeitsamt, dazu zwei Rechnungen und noch ein Brief von meinem Telefonanbieter, der schwer nach Mahnung roch.

Dann wollen wir doch mal sehen, dachte ich, *was die olle Rottenmeier da für mich herausgesucht hat. Sicher war es etwas, das ich unter gar keinen Umständen würde machen wollen, wie Würstchenbudenverkäuferin oder Tagesmutter. Wobei, Würstchen …*

Ich riss den Umschlag vom Arbeitsamt auf und las:

Wir freuen uns, Ihnen folgende Stelle anbieten zu können:

Art der Tätigkeit:	*Lektoratsvertretung*
Dauer:	*befristet (2 Jahre)*
Umfang:	*Vollzeit/40 Std.*
Arbeitgeber:	*Koja Verlag*
Ort:	*Köln*

Eine Lektorenstelle? Das kann doch nicht wahr sein! Hat das Glück mir doch nicht den Rücken gekehrt? Befristet, na gut, aber immerhin!

Die Stelle war ab sofort frei, der Vorstellungstermin schon morgen. Allerdings sagte mir der Name des Verlags erst mal gar nichts.

Ich überlegte angestrengt, konnte den Koja Verlag aber auch nach längerem Überlegen nicht richtig einordnen. Es musste ein sehr kleiner Verlag sein – oder ein ganz neuer.

Wieder in der Wohnung setzte ich mich direkt an den PC, um mir meinen potentiellen neuen Arbeitgeber genauer anzusehen. Als ich allerdings den Internet Explorer anklickte, öffnete sich eine weiße Seite:

Die Website kann nicht angezeigt werden.

Wahrscheinliche Ursachen:
Sie haben keine Verbindung mit dem Internet hergestellt.
Es ist ein Problem mit der Website aufgetreten.
Die Adresse enthält eventuell einen Tippfehler.

Mögliche Vorgehensweise:
Diagnose von Verbindungsproblemen
Weitere Informationen

Was sollte das denn bedeuten? Wieso konnte ich jetzt nicht ins Internet? Ich versuchte es noch dreimal, aber jedes Mal kam die gleiche Fehlermeldung. Was stimmte denn jetzt wieder nicht? War der DSL-Anschluss kaputt?

In solchen Situationen verteufelte ich das Singledasein. Emanzipation hin oder her, aber ein Kerl hätte jetzt ein oder zwei versteckte Knöpfe gedrückt, irgendwas von »Router umstellen« gebrabbelt, was neu eingestellt oder relaunched, gebootet oder weiß der Himmel was, und am Ende wäre es wieder gelaufen wie geschmiert.

Nach genauso wildem wie sinnlosem Herumgeklicke gab ich es auf, als mein Blick auf den Umschlag meines Telefonanbieters fiel. *Die Telefonrechnung! Ups!*

Ich hatte sie bereits letzten Monat vergessen und wollte sie diesen Monat begleichen. Aber da mein Konto im Dauerdispo war und die lächerliche Überweisung vom Arbeitsamt das nicht im Geringsten ausgeglichen hatte, hatte ich die Zahlung ein weiteres Mal verschoben. Und die verdammte Abfindung war immer noch nicht da! Und jetzt das!

Ich riss den Brief hektisch auf, und sofort sprangen mir zwei Wörter, die, wenn sie zusammen in einem Satz auftauchten, nie etwas Gutes bedeuten konnten, ins Gesicht: *vorübergehend* und *gesperrt.*

Na toll! Jetzt bin ich komplett vom Rest der Welt abgeschnitten!

Selbst wenn ich sofort zahlen würde, würde die Firma sicher mindestens vierundzwanzig Stunden brauchen, um den Anschluss wieder freizuschalten. Das half mir gerade auch nicht weiter. Zu Mona konnte ich auch nicht rübergehen, die war sicher immer noch sauer. Wenn ich jetzt bei ihr klingeln würde, weil ich an ihren PC wollte, würde sie sicher total ausklinken. Internetcafé? Zu Trine?

Ich spielte alle Möglichkeiten durch, aber jede von ihnen setzte voraus, dass ich mich meiner Elefantenbabyhose entledigte und auf die Straße begab. Und danach war mir heute so überhaupt gar nicht.

Andererseits: Warum machte ich mir eigentlich so einen Stress? Im Grunde war es doch schnurzegal, was ich lektorierte – ich war schließlich Profi. Kein Thema konnte so strange sein, dass ich nach kurzer Einarbeitungszeit nicht damit klarkäme.

Mit diesen durchaus beruhigenden Gedanken schlurfte ich zurück aufs Sofa, um mir die Sendung *Endlich schön!* anzusehen, deren alte Folgen neuerdings mittags wiederholt wurden. Insgeheim befürchtete ich, dass Mona mich sicher irgendwann heimlich dort anmelden würde, wenn ich hier so weitermachte. Allerdings war die momentan zum einen ja sowieso sauer auf mich und zum anderen schaffnertechnisch komplett ausgelastet – also musste ich mir diese Sorgen nun eigentlich auch nicht mehr machen.

Wegen des morgigen Vorstellungsgesprächs machte ich mir keinen Kopf. Immerhin hatte ich bei einem bekannten Verlagshaus gearbeitet und viele Bücher erfolgreich auf den

Weg gebracht. Mit meiner Berufserfahrung konnte mir doch eigentlich nichts passieren.

Entspannt ließ ich mich auf die Couch fallen und aß noch ein paar Gummiferkel. Es konnte nicht schaden, die Nerven rein prophylaktisch zu beruhigen (nur für alle Fälle). Sagte Trine ja auch immer. Zufrieden kaute ich einem Ferkel das Ohr ab.

*

»Frau Sander?«

Eine barfüßige Mittfünfzigerin in einem sicher hundertprozentig organischen Kaftan im modischen Farbton Erbrochenes begrüßte mich flüsternd.

Sie trug ihre silbergrauen Haare in zwei wild aufgetürmten Büscheln rechts und links über ihren Ohren – ich hatte in meinem ganzen Leben noch nie eine solche Frisur gesehen. Da ich ihr – ihrer Aufmachung nach zu urteilen – die Nutzung von Haarspray nicht zutraute, nahm ich an, dass sich die Frau seit mindestens drei Monaten nicht mehr gekämmt hatte, derart nestartig wirkte das Ganze. Jeder einheimische Singvogel hätte darin seine helle Freude gehabt.

Aus ihrem Kinn ragte ein sicher drei Zentimeter langes dunkelgraues Haar heraus, auf das ich mich seit dem Augenblick des Entdeckens konzentrieren musste. Ich begann automatisch, mir an meinem eigenen Kinn herumzufummeln, und einen Sekundenbruchteil lang überlegte ich sogar zu sagen: »Sie haben da was«, verwarf den Gedanken dann aber schnell wieder. Es wäre kein allzu guter Einstieg in ein Bewerbungsgespräch gewesen.

»Ja, genau«, antwortete ich lächelnd, »ich habe einen Termin um halb zehn.«

Neben der Vogelnestkinnhaarfrau kam ich mir in meinem dunkelblauen Nadelstreifenanzug so overdressed vor wie zuletzt bei einem von Finns sagenumwobenen Geburtstagen, zu denen ich jedes Mal abgehetzt und meist zu spät direkt aus dem Büro gekommen war.

»Gesa Wilde-Reinhart«, stellte sich die Mittfünfzigerin vor. Sie sprach so leise, dass sich der Lippenablesekurs, den Mona vor Jahren mit mir machen wollte, als sie mit einem gehörlosen Turmspringer ausgegangen war, ausgezahlt hätte.

Gesa Wilde-Reinhart also. Ist ja klar, es fehlt nur noch der Katzenstrickpulli, dachte ich noch, bevor ich von Frau Wilde-Reinhart sanft in eine Art Besprechungszimmer geschoben wurde.

Das Zimmer war sehr klein, wie überhaupt das ganze Büro. Schon im Eingangsbereich kam es mir eher vor, als sei ich im Vorraum eines Heilpraktikers gelandet und nicht bei einem Verlag. Überall standen kleine Fläschchen mit Räucherstäbchen herum, und an den Wänden hingen seltsame Ölmalereien in grellen Orangetönen, die nackte Frauen in den seltsamsten Stellungen zeigten. Könnte auch das Wartezimmer eines heilpraktisch orientierten Gynäkologen sein. Ob ich zur Sicherheit noch mal nachfragen sollte? Ich konnte hier doch nicht richtig sein!

»Bitte nehmen Sie Platz, wo es Ihnen gefällt«, sagte Frau Wilde-Reinhart und deutete auf die Korbflechtstühle, die in dem kleinen Raum verteilt standen.

»Egal wo?«, fragte ich unsicher.

»Natürlich.« Sie nickte und ihre beiden Vogelnester nickten mit. »Jeder muss seinen, ihm ganz eigenen Platz selbst finden.«

Ich blinzelte irritiert in den Raum und suchte mir den erstbesten Stuhl aus.

Auf einem kleinen runden Korbflechttisch in der hintersten Ecke stand eine Karaffe mit Wasser, auf deren Grund bunte Edelsteine lagen.

»Ein energetisches Wasser?«, fragte die Vogelnestfrau leise und setzte sich neben mich.

Das hatte alles irgendwie so gar nichts von einem Vorstellungsgespräch.

»Oh, nein danke …«, antwortete ich und begann, den Raum möglichst unauffällig nach etwaigen Notausgängen abzusuchen.

»Suchen Sie etwas Bestimmtes?«

Frau Wilde-Reinhart schien eine hervorragende Beobachterin zu sein.

»Äh, nein … also … äh, ja«, stammelte ich, »natürlich. Eine Stelle. Es geht hier doch um die ausgeschriebene Lektorenstelle, oder?«

Grandios, Charlotte, noch einmal galant die Kurve gekriegt, lobte ich mich in Gedanken.

»Richtig. Ich denke, Sie haben sich umfassend über unser Programm informiert.«

Frau Wilde-Reinhart formulierte diese Frage als Aussage, sodass mir nichts anderes übrig blieb, als zu sagen: »Ja, natürlich.«

»Gut. Ihre Unterlagen habe ich vorliegen. Fachliche Qualifikation ist nicht unser primäres Entscheidungskriterium. Bei uns muss es eher menschlich passen.«

Menschlich ist gut, dachte ich, *menschlich ist sogar sehr gut!*

»Bevor ich Ihnen die Projektreihe im Detail vorstelle, möchte ich Ihnen noch sagen, dass die Stelle befristet ist. Frau Lahme-Witterschlick geht bald in Mutterschutz und wird sich dann einige Zeit der Kindererziehung widmen.«

Frau Lahme-Witterschlick hatte mit Sicherheit auch irgendwo einen Katzenstrickpulli oder zumindest einen Damenbart, und Frau Katzenbeisser wäre sicher ihr größter Fan, immerhin hielt sie sich an deren Rat, nicht unnötig Arbeitsplätze zu blockieren.

»Das hatte mir die Agentur für Arbeit bereits mitgeteilt«, erklärte ich, »auf zwei Jahre befristet.«

»Nun gut«, antwortete Frau Wilde-Reinhart mit einem leicht ungehaltenen Unterton, »da muss man ja immer was angeben. Wir halten es aber nicht für korrekt, Mütter in Erziehungskorsetts zu pressen. Jede Frau entscheidet doch für sich, wann sie bereit ist, der Doppelbelastung standhalten zu können.«

»Äh ...«

»Also, den Bereich, den Frau Lahme-Witterschlick maßgeblich betreut, wollen wir aufgrund der stetig ansteigenden Nachfrage weiter ausbauen.«

Ich nickte zustimmend. »Ansteigende Nachfrage klingt doch ganz wunderbar. Schön, dass es so gut für Ihren Verlag läuft.«

Vielleicht ist der Koja Verlag wirklich auf Erfolgskurs?

»Na ja, das kommt wohl auf die Perspektive an, aus der Sie das Thema betrachten.«

Was soll das denn jetzt schon wieder bedeuten? Eine steigende Nachfrage bedeutet steigenden Umsatz, Wachstum und Kapazität für neue Titel – was kann daran schlecht sein?

»Immerhin wird heute immer noch Millionen von Frauen eingeredet, sie müssten ihre Kinder in einer unpersönlichen, Gewalt provozierenden Umgebung wie einem Krankenhaus zur Welt bringen.«

Ich kräuselte die Stirn. »Ich verstehe nicht ganz ...«

»Was wissen Sie über gewaltfreie Geburt?«

»Äh ...«

»Engelbegleitung in der Schwangerschaft? Schwanger durch Pendeln? Stillen und Rückbildung?«

»Äh …«

»Sanfte Hausgeburt und Wochenbett?«

Mein Kopfkino zeigte einen Schnelldurchlauf aller mir je von Trine aufgezwungenen Best-of-Plazenta-Gemetzel-Storys (und das waren unzählige!), und trotzdem fiel mir keine passendere Antwort ein als: »Ich weiß, dass es … äh … ziemlich wehtut?«

Mein Hirn ratterte so sehr, dass ich befürchtete, Frau Wilde-Reinhart könne es hören. Ich war hier anscheinend allen Ernstes an einen Esoterikverlag geraten, der Sachbücher herausbrachte wie *Geboren im Schutz der Göttin: Weiberkraft für Schwangerschaft, Geburt und Wochenbett,* über die ich mich mit Trine in deren Schwangerschaft mit Finn beinahe halb totgelacht hatte. Wir hatten es damals nicht fassen können, dass es tatsächlich Paare gab, die die Plazenta nach der Geburt zusammen verzehrten. Gebraten, versteht sich.

»Sie haben wohl keine Kinder?«, erkundigte Frau Wilde-Reinhart sich nun, und obwohl sie die Frage diesmal auch als Frage formulierte, konnte ich einen gewissen rhetorischen Unterton heraushören.

»Um Himmels willen, nein! Gott sei Dank!«, entfuhr es mir, doch im selben Augenblick biss ich mir auf die Lippen. »Ich meine natürlich, *noch* nicht«, verbesserte ich mich.

»Ah ja«, konstatierte Frau Wilde-Reinhart trocken, »Sie mögen also keine Kinder?«

Meine Mimik wehrte sich standhaft gegen ein Lächeln. »Aber natürlich! Im Gegenteil! Ich ver-göt-te-re sie!«

Selbst ein blinder Taubstummer hätte mir diese Behauptung nicht abgenommen, und auch Frau Wilde-Reinhart musterte mich skeptisch. Ich rief die letzten Finn-Aktionen in meinem ratternden Gedächtnis ab.

»Also, Sie müssen wissen, dass ich sogar ein Patenkind habe, Finn.« Ich versuchte erneut zu lächeln. »Er ist drei … oder vier, na ja, irgendwas zwischen drei und fünf jedenfalls, und mit ihm unternehme ich regelmäßig lustige Sachen.«

»Und was zum Beispiel?«

Ich holte tief Luft.

Frau Wilde-Reinhart sah mich immer noch prüfend an. »Was haben Sie denn als Letztes zusammen unternommen?«, hakte sie weiter nach.

Mir fiel auf die Schnelle nichts Passendes ein, und ein weiteres Zögern hätte sie vielleicht dahingehend gedeutet, dass ich log. Also antwortete ich wahrheitsgemäß: »Na ja, wir waren kürzlich zusammen einkaufen. Also, das heißt, er wollte von selbst ins Småland.« Ich hob entschuldigend die Schultern. »Man kann ein Kind ja nicht zwingen mitzukommen, das sehen Sie sicher genauso …«

Frau Wilde-Reinhart hob überrascht ihre unkontrolliert wuchernden Augenbrauen. »Und was genau war dann ihre gemeinsame Aktivität?«

»Na ja, wir wollten danach zusammen was essen gehen. Ich meine, es konnte ja keiner ahnen, dass er so einfach aus dieser höchst unprofessionellen Betreuungsstätte entführt werden würde … Also, natürlich nicht entführt in dem Sinne, nicht so, wie Sie es verstehen würden, meine ich …«

»Ich glaube, ich habe genug gehört«, unterbrach Frau Wilde-Reinhart meine Bemühungen. »Ich denke, ich kann jetzt schon eine Einschätzung abgeben.« Frau Wilde-Reinharts graues Kinnhaar wackelte, als sie das sagte.

Ich atmete tief durch. Wieder mal hatte ich mich um Kopf und Kragen geredet. Dabei war es doch nicht meine

Schuld, wenn die Wilde-Reinhart mich nicht ausreden ließ. Gut, meine Kernkompetenz lag mit Sicherheit nicht bei dem Kinderthema, aber …

»Ich denke, wir sind nicht der richtige Verlag für Sie«, erklärte Frau Wilde-Reinhart und stand auf, um mir die Hand zu geben. »Das sehen Sie sicher ebenso.«

Ich stand automatisch mit auf, und Frau Wilde-Reinhart schüttelte meine Hand. Ihr Schütteln war im Gegensatz zu ihrer dünnen Stimme derart kräftig, dass sich mein schlaffer Körper automatisch mitschüttelte. Wahrscheinlich leitete Frau Wilde-Reinhart in ihrer Freizeit auch noch ehrenamtlich einen Tang-Soo-Do-Kurs in der Mandschurei.

Bevor ich etwas sagen konnte, fügte Frau Wilde-Reinhart noch hinzu: »Es ist wirklich erschreckend mitanzusehen, wie manche Frauen den Kontakt zu ihrer natürlichen Bestimmung verlieren.«

Mit einem schnellen Griff in einen Zeitschriftenhalter neben der Tür zog sie eine Ausgabe heraus und reichte sie mir. »Lesen Sie das, vielleicht ist es noch nicht zu spät.«

Wortlos fielen meine Augen auf das Titelbild der Zeitschrift: *Der Weg zum Glück – späte Eltern* stand da in großen Lettern.

14. Kapitel

Ein paar Tage weg von allem würden sicher helfen. Tante Marlene hatte recht: Melitta würde sich sicher über meinen Besuch freuen, und ein bisschen Gartenarbeit würde mir guttun.

Früher hatte ich mir immer einen Spaß daraus gemacht, sämtliche Bahnangestellte anzurufen und mir die günstigste Verbindung ausrechnen zu lassen. Bei drei Anrufen im Schnitt wurden dann jeweils drei verschiedene Preise genannt, von denen ich immer den günstigsten aussuchte, um anschließend ein viertes Mal anzurufen und das Ticket zu buchen.

Ich suchte mir den Nachmittagszug direkt für heute aus, packte meine Gummistiefel ein und hinterließ Trine eine kurze Nachricht auf ihrem Anrufbeantworter.

Vielleicht bringt mich die Fahrt auf andere Gedanken, und vielleicht ist sogar das Ende der Welt ein guter Ort, um den Kopf frei zu bekommen für die eine zündende Idee, dachte ich.

*

Ich hatte noch zehn Minuten Zeit bis zur Abfahrt und sah mich um.

Ob der Schaffner hier irgendwo rumstand? Wie es wohl mit Mona und ihm lief? Ich war gar nicht mehr auf dem neuesten Stand. Ob Mona mit ihm über das, was ich ihr gesagt hatte, gesprochen hatte? Oder ob die ahnungslose, weil in Liebesdingen verdrängungstechnisch stark aktive Mona bereits bei Familienplanung, Eigenheim und sämtlichen Freds angekommen war, ohne wahrhaben zu wollen, welches Spiel der Schaffner in Wirklichkeit mit ihr spielte?

Zwei Minuten vor der planmäßigen Zugankunft kam die obligatorische Durchsage, dass der Zug sich fünfzehn Minuten verspäte.

Mona, die mich sicherlich zum Bahnhof begleitet hätte, würde sich jetzt normalerweise zusammen mit mir aufregen. Ich vermisste meine Freundin – so eine lange Funkstille hatte noch nie zwischen uns geherrscht. Überhaupt war das der erste richtige Streit zwischen uns.

Da ich es nicht eilig hatte, störte es mich nicht weiter, dass der Zug später kommen würde. Ich hoffte nur auf einen guten Platz, denn ich hatte extra für die einstündige Fahrt reserviert.

Als der Zug schließlich eintrudelte, war der Bahnsteig völlig überfüllt, und die Menschen schubsten sich vor den aufgehenden Bahntüren gegenseitig hin und her. Das bezeichnete Mona immer als »Bahnhofskrieg«.

Ich war zwar keiner dieser Herumschubser, aber vordrängeln konnte ich gar nicht leiden, und so rutschte mir auch diesmal ein leicht genervtes »Das sieht nicht nur aus wie 'ne Schlange, das ist auch eine!« raus, als sich mal wieder einer der üblichen Verdächtigen – ein sehr professionell wirkender Berufspendler – vordrängeln wollte.

Hoffentlich hatte ich heute einen Sitznachbarn mit Laptop, dachte ich, *die waren immer besonders still und konzentriert.*

Leider hatte ich, was das anging, kein Glück, wie ich bereits feststellte, als ich auf Sitz 62 zusteuerte.

Schon bei der Nummer 12 hörte ich lautes Geschrei und

ein gedämpftes »Justin-Marvin, setz dich jetzt verdammt noch mal hin! Ich sage es jetzt zum allerletzten Mal!«.

Bitte nicht, bitte, bitte nicht neben mir, betete ich, als ich an meinem reservierten Sitz ankam und Justin-Marvin mich frech angrinste.

Selbst wenn ich nur einmal im Jahr mit der Bahn fuhr, schaffte ich es immer wieder, neben dem einzigen Justin-Marvin im ganzen Zug zu sitzen. Das war so ziemlich das Schlimmste, das mir passieren konnte. Mein persönlicher Albtraum. Die heutige Version war circa sechs Jahre alt und mit Sicherheit Einzelkind.

Er begrüßte mich, als ich mich entnervt auf meinen Fensterplatz fallen lassen wollte, mit einem kreischenden: »Nein, da darfst du nicht sitzen! Das ist mein Platz am Fenster!«

Seine Mutter ergänzte seine charmante Begrüßung, sicher nicht ohne Hintergedanken: »Justin-Marvin, das ist der Platz von der Tante hier. Sie hat ihn reserviert. Aber wenn du ganz lieb fragst, vielleicht tauscht sie dann ihren Platz mit dir und lässt dich am Fenster sitzen.«

Mit erwartungsvollen Blicken schauten Mutter und Kind mich an.

Ich möchte tot sein, dachte ich und lächelte die junge Mutter versteinert an, die mit hundertprozentiger Sicherheit genauso kalkuliert hatte.

»Aber natürlich kannst du am Fenster sitzen.« Ich seufzte resigniert, setzte mich auf den Platz am Gang und überließ meinen Fensterplatz der Teufelsbrut.

Ein weiteres Mal nahm ich mir vor, nie wieder Bahn zu fahren, würde es aber in spätestens einem Jahr erneut vergessen haben und es aufs Neue probieren. So in etwa musste es auch mit einer Geburt sein. Nach einer gewissen Zeit vergaßen die Mütter das Gemetzel und waren bereit, ein weiteres Kind zu bekommen. Das war extra von Mutter Natur so eingerichtet, damit der Nachwuchs gesichert war. Ich hatte es live an Trine erlebt, die während und nach Finns Geburt den Satz »Nie wieder!« ungefähr zweitausendmal wiederholt hatte und jetzt, ein paar Jahre später, wieder glücklich schwanger war. Tausende Bahnkunden gingen einem ähnlichen Prinzip auf den Leim. Ich fühlte mich Mutter Natur näher denn je.

Die Fahrt gestaltete sich erwartungsgemäß eher lautstark, und die Diskussionen von Mutter und Kind stellten ein glänzendes Beispiel totaler Sinnlosigkeit dar.

»Justin-Marvin, mach das Fenster zu, es zieht!«, sagte die Mutter nach wenigen Minuten Fahrt.

»Nein!«

»Doch!«

»Nein!«

»Doch!«

»Nein!«

Justin-Marvin hatte mittlerweile einen hochroten Kopf vom Brüllen bekommen und schmierte seine triefende Nase an den Zugsitzen ab.

Ich war eben noch kurz davor gewesen, ein neues Wort vorzuschlagen, bis ich bei diesem Anblick vorzog, einfach die Augen zu schließen.

Den absoluten Höhepunkt der Fahrt erlebte ich, als ich meinen MP3-Player extra laut stellte, um Justin-Marvins Gebrüll zu übertönen, und Justin-Marvins Mutter mich von der Seite mit den Worten antippte: »Können Sie das bitte leiser stellen, das stört!«

Fassungslos und um Luft ringend starrte ich in ihr Gesicht, das sie selbstbewusst wieder zurück zum Fenster drehte.

Ich konnte sie in diesem Kampf auf keinen Fall gewinnen lassen und antwortete ruhig: »Ich kann Sie nicht verstehen, es ist so laut hier!«

Dann drehte ich die Musik bis zum Anschlag auf. Das war mein persönlicher Kreuzzug für heute – und den hatte ich gewonnen.

Die letzten zwanzig Minuten der Fahrt verbrachte ich mit geschlossenen Augen und dem neuen Pink-Album, das mir über Justin-Marvins Kreischattacken hinweghalf. Nur ab und zu spürte ich einen Seitenhieb oder einen Tritt gegen mein Schienbein, als Justin-Marvin Sitzhüpfen übte.

Als ich endlich aussteigen konnte, bemitleidete ich kurz den nächsten armen Reisenden, der sich unwissentlich den Platz neben Justin-Marvin reserviert hatte und freudestrahlend neben der netten jungen Mutter mit Kind Platz nahm.

*

Der alte Bauernhof meiner Oma war nicht mit öffentlichen Verkehrsmitteln zu erreichen. Deshalb bestellte ich mir ein Taxi bei dem einzigen Taxiunternehmen des Dörfchens, das auch nur einen einzigen Taxifahrer beschäftigte. Gerd Lämmle war seit über vierzig Jahren der Fahrer des Ortes und kannte jeden Bewohner persönlich. Jeden Besucher auch, spätestens nach einer Fahrt.

»Lotte, Mädchen, na, das is aber ne Freude, dass du ma wieder den Weg hierhergefunden hast! Dich hamm wa ja schon ewig nich gesehn!«, begrüßte er mich freudestrahlend. »Bist ja jetzt unter die Karrierefraun gegangen, wa? Da hat man ja immer kene Zeit, wa?«

Er schmiss meine Tasche mit einem *Wumps!* in den Kofferraum.

Ich lächelte ihn schmallippig an und nickte stumm.

Ha! Karrierefrau! Aber klar doch, eine bessere Bezeichnung für mich fällt mir auch kaum ein. Rolltreppe abwärts, sag ich da nur!

Auf der Fahrt bei offenem Fenster blies mir die frische Landluft ins Gesicht, die ich seit Kindertagen so liebte. Zwar hielt diese Liebe meist nur zwei bis drei Tage, aber immer wenn ich hier ankam, war es erst mal die pure Erholung.

Gerd Lämmle berichtete über die wichtigsten Dorfgeschehnisse der letzten Monate: »Der alte Kartoffelheinz ist doch noch Opa geworden, wer hätte das gedacht!« Und: »Der Mais hat dieses Jahr keinen guten Start gehabt.«

So konnte ich mich mental schon mal auf die nächsten sicher nicht unanstrengenden, aber bestimmt ablenkenden Tage vorbereiten.

Am Hof angekommen, sah ich Oma Melitta – eine Heugabel in der rechten und eine Schaufel in der linken Hand – mit dem Nachbarbauern wild gestikulierend am Feldrand streiten: »Zum Teufel mit dir, Schweinebauer, das ist mein Land, und hier düngst du nicht!«

Der Schweinebauer war seit über dreißig Jahren Omas Nachbar, wurde aber, seit ich denken konnte, noch nie mit Namen angesprochen, da die beiden einen immerwährenden Kampf um die Grundstücksgrenzen führten. Als ich den beiden entgegenkam, stapfte der resignierte Bauer mit einer wegwerfenden Handbewegung davon und würdigte mich keines Blickes.

»Lotte, da bist du ja schon. Marlene hat gesagt, dass du kommst. Das ist gut, dass du so früh da bist, da kannst du mir direkt im Beet helfen. Hier, nimm die Schaufel.«

»Hallo Oma. Du, ich zieh mich erst mal um, ja? In den Klamotten kann ich doch nicht …«

»Ach Quatsch, keine Ausreden, hier komm, das wird dir guttun. Wo du doch seit Wochen nicht gearbeitet hast.«

Anscheinend hatte der Marlene-Funk ganze Arbeit geleistet. »Hab gehört, du gehst jetzt stempeln?«

Wenn das keine gekonnte Einleitung war, dann wusste ich es auch nicht.

»Ja, also nur vorübergehend, ich suche ja was Neues … Es ist nur nicht ganz so einfach«, rechtfertigte ich mich.

»Wo treibt sich eigentlich deine Mutter schon wieder rum?«, fragte Oma Melitta.

Währenddessen krempelte ich mir kurzerhand die Jeans hoch und zog die Schuhe aus. Warm genug war es ja.

»Na ja, sie hat da so einen Jörn kennengelernt, einen Eisbrecherkapitän. Ich bekomme auch hauptsächlich SMS von ihr.« Ich versuchte, das prekäre Thema abzuschwächen, da ich wusste, dass Melitta die außergewöhnliche Lebensweise ihrer Tochter in keiner Weise für gut befand, sondern sogar schwer verurteilte.

»Dieser neumodische Kram, Emil oder was ihr da immer tippt, das versteht doch kein Mensch, da will einer noch was kapieren!« Melitta schüttelte den Kopf.

»E-Mail, Oma, E-Mail heißt das. Sie haben da so eine Huskysache geplant, irgendwelche Touristen-Touren, es scheint gut zu laufen.«

Melitta schüttelte wieder den Kopf. »Nein, nein, nein. Das wird doch wieder nichts! Ich hab es ihr damals gesagt, sie hätte den Sohn vom Hexelhöhner heiraten sollen, dann hätte sie den ganzen Ärger jetzt auch nicht.«

Melitta hatte es immer noch nicht verwunden, dass ihre jüngste Tochter drei uneheliche Kinder hatte und den Sohn vom Hexelhöhner – einer der wohlhabendsten Bauern im Umkreis – verschmäht hatte.

Meine Brüder, Till und Tom, waren jünger als ich und standen mit beiden Beinen im Leben. Allerdings hielten beide es nicht für nötig, sich um Renate und deren regelmäßige Katastrophenaktionen zu kümmern, das blieb immer an mir hängen. Und auch sonst schienen beide mit ihrem eigenen Leben immer mehr als ausgelastet zu sein. Till war selbstständiger Hundetrainer – wobei er sich meiner Meinung nach mehr auf die Hundebesitzerinnen konzentrierte als auf die Hunde –, und Tom arbeitete in einer Baumschule, die er später einmal übernehmen wollte. Den beiden hatte ich noch nichts von meinem Dilemma erzählt – und hatte es auch nicht vor. Die hämischen Bruderwitze wollte ich mir erst mal ersparen.

Für die ungewöhnliche Erziehung, die Renate uns Kindern angedeihen lassen hatte, waren wir dann doch recht bodenständig geworden. Außer mir. Zumindest momentan.

»Aber dann wären wir Kinder doch nicht da, Oma. Hat doch auch was Gutes.«

»Ach, papperlapapp – Kinder! Am besten kriegt man in der heutigen Zeit keine mehr. Das ist doch unverantwortlich. Ich hätte damals auch keine gekriegt, wenn ich nicht gemusst hätte. Aber der Alte hat mir nur unter der Voraussetzung das Haus gebaut, dass ich ihm Kinder gebäre. Das war der Preis. Das war damals so. Heute würde ich das nicht noch mal so machen.«

Melitta ächzte, während sie auf Knien Unkraut zupfte.

Ein tolles Erlebnis, von seiner eigenen Oma zu hören, dass man besser nicht gezeugt worden wäre – und sämtliche Generationen vor einem auch nicht. Aber ich nahm Aussagen wie diese schon lange nicht mehr persönlich. Ich wusste, dass wir im Grunde alle geliebt wurden, nur der Ton war hier auf dem Land nun mal etwas rauer.

»Heute gibt's Klöße und Sauerbraten«, erwähnte Melitta nebenbei, weil sie wusste, dass ich dann doppelten Einsatz zeigen würde. »Nicht diesen neumodischen Kram, Pizza oder was es da heutzutage alles gibt. Das kann doch keiner essen.«

Ich hatte ihr einmal fast bis zur Verzweiflung erklären wollen, was Sushi war, aber Melitta hatte es nicht verstanden.

»Ohne Soße? Und roh? Das schmeckt doch nicht! Nein, das ess ich nicht. Und kalt? Das ist doch Verarschung.«

So war sie halt, die Oma Melitta. Aber ich liebte sie wegen ihres eigenwilligen Charakters vielleicht sogar noch mehr, als wenn sie eine völlig normale Oma gewesen wäre.

Ich wusste noch ganz genau, wie ich meinen Exfreund Rolf das erste Mal mit hierhergebracht hatte. Ich hatte ihn vorher tagelang bearbeitet und versucht, ihn auf den Kulturschock vorzubereiten.

Der erste und mit Sicherheit auch nie vergessene Satz, den Melitta Rolf zur Begrüßung entgegengeworfen hatte, war: »Benutzt ihr Kondome? Benutzt bloß welche!« Unvergessen war auch das hinterhergeschobene: »Kriegt bloß keine Kinder! Bälger sind zu teuer heutzutage, die fressen dir die Haare vom Kopf!«

Rolf war aber hartgesotten und zudem vorbereitet gewesen, sodass er damals gelassen antworten konnte, dass er noch nicht vorhabe, Kinder zu bekommen, schließlich studiere er ja noch. Ergo ware er als Ehemann fur mich – nach Melittas Urteil – sowieso nicht infrage gekommen, so ohne festen Job. Arbeit, das war ihr das Wichtigste überhaupt.

Jeder Außenstehende wäre wohl an ihr verzweifelt, aber meine Mutter und Marlene hatten uns Kindern immer wieder eingeimpft, dass der Krieg sie so hart gemacht habe und sie im Grunde nichts dafür könne.

Oft hatte ich beim Essen die Geschichte gehört, wie meine Oma und ihre elf Geschwister damals, bevor sie aufs Land gekommen waren, nichts als Kartoffelschalen zu essen gehabt hatten. Deswegen wollte Melitta nie wieder Hunger leiden und kaufte jede Woche Fleisch und Wurst für eine Hundertschaft ein.

Auch Rolf wurde damals gemästet, und selbst wenn er nur einen Fitzel auf seinem Teller übrig gelassen hatte, hatte Melitta ihm das krummgenommen.

»Schmeckt dir mein Essen nicht? Sag es ruhig, wenn es dir nicht schmeckt!«, hatte sie ihn damals angebrüllt.

Tapfer hatte sich Rolf mit Antworten wie: »Doch, es schmeckt köstlich! Aber ich hatte schon zwei Portionen, und ich kann nicht mehr!«, oder im fortgeschrittenen Stadium: »Nein, nein, das esse ich später noch auf!«, verteidigt, aber ohne jeden Erfolg.

Eines Tages, als Melitta ihn wieder einmal angeschrien hatte, warum er denn nicht aufäße (diesmal sogar nach der bereits dritten Portion), hatte Rolf trocken geantwortet: »Es schmeckt mir einfach nicht«, nur um seine Ruhe zu haben.

Die gesamte anwesende Familie war zu Eissäulen erstarrt und hatte ein Donnerwetter erwartet.

Melittas simple Antwort darauf war jedoch gewesen: »Dann sag das doch, Junge.«

Ab diesem Zeitpunkt waren die beiden die besten Freunde gewesen.

»Was ist mit dir? Warum trödelst du?«, ermahnte mich Melitta. »Deine Tante hat mir gesagt, dass du nichts Neues in Aussicht hast. Das geht aber nicht, Kind. Du brauchst dringend Arbeit. Der alte Walter aus dem Dorf braucht noch jemanden, der ihm die Bücher für den Blumenladen auf Vordermann bringt. Da kannst du nachfragen.«

»Oma, ich wohne in Köln. Und außerdem bin ich Lektorin. Ich habe keine Ahnung von Buchhaltung.«

»Ach, Lektorin ist auch so ein neumodischer Kram. Buch ist Buch. Da kannst du sicher auch deine Emils schreiben.«

Ich seufzte. »Ach Oma! Danke, ich weiß deinen Rat zu schätzen, aber ich suche was anderes. Was genau, das muss ich allerdings noch rausfinden.«

»Ach, biste jetzt auch auf so einem Selbstfindungstrip wie deine Mutter?«, motzte sie mich an.

Was für wilde Wörter sie kennt. Selbstfindungstrip. Auch neumodisch.

Später aß ich aus lauter Frust vier große Klöße mit Soße und Fleisch und konnte mich danach kaum bewegen.

Das Einzige, was ich noch tun konnte, war, meine Nachrichten auf dem Handy abzuhören. Die meisten Anrufe wurden direkt auf die Mailbox umgeleitet, da es hier im Outback kaum Empfang gab.

Trine hatte eine Nachricht hinterlassen, dass sie ihre Lieblingspatentante und Babysitterin vermisse und Finn ständig irgendwas über »Schmalland« erzähle, ob ich wisse, was er damit meine.

Mein schlechtes Gewissen meldete sich sofort wieder, und ich überlegte ernsthaft, ob ich Finn vielleicht nicht doch noch die ein oder andere Tüte saure Bärenzungen … *Diese unpädagogischen Bestechungstechniken müssen aufhören, Charlotte!* Das nahm ich mir fest vor. Für später.

Ich genoss die folgenden Tage, ohne viel an zu Hause zu denken – und an das, was mir so bevorstand.

Ich verbrachte die Zeit mit Gartenarbeit (es gab kein Entrinnen) und war abends schwarz von der Erde und zu müde, um mir viele Sorgen zu machen.

Während meines gesamten Aufenthaltes musste ich Melitta zweiunddreißig Mal versprechen, keine Kinder zu bekommen (*Mit wem auch, zur Hölle?!*) und mir die Sache mit der Buchhaltung im Dorf noch mal zu überlegen.

Eric hatte mir mehrere Male auf die Mailbox gesprochen, die ich aber nicht abhörte, nachdem ich gesehen hatte, dass er angerufen hatte. Die gesamte Geschichte war derart vermurkst, dass ich sowieso nicht mehr glaubte, dass sich das Ganze noch mal zum Guten wenden würde. Ich war zwar nicht mehr so sauer wie anfangs wegen der Småland-Aktion, allerdings wusste ich auch nicht, wie ich jemandem erklären sollte, dass es bei diesem Theater noch nicht mal um mein eigenes Kind ging.

An einem warmen Abend saßen Melitta und ich zusammen auf der knarrenden Hollywoodschaukel vor dem Haus und tranken ein Malzbier.

Irgendwie hatte ich das Bedürfnis, sie bei der Eric-Sache um Rat zu fragen, und erzählte ihr die ganze Geschichte.

Melitta konnte die ganze Aufregung nicht verstehen. »Männer mögen Frauen ohne Kinder doch sowieso lieber«, konstatierte sie. »Da können sie ihren Samen noch weitergeben. Das ist von der Natur so bestimmt. Meinst du, dein Opa hätte mir das Haus hier gebaut, wenn ich die Bälger schon gehabt hätte? Nie!«

Wie immer sehr einfühlsam, die Oma Melitta.

»Nein, hätte er bestimmt nicht, Oma, aber das war auch

vor sechzig Jahren. Heute ist das anders. Und nebenbei hat er ja schon ein Kind, Maya. Ich glaube gar nicht, dass er unbedingt noch mehr Kinder will.«

»Ja hoffentlich nicht! Du weißt, ich hätte drei Häuser …«

»… bauen können«, vollendete ich ihren Satz. »Ich weiß. Aber irgendwann will ich das ganze Programm vielleicht doch noch. Und geschiedene Männer sind meistens durch damit. Die haben das schon hinter sich.«

»Sei froh. Dann überspringst du das und baust direkt ein Haus«, schlussfolgerte Oma Melitta.

»Ja, vielleicht mach ich das irgendwann«, seufzte ich müde.

Und dann sitze ich allein und verlassen mit sieben alten Katzen in meinem Haus und werde irgendwann von Müllmännern gefunden, sinnierte ich in Gedanken weiter. *Was für eine Traumvorstellung vom Leben!*

»Kind«, nahm Melitta in einem ernsten, fast nachdenklichen Ton, den ich in der Form noch gar nicht von ihr kannte, das Gespräch wieder auf und tätschelte dabei meine Hand, »solche Punkte im Leben nennt man Wendepunkte. Sie tauchen meist aus dem Nichts auf und werfen dein ganzes Leben um. Sie überraschen dich immer genau dann, wenn du am wenigsten mit ihnen rechnest. Auch wenn du jetzt noch nicht weißt, wofür das alles gut war, kann ich dir mit absoluter Sicherheit sagen: Wenn eine Tür zugeht, öffnet sich eine andere. Alles hat einen übergeordneten Sinn. Wir müssen ihn nur erkennen.«

Ich war viel zu gerührt, um darauf etwas erwidern zu können. So eine Unterhaltung hatten wir überhaupt noch nie geführt.

Aber Melitta hatte recht: Irgendeinen Sinn hatte das, was mir widerfahren war, sicherlich. Die Frage war nur, ob ich diesen Sinn auch erkennen würde. Und zwar *bevor* ich als einsamster Mensch auf diesem beschissenen Planeten mit sieben Katzen von einem engagierten Müllmann gefunden werden würde.

»Mach nicht die gleichen Fehler wie ich«, schob sie leise hinterher. »Ich habe mich damals mit meiner ersten großen Liebe Hans gestritten, weil ich dachte, er hätte mich absichtlich von einer Bank geschubst. Dabei war er einfach nur aufgestanden, das Gewicht hatte sich verlagert – obwohl ich damals wirklich sehr schlank war, das kannst du mir glauben –, und ich kippte um. Danach war ich so sauer, dass ich nicht mehr mit ihm redete. Ein paar Jahre später hat er dann eine andere geheiratet. Ich bereue es bis heute. Wer weiß, was passiert wäre …« Sie seufzte schwer.

»Aber wie lange ist das mit Hans denn her?«, fragte ich leise. Ich hatte Melitta so noch nie erlebt; es sah so aus, als würde sie ihr Verhalten ehrlich bedauern.

»Das ist genau fünfundsiebzig Jahre, zwei Monate und elf Tage her.«

Ich sah Melitta an und war mir nicht sicher, ob sie glasige Augen hatte, weil es schon spät am Abend und sie müde war, oder …

»Das tut mir leid«, antwortete ich, »aber bei mir ist das doch was ganz anderes.«

»Ist es nicht, Lotte. Es geht darum, über seinen Schatten zu springen, sich zu entschuldigen, zu seinen Gefühlen zu stehen – und zu sich selbst. Das ist mit das Schwerste im Leben, zumindest für jemanden wie dich.« Nach einer kurzen Pause schob sie zwinkernd hinterher: »Und mich.«

Ich nahm noch einen Schluck aus der Flasche und lehnte dann meinen Kopf an Melittas Schulter.

Es klang so leicht – über meinen Schatten springen, Eric

die Wahrheit erzählen, meine Gefühle zeigen und vor allem zu mir selbst stehen. Aber wenn ich doch noch gar nicht wusste, wer ich eigentlich war …?

Bis vor wenigen Wochen war ich noch die taffe, aufstrebende Lektorin gewesen, mit Aussicht auf die Position der Cheflektorin, die ich mir schon immer gewünscht hatte. Dann war ich die traurige Arbeitslose gewesen, die sich zu Hause vergraben und ihre Sorgen in Alkohol ertränkt hatte, um dann die hippe Alleinerziehende mit Kind zu geben, die alles im Griff hatte und über den Dingen stand. Doch jetzt hatte ich das Gefühl, dass ich keine dieser Personen war. Aber wer war ich dann? Und vor allem – wie sollte ich das herausfinden?

Müde schloss ich die Augen und dachte nur noch einen letzten Gedanken: Heute würde ich dieses Rätsel nicht mehr lösen. Vielleicht auch nicht morgen. Aber irgendwann. Und ich hoffte, dass es nicht zu lange dauern würde.

Der Abschied von Oma Melitta am letzten Tag war wie immer.

»Und dass du mir bloß nicht schwanger wirst, Lotte!«, ermahnte sie mich erneut, während sie mich beinahe erdrückte. »Vertragen hin oder her, aber denk an die Häuser, die du bauen könntest …«

»Ja, Oma, ich denke an die Häuser«, beruhigte ich Melitta, die jetzt mit wedelndem Zeigefinger vor mir stand. »So schnell bekomme ich schon keine Kinder, so ganz ohne Mann.«

»Ach«, seufzte sie, »das geht manchmal schneller, als man denkt.«

Als ich winkend in Gerd Lämmles Taxi stieg, rief sie mir noch hinterher: »Und lass dir das noch mal durch den Kopf gehen mit den Büchern! Der Blumenladen braucht dringend jemanden, der sich mit Büchern auskennt!«

Die Rückfahrt verlief zu meiner großen Freude ohne weitere Vorkommnisse, ein Justin-Marvin war weit und breit nicht zu sehen, und ich genoss die Ruhe im Abteil.

Erst ganz kurz vor Schluss stieg ein älterer, glatzköpfiger, untersetzter Mann ein, der sich mit hochrotem Kopf schnaufend direkt neben mich wuchtete. Ich hatte auf unzähligen Bahnfahrten – wie auch heute – mein Ich-bin-nicht-an-Gesprächen-interessiert-und-schon-gar-nicht-mit-dir-Gesicht aufgesetzt.

Das schien das rote Doppelkinngesicht aber nicht zu stören, denn nachdem er gierig eine Tupperdose mit Wurstbroten ausgepackt hatte, bot er mir grinsend eines an. »Sicher Hunger, die junge Frau, wa?« Er hielt mir ein Schwarzbrot mit einem übel nach Knoblauch riechenden Belag unter die Nase.

Er selbst hatte sich ein Leberwurstbrot rausgelegt.

»Nein, danke«, antwortete ich und sah wieder aus dem Fenster.

»Ach, kommen Se schon!«

»Nein danke!«

»Na los! Ich seh doch, dat Se wollen!«

Für einen kurzen Moment wünschte ich mir fast den renitenten Justin-Marvin und seine schmerzfreie Mutter zurück.

»Nein. Danke!«

»Diät können Se auch später noch machen, Dickerchen!« Ein lautes Grunzen, das einem Lachen nur im entferntesten Sinne ähnlich war, folgte. Mit der leberwurstfreien Hand klopfte er sich auf seinen fetten Oberschenkel.

Was soll das denn jetzt heißen? Was bildet sich dieser fette Schweinskopf hier eigentlich ein?

Mein Blick fiel auf seinen Ehering, der das rosafarbene Fleisch seines Fingers rechts und links um den Ring derart hervorquetschen ließ, dass ich annehmen musste, der Ring sei nicht bloß drei Nummern zu klein, sondern hätte nie wirklich gepasst. *Ob er ihn je wieder abnehmen kann?*

»Na kommen Se!«, wiederholte er und legte das ausgepackte Wurstbrot beinahe auf mein Knie.

»Jetzt hören Sie mir mal zu, Sie unwirsches Subjekt«, holte ich zu meiner eigenen Verwunderung aus. »Ich will Ihr ekliges Brot nicht, und zwar nicht, weil ich eine Diät nötig hätte. Ich bin gut so, wie ich bin. Da gibt's nichts zu ändern. Und wenn Sie unbedingt wissen wollen, warum ich weder mit Ihnen sprechen noch etwas essen will, dann fragen Sie doch mal Ihre Frau, warum Sie nicht mehr mit Ihnen schläft!«

Mit diesen Worten stopfte ich mir die Hörer des MP3-Players wieder in die Ohren und drehte die Musik so laut wie möglich auf. Das hatte gesessen.

Der Fettsack sah mich erschrocken an und lief innerhalb weniger Sekunden krebsrot an. Dann bekam er einen nicht enden wollenden Hustenanfall. Anscheinend hatte er sich an einem Leberwurstknorpel verschluckt.

Ich rückte, so weit es ging, Richtung Fenster, denn es war mir zu riskant, von einem eingespeichelten Leberwurstknorpelstück getroffen zu werden.

Seltsam, das gerade hatte sich angehört, als habe eine mutige, fremde Stimme aus meinem Mund gesprochen. Und doch: Ich war zum ersten Mal seit Wochen wieder ich selbst, wenn auch nur für einen kurzen Augenblick.

15. Kapitel

»Marc!«

Erschrocken war ich zusammengezuckt, als ich eine dunkle Gestalt vor meiner Wohnungstür sitzen gesehen hatte. Als ich jedoch Marc erkennen konnte, war ich nicht weniger überrascht gewesen. Was wollte er denn jetzt hier? Wolken am strahlend blauen Himmel des Sarah-Nadine-Paradieses?

»Es funktioniert nicht, Charlotte!«

Marc sah abgespannt aus, gestresst. Seine ehemals niedliche kleine Stirnfalte schien sich in den wenigen Wochen mit Sarah-Nadine um das Doppelte vertieft zu haben.

»Was funktioniert nicht?«, fragte ich verwundert und schloss die Tür auf.

Er nahm mir den Koffer ab, und wir betraten die Wohnung.

»Die Beziehung. Alles.«

Er sah wirklich betroffen aus, fast traurig. Ich überlegte, ob ich mich insgeheim freuen sollte oder ob das Mitleid siegte.

»Wieso?«

»Ich weiß es nicht. Sie ist auf einmal so … anders. Sie hat die Bude vollgestellt mit winzigen weißen Möbeln. Alles riecht nach Vanille. Es ist so … steril!«

Uih, eine Sauberfrau. Na ja, der Doppelname hätte im Grunde ausgereicht, um das zu wissen. Ernste Angelegenheit.

»Sie redet dauernd von Zukunft und Haus und Garten und plant schon, wen sie alles zur Hochzeit einlädt, dabei hab ich sie noch nicht mal richtig gefragt!« Marc seufzte tief. »Es ist mir einfach alles … irgendwie zu viel.«

Ich ließ mich auf mein großes Sofa fallen, und Marc setzte sich nah an mich heran. Nur ein paar Reste der zerbröselten Zookekse lagen zwischen uns.

»Na ja, das tut man wohl alles, wenn man zusammenzieht. Das ist gar nicht so ungewöhnlich. Ich meine, sie freut sich anscheinend auf eure Zukunft. Das ist doch schön, oder etwa nicht?«

Halluziniere ich jetzt, oder springe ich tatsächlich für die bescheuerte Sauberfrau mit Doppelnamen in die Bresche?

Und das war noch nicht alles.

Ich hörte mich weiterreden: »Sie war sicher euphorisch. Vielleicht etwas zu sehr, aber sicher meint sie es nur gut.«

Es *war* meine Stimme.

Wäh, Charlotte! Du bist irre. Schizophren. Du sollst sie schlechtmachen, sie verbal verprügeln. Sie hat dir deinen Kerl weggeschnappt. Deinen Lieblings-, Übergangs-, Zwischendurch-, Nur-vögeln-nicht-kuscheln-Mann weggenommen.

»Habt ihr darüber geredet?«, fragte ich jetzt ruhig, und es klang fast, als sei ich Marcs Therapeutin.

»Nein, ich musste raus. Ich konnte das nicht mehr ertragen. Ich bin geblendet von diesem … Weiß!«

»Aber das ist doch nicht so wild. Weiße Möbel kann man austauschen.«

Heute Abend sehen Sie: Charlotte Sander als Mutter Teresa. Vorhang auf! Wunderbar.

Aber wie sagt man so schön: Ein Freund in der Not ist wirklich ein Freund. Trine wäre jetzt mächtig stolz auf mich.

»Ich soll nicht mehr Motorrad fahren, sagt sie!«

Ich wusste, wie wichtig ihm das Motorradfahren war. Das war kein schlauer Zug von Sarah-Nadine gewesen.

»Und so 'n komisches Müsli essen. Für Sportliche. Wegen der Verdauung.«

»Oh! Das kenne ich! Allein die Werbung dafür ist so schrecklich …« Ich versuchte, den unaussprechlichen Dialekt nachzuahmen. »Seitenbacher Müsli, dann hättste auch keine Probleme mehr mit deiner Verdauung, jetzt probiersch' halt!« Lachend warf ich den Kopf in den Nacken. Es hörte sich noch schlimmer an als das Original, sofern das überhaupt möglich war.

Marc wirkte jetzt allerdings noch mehr gebeutelt. Seine sonst so muskulösen Arme hingen schlaff herunter.

»Aber Müsli ist doch gesund …«, wand ich tröstend ein.

Ich hörte mich inzwischen nicht nur an wie Mutter Teresa, sondern auch wie Tante Marlene.

»Ich hasse Müsli aber! Und den ganzen gesunden Kram. Und meine Verdauung ist vollkommen in Ordnung, so wie sie ist. Ich will auch nicht hundert Jahre alt werden und mir Ingwer unter die Arme schmieren.«

»Sie schmiert sich Ingwer unter die Arme?«

»Na ja, keine Ahnung. Sie trinkt ihn im Tee, legt sich Scheibchen davon ins Gesicht und erzählt was vom salzarmen Essen. Und ständig dieses Gemüse. Das ist alles nichts für mich.«

Ich wusste genau, was er meinte. Marc war ein Mann, wie man ihn unter der Wikipedia-Definition finden würde, und Steak & Co. gehörten unbedingt zu seiner Ernährung. Einmal hatte er mir erzählt, dass er sogar bereit wäre, für ein gutes Steak den Verlust seiner Muttersprache hinzunehmen. Das war vielleicht ein wenig übertrieben, aber er war eben ein richtiger Kerl. Das Buch *Fleisch ist mein Gemüse* hätte von ihm sein können. Zumindest der Titel passte auf ihn wie die Faust aufs Auge.

»Okay, also sie möchte, dass ihr gesünder esst. Aber das ist doch grundsätzlich ein guter Ansatz«, fasste ich zusammen. Ich kam mir dabei vor wie Frau Krähenfuß in der Familienberatungsstelle, von der ich mir als Elfjährige einen Rat erhoffte, als Renate auf Marlenes Anraten hin Tofu in die Familie eingeführt hatte. Ich überlegte kurz, ob ich eine eigene Praxis aufmachen sollte. Ich war grandios. Brillant geradezu. Na ja, das war jetzt vielleicht ein wenig übertrieben. Aber gut war ich schon.

Marc nahm meine Hand.

»Bei dir fühl ich mich wohl. Bei dir ist es immer unaufgeräumt, und nichts blendet mich.«

Was soll das denn jetzt heißen? Wie, unaufgeräumt?

Mal abgesehen von ein, zwei alten Wäschestücken lag kaum etwas auf dem Boden herum. Eine halbe Bifi hinter der Sofalehne – na und? Gut, seit Frau Tanys Abreise hatte niemand mehr durchgewischt, aber … es war doch quasi … na ja … immerhin fast mittelsauber hier!

»Es ist blitzblank hier!«, verteidigte ich mich entrüstet.

»Jaja, so meinte ich das auch nicht«, ruderte Marc zurück. »Deine Frau Chan ist auch sicher super.«

»Sie heißt Frau Tany, und das ist sie tatsächlich. Auf sie lasse ich nichts kommen!«, wetterte ich kurz.

»Ich meinte auch eher die Art, wie du lebst. Eher chaotisch, frei. Nicht so … genormt.«

Hatte Marc nicht bei seinem letzten Besuch gesagt, die Doppelnamenfrau sei anders als alle anderen Frauen? War das alles nur Tarnung von ihr, um ihn einzufangen? Wenn ja, dann hatte sie aber schnell die Hüllen fallen lassen.

»Sie hat das sicher alles nur gut gemeint.«

Uah! Da wird einem ja ganz anders, liebe Charlotte.

»Ich brauch jetzt einen guten Drink. Hast du was da?«

War das eine ernst gemeinte Frage? Natürlich hatte ich was da. Alkohol war das Letzte, auf das ich verzichten würde, egal, wie groß die Not wäre.

Mit den Worten: »Ich bringe dir einen Martini. Sogar mit Olive!«, verschwand ich in der Küche.

Martini ohne Olive war scheiße. Und immerhin hielten sich die Dinger im Kühlschrank ewig. Im Gegensatz zu dem kläglichen Rest eines Goudas, der neben den Oliven lag (unverpackt – das zum Stand der Hygiene in meiner Wohnung) und jetzt jedem Blauschimmelkäse harte Konkurrenz machen konnte. Ich vertagte die Kühlschrank-Entrümpelung auf morgen und machte uns zwei Martinis mit Olive.

Nach ein paar wohltuenden Schlucken sah Marc mich seltsam an, und mir wurde schlagartig heiß. Ich kannte diesen Blick ganz genau und war mir sicher, dass ich nichts gegen ihn und alles, was danach kommen könnte, einwenden wollte. Man musste die Feste eben feiern, wie sie fallen. Und dieses würde sicher eines für meine vernachlässigte Libido werden, das stand fest.

»Du bist wunderbar, Liebes …« Marc nahm mein mittlerweile vom Alkohol leicht erhitztes und gerötetes Gesicht in seine Hände und küsste mich.

Der erste Kuss seit Wochen war lang, intensiv und sehr schön. Ich vergaß die Doppelnamen-Sauberfrau, meine Probleme, die erfolglose Jobsuche und alles um mich herum. Ich genoss den Moment, und alles andere war mir egal. Zum Teufel mit den weißen Möbeln und allen guten Vorsätzen!

Das war meine ganz persönliche Rache an allen Sauberfrauen dieser Welt! Ich war *die Eine*, zu der Mann zurückkehrte! Ich war nicht besonders schlank, veränderte meine Kleidergröße alle acht Wochen, hatte matte Haare ohne jegliches Volumen und nie den passenden Slip zum BH an, wenn ich nicht auf ein erotisches Abenteuer vorbereitet war, und der Meinung einer empathischen Douglas-Verkäuferin nach auch extrem fettende Schlupflider. Aber Marc war jetzt bei mir und nirgendwo anders. Was ein paar Wochen Beziehungswohnung mit einer Sauberfrau so alles ausrichten konnten!

Ich war selig. Ich fühlte das altbekannte, gute Marc-Gefühl. Ich fühlte mich begehrt und wohl, und das war die Hauptsache. Es ging mir endlich mal wieder richtig gut. Den Rest konnten wir morgen klären. Jetzt zählte nur diese Nacht.

Am nächsten Morgen weckte mich das kalte, gleißende Tageslicht, das meine Neigung zu schwachem Bindegewebe nicht gerade vorteilhaft kaschierte.

Sonnenlicht war ja bekanntlich nicht einfach gleich Sonnenlicht. Da gab es dieses warme, teintverwöhnende goldene Herbstlicht, in dem jede Frau gut aussah. Oder das gelbe Sommerlicht, das nicht so schmeichelnd wie das goldene Herbstliche war, aber immerhin die Haare schön glänzen ließ. Und dann gab es zu guter Letzt das sogenannte Tageslicht. Weiß, grell, gleißend und gemein. Die Umkleidekabinen sämtlicher Bekleidungsgeschäfte verfügten mittlerweile darüber, und ich fragte mich immer wieder, warum die Läden ihre eigene Kundschaft vergraulten. Definitiv Anti-Zielgruppen-Licht! Welche Frau will sich schon exakt und bis in die letzte Pore so sehen, wie sie wirklich aussieht? Das ist doch eine Zumutung!

Der schale Geschmack im Mund und der pochende Kopfschmerz ließen zudem die Erinnerung an die Flasche Martini, die nun leer neben dem Bett lag, erwachen. Ich blinzelte in Richtung Sonne, die mich blendete, als ich versuchte, mein zweites, von nicht abgeschminkter Wimperntusche verklebtes Auge aufzumachen.

Marc schlief noch seelenruhig, und ich wollte die Chance nutzen, mich wiederherzustellen, bevor er aufwachte. Ich wickelte mich noch im Liegen in die leicht angeraute graue Überdecke (zu der Trine mich letztes Jahr mit den Worten: »Jeder gepflegte Haushalt braucht doch eine Überdecke!«, überredet hatte). Irgendwie war ich im gestrigen Kerzenschein mutiger gewesen, was die Zurschaustellung meines Körpers anging. Ich kletterte aus dem Bett und stolperte gerade wie ein behinderter Rollmops Richtung Bad, als es an der Tür klingelte.

Bitte nicht schon wieder irgendein Spinner, Sammler oder religiöser Irrer, der mich bekehren will, schoss es mir durch den Kopf.

Da ein weiteres Klingeln Marc sicher wecken würde und mein Restaurierungs-Plan damit dahin wäre, musste ich wohl oder übel aufmachen und hüpfte zur Tür. Als ich sie öffnete, streckte sich mir ein großer Strauß Lilien entgegen. Er hatte Beine. Mit gelben Chucks. Erics Beine.

»Guten Morgen, Charlotte«, begrüßte er mich und sah mich überrascht an, nachdem er den Strauß aus seinem Gesicht entfernt hatte. »Habe ich dich geweckt? Das wollte ich nicht.«

Herr im Himmel! Nicht das jetzt auch noch! Eric ist wirklich Meister des Timings! Jetzt passt der Spruch »Zwei Hähne auf einem Mist vertragen sich nicht« perfekt. Und ich bin der Mist.

Mist!

»Eric! Das sind meine Lieblingsblumen. Woher weißt du …?«

»Ich war doch bei Mona, letztens. Sie hat mir Mut gemacht. Und ein bisschen über dich erzählt.«

Bei Mona? Sie hat ihm Mut gemacht und nicht gegen mich gewettert? Trotz des Streits letzte Woche? Mir schossen tausend Gedanken auf einmal durch den Kopf.

»Wie bist du überhaupt in den Hausflur …«

»Ich hab einfach bei Mona geklingelt, die ist zwar nicht da, aber eine Frau Heimatlohs … na ja … Ich wollte nicht riskieren, dass du mich an der Gegensprechanlage abweist.«

Na super, Frau Heimatlohs.

»Charlotte, dieses ganze Hin und Her, das tut mir leid. Ich war bescheuert. Und du auch. Ich weiß, dass du mich auch magst. Mona hat es mir gesagt. Aber ich wusste es auch so …« Er strahlte mich an und wirkte hoffnungsvoll, geradezu wild entschlossen. »Kann ich reinkommen?«

»Oh! Öhöm … ta-hah-ja … Ja, sicher mag ich dich, mir tut es auch leid. Nur weißt du, gestern war ein langer Tag, ich bin noch nicht ganz wiederhergestellt … Was hältst du davon, wenn wir uns heute Nachmittag treffen und in Ruhe über alles reden?«

Noch bevor Eric antworten konnte, tauchte Marc hinter mir an der Tür auf. Verschlafen rieb er sich die Augen und gab mir einen Klaps auf den Hintern.

»Was ist denn hier los? Vertreterbesuch? Aaaah! Der Blumenmann. Sind aber nicht von mir, Süße! Sorry!«

Mir lief es heiß und kalt den Rücken hinunter.

An Morgen wie diesen weiß man eigentlich direkt, dass der Tag nichts Gutes bringt. Vor allem, wenn er mit dem letzten Typ Sonnenlicht beginnt. Weiß, grell, gleißend und gemein.

»Eric, versteh das bitte nicht falsch! Ich …«

»Ich versteh schon«, antwortete Eric mit aufgerissenen Augen und warf mir den Blumenstrauß mit voller Wucht vor die Füße. Die Hälfte der Blumen verlor dabei ihren

Kopf. »Jetzt sag bloß nicht noch, dass es nicht so ist, wie es aussieht!« Wütend drehte er sich Richtung Treppengeländer um.

»Klar ist es so, wie es aussieht«, gab Marc grinsend zum Besten.

»Danke, du Blödmann!«, schnaubte ich verächtlich in Marcs Richtung und wollte Eric hinterherrennen. Gerade noch rechtzeitig fiel mir auf, dass ich bis auf die angeraute Überdecke nichts anhatte.

»Eric! Warte! Lass mich das doch erklären!«

»Lass mich in Ruhe, Charlotte. Ich hab genug gesehen. Ich bin selbst schuld, dass ich an den Mist geglaubt habe, Liebe auf den ersten Blick und so. So ein Scheiß! Ich bin doch hier der Blödmann!«

»Bist du nicht! Warte!«, rief ich ihm noch hinterher, doch da war er schon weg.

Als ich die Wohnung wieder betrat, stand Marc bereits unter der Dusche.

»Komm rein, Süße!«, rief er mir zu.

»Na klar, sicher doch! Und dass du hier jetzt seelenruhig duschen kannst! Unglaublich!«

Ich war sauer. *So ein verdammter Mist! Jetzt hat Eric den ersten Schritt gemacht und dann* das*!* Natürlich war es jetzt egal, was ich ihm erzählen würde. Er glaubte sowieso, was er glauben wollte. *Und wieso war er überhaupt bei Mona gewesen? Was hatten die beiden über mich gesprochen?* Außerdem ärgerte ich mich maßlos über Marc. *Was für ein arroganter Auftritt das eben war!* Ich war sauer auf mich selbst, ihn überhaupt reingelassen zu haben. Am Ende war ich für ihn nichts weiter als ein Snack zwischen dem großen Beziehungsbuffet. *Ob die Doppelnamen-Sauberfrau überhaupt weiß, wo er ist?*

In diesem Moment hörte ich ein Handy klingeln. Es lag auf dem Wohnzimmertisch, zwischen den leeren Gläsern und den Resten der Erdnüsse, die wir gestern Nacht noch gefunden hatten.

Es war Marcs Handy. *Schnäuzchen ruft an* stand da und blitzte bei jedem Klingeln auf.

Aha! Die Doppelnamen-Sauberfrau! Wenn man vom Teufel spricht. Also macht sie sich Sorgen.

Ich überlegte kurz, dranzugehen, um mich zu rächen, verwarf den Gedanken dann aber sofort wieder. Immerhin mochte ich Marc. Im Grunde konnte er ja auch nichts für das ganze Schlamassel, in dem ich jetzt steckte. Ausschlaggebend dafür war allein mein feiges Verhalten gewesen.

»Bist du so lieb, uns einen Kaffee zu machen?«, fragte Marc, der jetzt, nur mit einem winzigen Handtuch um die Hüften, vor mir stand. »Und dann kannst du mir ja die Geschichte mit dem dubiosen Blumenmann erzählen.«

Marc war noch nie zum Frühstück geblieben, und ich wunderte mich, dass er es überhaupt vorschlug.

»Du weißt doch, dass ich nicht frühstücke. Außer ein paar mickrigen Oliven habe ich außerdem nichts da«, knurrte ich. So ganz hatte ich seinen Auftritt von eben doch nicht verdaut.

Marc sah mich zwinkernd an. »Tja, dann müssen wir uns wohl heute mit Luft und Liebe zufriedengeben.« Er zog mich an sich, und das winzige Handtuch fiel auf das Parkett. »Vor allem aber mit Liebe …«

Meinte nicht Sigmund Freud schon: Wenn man jemandem alles verziehen hat, ist man mit ihm fertig? Und da ich Herrn Freud auch sonst gerne mal bei der ein oder anderen Theorie zustimmte, schien mir eine Versöhnung angebracht.

Marcs Argumentationslinie schien ebenfalls in diese

Richtung zu tendieren, als er meinen Hals runter bis zur Schulter mit kleinen Küssen versah.

Ich schloss die Augen, nahm sein Gesicht in meine Hände und beschloss, einige Freud'sche Theorien jetzt noch einmal eingehend zu überprüfen, zumindest die mit der Versöhnung.

Irgendjemand hatte mal gesagt, dass guter Sex verliebt mache. Ohne lange zu überlegen, konnte ich das nach dem ausgiebigen »Frühstück« unterschreiben. Ich schwebte auf Wolke sieben. Und versöhnt waren wir jetzt auch, aber so was von.

Es war mittlerweile später Nachmittag, und Marc machte keine Anstalten zu gehen. Wir verbrachten den ganzen Tag im Bett und aßen in den kurzen Pausen, in denen wir verschnaufen mussten, Pizza vom Bestellservice und sahen uns schlechtes Nachmittagsprogramm im Fernsehen an.

Ich war mir nicht sicher, ob es wirklich Marc war, der mir dieses gute Gefühl gab, oder die Vorstellung von einer Beziehung, einer gemeinsamen Zukunft, die sich so gut anfühlte. Vielleicht war eine Beziehung mit Marc doch nicht so abwegig, wie ich immer gedacht hatte. Vielleicht war es sogar genau das Richtige für mich, gerade jetzt. Und wenn uns der Gesprächsstoff ausging, könnten wir ja immer noch …

Andererseits hatte Sarah-Nadine vorhin noch einmal angerufen, auch wenn Marc das offensichtlich nicht interessierte. Er hatte den ganzen Tag nicht einmal auf sein Handy gesehen – und normalerweise tat er das ständig.

Ob die Doppelnamen-Sauberfrau sich vertragen wollte? Alle Möbel austauschte und Gemüse und Müsli auf den Kompost warf?

Aber nach dieser einmaligen Nacht und dem heutigen Tag

würde er doch nie und nimmer wieder zurück zu ihr gehen wollen … Immerhin hatte er mich gerade eben noch als göttliches Geschöpf betitelt! Na ja, vielleicht sollte ich nicht außer Acht lassen, dass er sich gerade in mir befand, als er das sagte, aber trotzdem! Göttlich! Das ist doch mal ein Adjektiv, das mich adäquat beschreibt! Da kann ich ihm seinen Patzer, sich vor Eric so aufgeblasen zu haben, gerade eben noch verzeihen. Ich könnte Eric später anrufen, ihm erklären, dass … Ja, was denn eigentlich? Dass Marc und ich uns immer dann treffen, wenn ich gerade Trost brauche, er mein Egoaufbauer Nummer eins ist und ich nicht auf ihn verzichten kann? Oder will? Wenigstens bisher …

Außerdem wusste Eric immer noch nicht, dass ich in Wirklichkeit die arbeitslose Niete und nicht die hippe, alleinerziehende Charly von nebenan war.

Ich war inkonsequent, gerade ziemlich unförmig, ständig betrunken, unsicher, völlig orientierungslos und hoffnungslos überfordert. Kein Mann, der eine kleine Tochter alleine großziehen musste, brauchte so eine Frau.

Marc war da anders. Er nahm mich so, wie ich war. Im wahrsten Sinne des Wortes. Ihn störte keiner meiner Fehler und Schwächen, bei ihm musste ich keine Verantwortung übernehmen, er kam auch so gut klar.

Wenn ich jetzt abwog, war es doch für alle Beteiligten am besten, wenn ich es bei gelegentlichen Treffen mit Marc beließ und mich erst mal um mein Leben kümmerte, bevor ich noch andere mit meiner Unfähigkeit, glücklich zu sein, belastete.

Jemand wie Eric würde schon nach kurzer Zeit merken, wie überfordert ich mit allem war, und mich sicher wieder verlassen. Wozu dann das alles? Marc war perfekt für mich. Er kam, wenn ich Trost brauchte, und ging, bevor es ernst wurde.

Der eine bekam im Leben die obere Brötchenhälfte, der andere die untere. Und ich eben das Fluffige in der Mitte.

Es hilft nichts, Charlotte Sander. Du bist und bleibst halt der klassische Typ: notorisch unglücklich.

Es machte keinen Sinn, Eric anzurufen. Es war einfach besser so. Ich würde ihn über kurz oder lang sowieso nur enttäuschen, und das Bild, das er von mir hatte, war aufgebaut auf einem Lügengerüst, das ich selbst konstruiert hatte. Oder zumindest nicht verhindert hatte. Und was auf einer Illusion aufgebaut war, konnte nicht funktionieren.

Marc war da, und er würde es auch erst einmal bleiben. Auch wenn es nur für den Rest des Tages war.

16. Kapitel

Nachdem Marc gegangen war, bestand meine erste Aktivität darin, mich in Puschen und Elefantenbabyhose in den Flur zu schleichen (nachdem ich durch atemloses Horchen an der Wohnungstür sichergestellt hatte, dass sich niemand im Flur befand), um bei Mona zu klingeln. Es brannte mir zu sehr auf der Seele, was zwischen uns passiert war, und auch ihr Treffen mit Eric ging mir nicht aus dem Kopf. Ich wollte wissen, was sie ihm gesagt hatte.

Aber Mona öffnete die Tür nicht, und es kamen keinerlei Geräusche aus ihrer Wohnung.

Ob sie beim Schaffner war? Ob er ihr immer noch was vormachte und sie bereits am Filzkissen für die Eheringe arbeitete?

Nach zwei Tagen, in denen ich in alte Muster zurückgefallen war und in völliger Verwahrlosung vor mich hin vegetiert hatte, klingelte es an meiner Tür. Ich schreckte regelrecht auf, denn ich war das Geräusch gar nicht mehr gewöhnt. Als ich öffnete, stand eine tränenüberströmte Mona vor mir.

»Charliiii-i-hi-hi!«, war das Einzige, das sie unter Schluchzen herausbringen konnte.

»Du brauchst nichts zu sagen«, erwiderte ich ruhig, nahm sie in den Arm und schob sie ins Wohnzimmer.

»Setz dich erst mal.«

»Das Arschloch. Du hattest recht. Er ist verheiratet!«, fing sie nach ein paar kleineren Heulkrämpfen an. »Ich hatte ihm vorgeschlagen, übers Wochenende wegzufahren. Und das bedeutet doch noch gar nichts! Aber ihm war das gleich zu viel. Er meinte, so kurzfristig könne er nicht weg und er habe noch was in Köln zu erledigen. Ich war sauer, und wir haben uns gestritten. Als er weg war, wollte ich mich entschuldigen. Es war schon spätabends, und um solche Uhrzeiten rufe ich eigentlich niemanden mehr an, aber ich konnte nicht einschlafen. Und du glaubst es nicht – es ging eine Frau ran! *Seine* Frau!!!«

Mona legte für meine Reaktion eine Pause ein.

»Das Schwein!«, rief ich so empört wie möglich.

Mona nickte zufrieden. »Genau!«

Ich sparte mir meine Hatte-ich-dir-doch-gesagt-Kommentare, es war sowieso schon schlimm genug für Mona.

Sie starrte mit leerem Blick vor sich hin und fummelte gedankenverloren in dem Zettelwust auf meinem Couchtisch rum.

»Was ist das denn? Eine Spendenquittung?« Mit einem irritierten Blick zog Mona die Mormonen-Quittung hervor. »Mormonen-Bingo?!? Charly, was machst du denn?«

Vorwurfsvoll hielt Mona mir die Quittung hin.

»Ich bin halt karitativ veranlagt, aufopferungsvoll, sozial engagiert …«

»Bekloppt bist du, sonst nichts!«

»Lass mich, das ist doch egal. Viel wichtiger ist jetzt: Hast du ihn zur Rede gestellt?«

Zerknirscht und unterbrochen von drei- bis zehnminütigen Heulkrämpfen erzählte Mona mir den weiteren Verlauf des Intermezzos.

Die Schaffnersfrau hatte sich schon über die ganzen Überstunden ihres Mannes, seine ständige Duscherei und die neue Filzhülle für sein Handy gewundert und etwas geahnt. Als sie die unbekannte Nummer sah und ihr Mann gerade im Bad war, nutzte sie die Gelegenheit, an sein Telefon zu gehen.

Seine Frau hieß Hilde, und Mona fand sie sogar recht freundlich, die Umstände des Telefonates berücksichtigend. Klaus und sie waren seit fünfzehn Jahren verheiratet, und zumindest bis vor Kurzem war Hildes Meinung nach von Krise keine Spur vorhanden gewesen. Demnach waren die beiden auch nicht geschieden, wie der miese Schaffner behauptet hatte. Am Ende des Gespräches bat Hilde Mona lediglich, sich in Zukunft von ihrem Mann fernzuhalten und sich besser einen Piloten zu suchen. Schließlich seien deren Ehefrauen darauf vorbereitet, dass ihre Männer untreu seien (ein weiteres Hoch auf die Schublade!).

Mona hielt sich natürlich nicht daran und stellte den Schaffner am nächsten Tag um Punkt 7:16 Uhr auf Bahngleis 3 zur Rede. Offenbar machte dem Schaffner die Tatsache, dass er verheiratet war und Mona belogen hatte, weniger Sorgen, als dass Mona die Unverfrorenheit besessen hatte, mit seiner Frau zu telefonieren. Mona machte ihm eine Szene, die sich gewaschen hatte (Bahnhöfe bieten eine hervorragende Akustik und eine noch bessere Kulisse hierfür). Allerdings rächte sich der Schaffner für diese Bloßstellung auf bösartige Weise.

»Er hat gesagt, dass er meine Filzsachen eh nie mochte! Die waren ihm zu *öko*!« Mona heulte auf. »Wie kann er bloß so gemein sein?«

»Ja! Unverschämt! Der Mistkerl!« Ich gab mir alle Mühe, Mona den Rücken zu stärken. Mal abgesehen davon, dass er verheimlicht hatte, dass er verheiratet war, war eine Beleidigung ihrer Filzarbeiten so ziemlich das Gemeinste, was man Mona antun konnte. »Und jetzt? Hast du es ihm zurückgegeben, dem Penner?«, wetterte ich angriffslustig weiter.

»Ja, ich habe ihm gesagt, dass du in der Bar meintest, er sei ganz schön klein für sein Alter. Und was anderes auch!« Mona schnäuzte sich, und ein müdes Lächeln machte sich in ihrem Gesicht breit.

»Das ist gut! Und was hat er geantwortet?«, fragte ich.

»Gar nichts, er ist in den Zug eingestiegen. Der Blödmann kann mich mal. Einfach meine Filzsachen zu beleidigen! Tsss!« Mona schüttelte sich. »Dabei hatte ich ihm doch gerade erst ein kleines Säckchen für seine Trillerpfeife genäht. In Bahnblau! Das habe ich ihm aber vorher noch abgenommen«, erklärte Mona stolz.

Das war vorbildlich.

»Und jetzt?«

»Ich bin völlig fertig. Seit Tagen gucke ich mir nur Filme mit Schauspielern an, die tot sind. Das deprimiert mich irgendwie.«

Kein Wunder, dachte ich, *das kommt mir bekannt vor.*

Mona schnäuzte jetzt so laut in ihr Taschentuch, dass ich befürchtete, gleich mit weggeschnupft zu werden.

»Charly?«

»Ja?«

»Es tut mir leid.«

»Ich weiß.«

»Ich hab total überreagiert, das weiß ich jetzt. Du hast dich wie eine vorbildliche Freundin verhalten und warst nur ehrlich, und ich hab's total vermasselt.«

Wieder schluchzte Mona auf, und sie erinnerte mich damit stark an das Brunftgeräusch eines männlichen Klippschiefers, aber ich hielt es für angebracht, Mona über derartige Gedanken nicht zu informieren.

»Ich hätte auf dich hören sollen. Von Anfang an.«

Nun, ja!

»Ach, das ist schon in Ordnung, Mona. Du warst eben verliebt, da hört man ganz gerne mal nicht auf die besserwisserische Freundin. Und blendet Unangenehmes aus. Vielleicht weil man eben Angst hat, dass die wunderbare Seifenblase, in der man gerade schwebt, zerplatzt.«

Ich wunderte mich über die weisen Worte, die ich da gerade von mir gegeben hatte. Wieso konnte ich so tolle Ratschläge geben, wenn ich noch nicht mal in der Lage war, mein eigenes Leben auf die Reihe zu kriegen? Ich sollte vielleicht ernsthaft erwägen, ein Zweitstudium anzufangen. Ich könnte glatt Therapeutin werden.

Jetzt sah Mona mich ernst an. Sie hatte sogar aufgehört, das Brunftgeräusch zu machen. Ein leises, kaum hörbares Wimmern überkam sie jetzt nur noch ungefähr alle dreißig Sekunden. Das war immerhin ein Fortschritt.

»Redest du da gerade nicht vielleicht auch ein bisschen von dir, Charly?«

Mona hatte recht.

»Vielleicht von uns beiden?«, schlug ich diplomatisch vor.

»Aber es stimmt.« Sie nickte bestätigend. Ihre Wimperntusche hing mittlerweile auf halb acht, und auch sonst sah sie sehr reumütig aus. »Manchmal lebt es sich in der Seifenblase ganz gut.« Während sie die Nase hochzog, fügte sie noch hinzu: »Auch wenn's in deiner ganz schön müffelt.«

Lachend fiel ich meiner Freundin in die Arme.

»Verzeihst du mir?«, flüsterte Mona in mein Ohr.

»Klar tu ich das!«

Mir fiel ein Stein vom Herzen. Wenn ich schon kurz davor war, wegen des ganzen Schlamassels in meinem Leben zu kollabieren, dann wenigstens mit einer Freundin an der Hand, die mich verstand.

»Aber jetzt ist Schluss mit dem Geheule!« Mona ballte

ihre Hand zur Faust und machte ein halb siegesgewisses, halb verheultes Gesicht.

»Was willst du jetzt machen?« Ich schaute Mona fragend an.

»Trinken.«

Gegen eine gute Freundin an der einen und einen extragroßen Cocktail in der anderen Hand ist nichts einzuwenden. Im Gegenteil: Beides hilft. Zumindest für den Moment.

*

Trümmerhannes war mal wieder sichtlich erfreut über unseren Besuch, denn seit Monas und meinem Streit war unsere Besucherfrequenz in der *Hausbar* merklich gesunken.

»Das Geschäft geht vor, Mädels«, kommentierte er seine Freude über unser Erscheinen wie immer nüchtern (wenn auch nicht in Bezug auf seine Promillezahl). »Aber natürlich freue ich mich auch, dass ihr euch wieder vertragen habt. Was darf's sein?«

Wir entschieden uns erst mal für Weißwein. Es war schließlich noch früh am Abend.

Obwohl wir uns wieder vertragen hatten, fiel es mir schwer, Mona nach Eric zu fragen. Ich tat es trotzdem.

»Sag mal, Mona, du und Eric … Ihr habt euch getroffen? Was ist da gewesen?«

»Nichts, er war nur da, um dich zu sehen. Und ich bin ihm im Treppenhaus begegnet. Du warst nicht da, und da hab ich ihn auf einen Kaffee reingebeten. Er hat mir erzählt, dass er sich in dich verguckt hat und dass er sich wegen der Småland-Sache schuldig fühlt. Ich konnte ihm ja schlecht sagen, dass Finn gar nicht dein Kind ist. Also hab ich ihm nur zugehört. Aber er war doch sicher noch mal bei dir, oder? Zumindest hatte er das vor. Ich hab ihm nämlich gesagt, dass du ihn auch magst.«

»Du hast ihm gesagt, dass ich auch in ihn *verliebt* bin?!«

Ich sah sie entgeistert an. *Danke, Mona!* Einmischen war schon immer scheiße, egal in welche Richtung.

»Ja, aber das stimmt doch … Oder etwa nicht?«

»Ja, also, nein! Und überhaupt! Das ist doch noch lange kein Grund, ihm das auf die Nase zu binden! Und übrigens: Ja, er war da. Und zwar vorgestern. Und ich war nicht alleine.«

»Was soll das denn jetzt heißen?« Mona schien jetzt vollends verwirrt.

»Er war da? Und ihr habt nichts geklärt?«

»Mona! *Marc* war da, als ich Eric die Tür aufgemacht habe. Und sein Auftritt war alles andere als schüchtern. Eric hat auf dem Absatz wieder kehrtgemacht. Verständlicherweise. Allerdings halte ich es sowieso für das Beste. Ich würde Erics Ansprüchen in meiner momentanen Situation gar nicht gerecht werden. Dazu kommt, dass ich ihn die ganze Zeit angelogen habe. Ich kann mich im Moment selbst nicht leiden. Wenn ich ihm erzähle, dass das ganze hippe Mutti-Getue nur gespielt war, will er doch eh nichts mehr von mir wissen. Also ist es besser, dass er glaubt, Marc und ich seien zusammen.«

Mona sah mich fassungslos an. »Marc?!? *Der* Marc, der vor Kurzem noch erklärt hat, dass er jetzt was Festes hat? Der dich mal eben so abserviert hat, komplett ohne Vorwarnung? Dein bescheuerter Übergangs-Marc? Für den lässt du doch nicht einen Kerl wie Eric stehen? Das kannst du doch nicht ernst meinen, Charly!«

Wieso hielten Marc eigentlich alle für so ein Arschloch? Wir hatten doch beide keine Verpflichtungen gegenüber dem anderen. Gut, er war ein wenig arrogant, und der Auftritt vor Eric war auch nicht nett gewesen, aber er spendete mir Trost, wann immer ich ihn brauchte, und verstand es bestens, mich auf andere Gedanken zu bringen. Was war daran bitte schlecht?

»Ich weiß gar nicht, was ihr alle mit Marc habt. Er ist eben so, wie er ist. Und außerdem war ich nie verliebt in ihn. Zumindest nicht in den letzten paar Jahren. Er tut mir im Moment eben gut. Das reicht doch. Und vor ihm muss ich mich nicht verstellen.«

»Charlotte!«, begann Mona in einem ernsten Ton, der nichts Gutes verhieß. Charlotte nannte sie mich eigentlich nur, wenn eine Standpauke folgte, die jetzt auch nicht auf sich warten ließ. »Hast du dich eigentlich mal gefragt, warum Marc dir immer genau dann guttut, wenn du gerade am Boden zerstört bist? Und er immer genau dann wieder aktiviert wird, wenn es gerade nicht richtig läuft?«

Was wollte Mona denn jetzt schon wieder von mir? Wir hatten doch gerade eben erst einen Streit hinter uns – wollte sie jetzt direkt den nächsten vom Zaun brechen?

»Und warum du wohl nicht in Marc verliebt bist? Oder es dir zumindest einredest?«

»Warum denn, Frau Superschlau?«, fragte ich in einem Ton, gemischt aus Gereiztheit und gespielter Gleichgültigkeit.

Mona holte tief Luft.

Das würde eine ordentliche Ansage werden, das sah ich auf den ersten Blick.

»Weil du ihn nicht haben *kannst* und es deswegen auch nicht *versuchst*. Er ist nichts weiter als eine wunderschöne Möglichkeit für dich, in die du dich immer hineinflüchtest, wenn es ernst wird. Überleg doch mal, was das für Zeitpunkte waren, an denen ihr euch gesehen habt.«

Ich nahm einen großen Schluck Wein und bestellte mit kurzem Blick Richtung Trümmerhannes ein neues Glas.

Was sollte dieser Frontalangriff denn jetzt? Es spielte doch überhaupt keine Rolle, warum und wieso ich Marc zu irgendwelchen Zeitpunkten sah! Und was hieß das überhaupt, ich könne ihn nicht haben?!? Ich war seine Göttin (na ja, zumindest *göttlich)*, und *er* war vorgestern zu *mir* gekommen (und nicht nur *zu* mir), um mir zu sagen, dass es mit der Sauberfrau nicht klappte. Also was sollte das jetzt?

»Er ist *zu mir* gekommen, Mona! Er hat mir gesagt, dass es mit seiner Sauberfrau nicht läuft, und ich war diejenige, an die er sich gewandt hat! Außerdem, was soll das heißen, ›was für Zeitpunkte‹? Ich sehe ihn, wann immer ich will. Da gibt es keine bestimmte Anordnung von Zeitpunkten, wie du es dir einbildest!«

»Ach nein?«, fragte Mona spitz und zog eine Augenbraue hoch.

»Nein!«, antwortete ich.

»Und was ist damals gewesen, als du beinahe die Zwischenprüfung versemmelt hast? Wen hast du da angerufen? Oder als du den großen Streit mit Rolf hattest? Oder als Schluss war mit Rolf? Oder mit Bernd? Oder mit … ach, mit jedem! Oder als du das Volontariat bei Fischer nicht bekommen hast? Oder als …«

»Ist ja schon gut.« Ich winkte ab. Es stimmte. Er war auch der Erste, an den ich nach der Kündigung gedacht hatte. »Du willst mir sagen, dass Marc eine Art Betäubungsmittel für mich ist? Quasi der Schokoladenersatz, nur ohne Kalorien?«

»Na, wenn du das so ausdrücken willst«, seufzte Mona. »Nur ist es nicht im Geringsten so positiv, wie es sich anhört. Denn Marc ist nicht das Allheilmittel für deine Probleme, Charly. Und erst recht nicht, wenn er jetzt in einer festen Beziehung ist.«

»Ist er aber nicht!«, erwiderte ich kleinkindhaft trotzig. »Oder zumindest nicht mehr!«

»Wie dem auch sei. Er ist deine perfekte Möglichkeit, das aktuelle Problem, das du gerade hast, nicht anzugehen. Und es war mal wieder nahezu genial, wie bestellt, dass er da war, als Eric kam. So musstest du dich ihm nicht erklären, dich nicht entschuldigen und nicht zu deinen Fehlern stehen. Marc hat dir das alles abgenommen. Und jetzt kannst du betrübt herumlaufen und behaupten, Eric sei zu gut für dich. Er wolle dich ja sowieso nicht, wofür dann also kämpfen … bla, bla! Aber dass Eric damit gar nichts zu tun hat und es nur dein eigenes verdammtes Problem ist, dass du dich selbst nicht leiden kannst, das ziehst du nicht in Erwägung.« Mona holte erneut tief Luft.

Die Standpauke schien sie sichtlich anzustrengen.

»Und für Marc bist du das Gleiche wie er für dich. Eine perfekte Möglichkeit, auf die er immer zurückgreifen kann.«

Das hatte gesessen.

»Aber ich hätte Eric doch alles erklärt …«, setzte ich zaghaft zu einer Rechtfertigung an.

»Bist du ihm hinterhergegangen? Hast du ihn danach angerufen? Bist du zu ihm gefahren?«

»Ich weiß doch gar nicht, wo er wohnt!«

»Charly!«

»Ja …«

»Marc ist deine sichere Bank. Er ist immer im Hintergrund, wird aktiviert, wenn du Lust auf Flucht hast, aber er ist keine Lösung. Und er ist auch nicht der Grund, warum du und Eric euch nicht aussprecht. Das bist du ganz alleine.

Und wenn Marc seine bekloppte Sarah-Irgendwas da verlässt, dann ganz sicher nicht deinetwegen!«

Was soll das denn jetzt bedeuten? Dass ich es etwa nicht wert bin, dass man eine andere für mich verlässt? Da ging Mona jetzt aber eindeutig zu weit.

»Ich verstehe ja, dass du dir Sorgen machst. Aber meinst du nicht, dass du ein wenig übers Ziel hinausschießt, wenn du behauptest, ich sei nicht in der Lage, meine Probleme zu erkennen?«

»Es geht nicht darum, deine Probleme zu erkennen, Charly. Das Lösen der Probleme ist der Knackpunkt. Mit Marc-Betäubungsmittel intus geht das nicht. Er holt dich noch hundertmal zurück, wenn's mit seiner Sarah-Dingsbums mal nicht läuft. Die Frage ist, ob du das zulassen willst. Und deswegen Männern wie Eric keine faire Chance gibst. Männern, die ehrlich an dir *als Person* interessiert sind.«

»Marc ist an *mir als Person* interessiert, falls du es wissen willst!«

»Ach ja?«, gab Mona kampflustig zurück.

Das Schaffnerunglück hatte sie wohl mächtig auf Krawall gebürstet.

»Und warum stehe ich jetzt hier mit dir und nicht er?«

»Mona, ich schätze deine Besorgnis. Aber das Schaffnerunglück ist eine Sache. Das hat nichts mit Marc und mir zu tun. Er ist kein schlechter Kerl. Und wenn wir beide wollten … ich meine, wirklich ernsthaft eine Beziehung wollten … ich meine, wenn *ich* es wollte …«

Ich zögerte, weil ich mir selbst nicht sicher war. Würde er denn …? Wir hatten es schließlich noch nie richtig versucht. Außer damals, vor ein paar Jahren, okay, aber da waren wir beide doch noch Teenies. Dagegen heute … Und die

Nacht mit ihm letztens … Und erst der Tag … Wenn wir also *wirklich* wollten …

»Was dann? Dann würde er sofort alles stehen und liegen lassen und zu dir kommen? Das glaubst du doch selber nicht, Charly!«

Ich hielt kurz inne, denn das, was ich im Begriff war zu sagen, fiel mir schwerer, als ich geglaubt hatte.

»Vielleicht ist es so, wie du sagst. Vielleicht ist er eine perfekte Möglichkeit für mich. Vielleicht ist es auch so, dass ich kein guter Problemlöser bin. Und genau aus dem Grund macht es noch viel weniger Sinn, Eric alles zu erklären. Zudem er mich nach Marcs Auftritt sicher sowieso nicht mehr will. Also, was soll's?« Ich legte meinen letzten Zehner auf den Tisch und nahm meine Jacke von der Stuhllehne des Hockers. Der Geldautomat hatte nicht mehr ausgespuckt, das war's, jetzt musste ich mir was überlegen. »Anscheinend seid ihr ja alle Experten im Glücklichsein und im Problemelösen. Ich bin dann mal weg.«

»Charly!« Mona versuchte noch, mich am Arm festzuhalten, aber ich machte mich los.

Es war mir egal, ob Mona recht hatte oder nicht. Das Thema Eric war erledigt, so oder so. Selbst wenn er mir die Kinder-Lüge verzeihen würde, würde er mir die Marc-Geschichte weiter übel nehmen. Verständlicherweise. Und Marc selbst? Vielleicht sollten wir es einfach mal miteinander versuchen, diesmal ernsthaft. Und Mona würde schon sehen, dass sie im Unrecht war.

17. Kapitel

»Du musst die viel zu teure Wohnung kündigen«, meinte Trine, als ich ihr am nächsten Morgen am Telefon von meinem finanziellen Desaster berichtete. »Du kannst doch übergangsweise hier wohnen!«

Was? Zusammen mit Duracel-Finn, dem Terrorkeks? Und einer ständig cholerischen Trine, die von Hornbrille tragenden Studenten auf Gemüseregalen träumte, und einem bemitleidenswerten Paul, der sich Sellerie- und Möhrensticks in die Nase stecken lassen musste und womöglich irgendwann daran erstickte?

»Das ist sehr lieb von dir, Trine«, beteuerte ich, »aber das kann ich nicht. Ich meine, wie soll das gehen? Ich kann ja schlecht in eurem Wohnzimmer …«

»Wohnzimmer geht auch nicht«, überlegte Trine laut, »da schläft ja schon Paul mit Fetty.«

Fetty war Trines nahezu bewegungslose Katze, die sie besaß, seit ich denken konnte. Ihr Name war Programm.

»Aber bei Finn ist doch noch Platz!«

Oh Gott! Das war wie eine Freikarte für die Hölle zu gewinnen.

»Äh, ach Trine …«

Zu Mona konnte ich nicht. Die war mir seit der letzten Stammpredigt eindeutig zu anstrengend geworden.

»Du ziehst übergangsweise hier ein und suchst in Ruhe was Neues. Und bis dahin kannst du dich um Finnilein kümmern, das ist doch toll!«

Ja, ganz zauberhaft. Nahezu grandios!

»Zwei Bienen mit einer Klatsche!«

»Trine?«

»Ja?«

»Gibt es Bienenklatschen?«

»Nee, wieso?«

»Ach, nur so.«

Leider hatte Trine recht. Meine Wohnung war eindeutig zu teuer für mich geworden, mein weniges Erspartes war weg, und beim nächsten Versuch, Geld vom Automaten abzuheben, würde mir wahrscheinlich ein riesiger Stinkefinger auf dem großen Display entgegenleuchten, und meine Karte würde anschließend eingezogen werden. Aber mit der Chaotenfamilie würde ich es wahrscheinlich auch nicht lange aushalten.

Wobei, zum Übergang …

Mona hatte schließlich von mir verlangt zu handeln. Mich nicht weiter in die Misere hineinzureiten und mich den Problemen zu stellen. Und das wäre doch eindeutig ein Anfang. Wenn ich einen neuen Job hätte, könnte ich sofort wieder ausziehen. Und bis dahin richtig sparen.

»Okay, ich mache es.«

Klassische Übersprunghandlung.

»Gut. Dann sage ich Paul Bescheid. Er kann dir helfen, deine Sachen zu holen. Deine Möbel können erst mal in den Keller.«

»Du willst mit Paul aber sicher erst noch darüber sprechen, oder?«, fragte ich verunsichert. Trine konnte ihn ja nicht derart vor vollendete Tatsachen stellen. Das war sicher selbst für den genügsamen Paul zu viel des Guten.

»Charlotte, ich habe ihm in einem achtundvierzigstündigen Marathon seinen Stammhalter geboren und bin gerade dabei, den zweiten auszutragen. Meinst du, er hätte auch nur irgendeinen Hauch von Chance für eine Gegenargumentation?«

Da hatte sie auch wieder recht.

»Okay, Trine. Dann sag ich dem Vermieter Bescheid. Der wird sich sowieso freuen, mich loszuwerden. Die letzte Miete steht ohnehin noch aus.«

Ich legte erschöpft auf. Dass sich mein Leben in so kurzer Zeit derartig dekonstruieren konnte, war fast unmöglich zu glauben. Aber schlimmer konnte es eigentlich nicht mehr kommen. Demnach konnte es doch nur noch bergauf gehen, oder? *Oder?!?*

*

Der Umzug verlief kurz und schmerzlos.

Mein Vermieter schien nahezu erleichtert über meine Kündigung und entließ mich ohne Murren vorzeitig aus dem Mietvertrag. Eine Wohnung wie diese stand sowieso keine fünf Minuten leer. Traumlage mitten in der City, Aussicht auf den Kölner Funkturm, schickes Parkett … Bye-bye, altes Leben!

Auch Frau Tany musste nun wirklich informiert werden. Ich wollte schließlich verhindern, dass sie nach ihrer Rückkehr aus dem Heimaturlaub die Tür der neuen Wohnungsbesitzer aufbricht. Bei ihrem üblichen Putzengagement würde mich das nämlich keinesfalls wundern. Mehr als eine SMS zu schreiben brachte ich aber nicht fertig, und selbst das brach mir fast das Herz.

Dann standen auch schon Paul und seine Kumpel vor der Tür, bauten meine Möbel ab, schleppten meine Umzugskisten und verfrachteten meine Sachen kurzerhand in einen Sprinter und anschließend in Trines und Pauls Keller.

Es ging alles so schnell, dass ich kaum Zeit hatte, darüber nachzudenken, was gerade passierte.

*

Finns Zimmer war im Stil einer Ritterburg eingerichtet, und die Wände waren passend bemalt. Über Trines Ankündigung, demnächst auch ein Ritterfräulein zu beherbergen, schien Finn jedoch nicht besonders erfreut zu sein.

Zumindest ließ seine spärliche Begrüßung darauf schließen, als ich vollbepackt bis unter beide Arme die Wohnung betrat. Finn hatte ein Vollkornbaguette in der Hand, das er als Laserschwert benutzte und begleitet von täuschend echten Geräuschen vor sich herschwang.

»Finn, man spielt nicht mit Essen«, versuchte ich es auf die Patentantentour.

»Vergiss es«, winkte Trine ab und verschwand in der Küche. »Er benutzt alles als Schwertersatz, weil er von uns keines bekommt. Ich hasse dieses gewaltverherrlichende Zeug. Er benutzt seitdem Gurken, Rettich oder eben Baguette. Aber nur das Vollkorn. Der Himmel weiß, warum.«

Mir brach der kalte Schweiß aus.

Auf was habe ich mich bloß eingelassen? Pleite hin oder her, aber hier am Ende noch im Schlaf mit einem Vollkornbaguette verprügelt werden?!? Oh mein Gott! Vor ein paar Wochen war mein Leben – zumindest von außen betrachtet – noch mehr als in Ordnung gewesen. Wie konnte ich mich innerhalb so kurzer Zeit nur so derartig reinreiten?

Ich trottete ins Wohnzimmer und ließ mich erschöpft auf die Couch fallen, nachdem ich meine Sachen vorsichtig auf dem Boden drapiert hatte.

Trine hatte zwei heiße Kakao und ein Glas Nuss-Nougat-

Creme in der Hand, als sie aus der Küche ins Wohnzimmer zurückkehrte. Das war schon mal ein guter Ansatz, um den Tag erträglicher zu machen.

»Komm, wir beide machen es uns jetzt erst mal richtig gemütlich!« Trine versuchte, mich aufzubauen. »Du erzählst mir jetzt noch mal in Ruhe die Schlamasselgeschichte von dem nackten Marc und dem Blumen-Eric …«

Also legte ich los. Alle paar Minuten unterbrach Trine meine Ausführungen jedoch mit einem lauten »Fiiinn!« oder »Fi-hinn! Lass das!« oder wahlweise auch mit »Spuck das aus!«.

Zu der verpassten Chance mit Eric und Marcs Adams-Auftritt hatte Trine, anders als Mona, allerdings ihre ganz eigene Ansicht.

»Sah er denn gut aus, so ganz nackt in der Tür?«

»Ist das alles, was dir dazu einfällt?«, fragte ich zurück.

»Das ist ein wichtiger Punkt. Nur Eric tut mir leid. Platzt auch noch mitten rein. Du hättest hinterherrennen müssen!«

»Ich hatte doch nichts an! Da renn ich ihm doch nicht auf der Straße hinterher.«

»Stimmt, diese Szene gibt es schon«, resümierte Trine. »Und sie ist weltberühmt.«

»Gott sei Dank hatte ich mich noch in die Überdecke gewickelt. Stell dir vor, ich hätte die Tür völlig nackt … nicht auszudenken!«

»Na siehste!« Trine nickte zufrieden. »Ich hab dir ja gesagt, dass in jeden vernünftigen Haushalt eine gute Überdecke gehört.«

»Hmpf.«

»Mannomann, der arme Eric muss echt was mitmachen! Anscheinend gestaltet sich eure Liebe auf den ersten Blick ganz schön schwierig.«

»Welche Liebe?«

Ich kann weder Trine noch Mona zustimmen. Es ist alles nicht so einfach, wie die beiden sich das vorstellen. Als ob es mit einem bisschen Hinterherrennen getan wäre.

Vor lauter Aufregung hatte Trine sich ein zweites Glas Nuss-Nougat-Creme aufgemacht, das nun herhalten musste.

»Oh, ich habe Hoffnung!« Sie sprang plötzlich aufgeregt auf.

Ob Nuss-Nougat-Creme die Gehirnströme anregt? Trines offensichtlich schon.

»Na, dann mal her mit der Idee. Kann im Moment alles gebrauchen. Mir sind die Ideen leider ausgegangen.«

»Gestern habe ich eine Talkshow gesehen«, begann Trine.

Talkshow und Trine. Das verheißt nichts Gutes.

»Da waren so ein Mann und eine Frau«, erzählte sie weiter.

Welch außergewöhnliche Konstellation.

»Auf jeden Fall lernten sie sich vor vierzig Jahren kennen, und es war Liebe auf den ersten Blick.«

»Na, das ist doch ganz wunderbar. Und was hat das bitte mit mir zu tun?«

»Jetzt lass mich doch mal ausreden«, warf Trine ein. »Ja, also, die beiden liebten sich von der ersten Sekunde an. Aber durch verschiedene Umstände konnten sie nicht zusammen sein. Es vergingen viele Jahre, und beide heirateten jemand anderen und bekamen Kinder.«

»Irgendwie driftet die Geschichte jetzt etwas ab«, bemerkte ich leise.

»Jetzt wart doch mal …«

»Sie hatten also Kinder von anderen?«

»Ja, und sie lebten zwar zufrieden in ihren Partnerschaften, aber sie vergaßen den anderen trotzdem nie.«

»Ah ja … Das hört sich ja wirklich nach einer ganz tollen Geschichte an!«

»Gut Ding will Weile haben!«

Trine ist einfach unverbesserlich.

»Was soll das denn jetzt schon wieder bedeuten?«

Trine ließ sich von meiner Drängelei nicht hetzen und erzählte seelenruhig weiter: »Nach über vierzig Jahren, als die Kinder schon groß waren und beide ihren damaligen Partner nicht mehr hatten …«

»Was war mit den Partnern? Waren sie tot?«, unterbrach ich sie.

»Sie waren tot oder geschieden oder verschollen oder verschleppt oder zumindest eben von der Bildfläche verschwunden.«

»Verschleppt?!?«

»Auf jeden Fall waren beide wieder allein. Und dann trafen sie sich durch einen Zufall wieder. Und du wirst es kaum glauben, aber: Sie liebten sich noch immer!« Trine riss die Augen vor Begeisterung auf und schaute mich erwartungsvoll an.

»Und das war die Geschichte?« Ich konnte meine Enttäuschung nicht verbergen.

»Ja! Und sie waren von da an dann bis an ihr Ende zusammen und liebten sich wie am ersten Tag.«

»Aber beide hatten Kinder von anderen und ihr ganzes Leben schon gelebt … Sie waren sicher steinalt.«

Trine zuckte mit den Schultern. »Na und? Sex im Alter ist kein Tabu mehr, da gab es neulich so 'ne Sendung …«

»Das ist doch 'ne bescheuerte Geschichte! Soll das heißen, ich soll erst vierzig Jahre was mit einem anderen haben und womöglich auch noch Kinder von so 'nem Versager austragen und großziehen, bis ich dann Eric wiedersehe und wir uns die letzten zwei Jahre im Altersheim lieben?«

Ich stellte mir die Wiedersehensszene im Altenheim auf einer großen Grünfläche vor einem künstlich angelegten See mit zwei altersschwachen, fast federlosen grauen Schwänen vor. Eric und ich humpelten – im Rahmen unserer Möglichkeiten mit unseren Rollatoren – aufeinander zu, bis wir die Gehhilfen beiseitewarfen und uns gegenseitig in die Arme fielen.

Ich habe wirklich tolle Freundinnen, immer mit Rat und Tat an meiner Seite.

»Ich will aber keine Kinder von irgendeinem Typen! Eigentlich will ich überhaupt keine Kinder! Und ich will, dass *jetzt* alles gut ist. Aber nach all dem ganzen Schlamassel ist wohl nichts mehr zu retten. Und das, obwohl ich fest entschlossen war, mich bei ihm zu entschuldigen.« Ich ließ mich quer über das große Sofa fallen. »Außerdem hatte ich schon Streit mit Mona deswegen. Sie meint, ich ziehe eine Märtyrer-Nummer durch, wenn ich sage, dass Eric sowieso nicht an mir interessiert wäre, wenn er die Wahrheit wüsste, und ich deswegen auf ihn verzichte.«

»Das stimmt«, sagte Trine und schob sich den ungefähr zwölften Esslöffel Nuss-Nougat-Creme in den Mund. »Irgendwie passt gar nichts bei euch. Aber dass Finn nicht dein Kind ist, wolltest du ihm doch schon so lange sagen. Was ist dazwischengekommen?«

Die Småland-Geschichte muss jetzt nicht auch noch ausgepackt werden, beschloss ich und setzte zu einem Themenwechsel an. »Immer nur falsches Timing. Sonst nichts. Aber danke, Trine. Du hast mir mit deiner Geschichte sehr geholfen. Ich meld mich in vierzig Jahren noch mal und erzähl dir dann, wie es ausgegangen ist.«

»Aber so was gibt einem doch Hoffnung!«, meinte Trine, nach wie vor unerschütterlich in ihrem Glauben an die wahre Liebe.

Also, wenn das alles ist, was mir am Ende des Tunnels an Licht entgegenstrahlt, dann kann ich einpacken. Das war doch noch nicht mal ein Teelicht! Noch nicht mal ein mickriges Schlüsselanhängerschlosssuchlichtchen!

»So, Liebes, jetzt musst du dich ein wenig mit dir selbst beschäftigen. Bis zum Abendbrot werde ich noch ein wenig lesen, und dann mach ich uns was Leckeres, ja?«

Ich hatte spontan das Gefühl, wieder vier Jahre alt zu sein.

»Was liest du denn?«, fragte ich meine neue Pflegemutter.

»Witzig eigentlich, der Titel heißt genauso, glaube ich, *Bis zum Abendbrot*, irgendwas mit Vampiren.«

»Oh Mann, Trine …«

Mit dem Buch unterm Arm verschwand Trine ins Schlafzimmer und ließ mich und Finn alleine.

Der hatte Spaß daran gefunden, meine Handtasche zu untersuchen, und sortierte gerade meine Tampons nach Größe. Niedergeschlagen ließ ich dieses Schauspiel unkommentiert.

Ich würde mir in der nächsten Zeit ein dickeres Fell zulegen müssen, das stand außer Frage. Trines Nuss-Nougat-Creme-Glas stand immer noch vor mir auf dem Tisch.

Vielleicht hilft das, dachte ich und tunkte den großen Löffel tief hinein.

»Bist du auch schwanger?«, fragte Finn in einem Ton, der viel Erfahrung mit Verhaltensweisen, die im direkten Zusammenhang mit einer Schwangerschaft standen, vermuten ließ.

»Nein«, antwortete ich leise, »in diesem Leben wohl nicht mehr.«

»Und warum bist du dann so dick geworden?«, fragte Finn mit dem Ton eines Engelchens, das in seiner Verkleidung in Wirklichkeit direkt aus der Hölle emporgestiegen war.

Jetzt will ich echt tot sein, dachte ich noch, bevor ich den letzten Schokoklumpen hinunterschluckte.

Die nächsten beiden Tage verbrachte ich hauptsächlich damit, Finn von allem, das unter dem Oberbegriff Tuwort zusammenzufassen wäre, abzubringen. Denn alles, was er tat, war irgendwie gemeingefährlich, lebensgefährlich, kostenintensiv, schmerzhaft – oder auch alles gleichzeitig.

Trine war stoisch wie immer und schlief viel. Sie war dankbar und froh, mich als Babysitter im Haus zu haben, da ihr die Schwangerschaft täglich mehr zu schaffen machte.

Mona hatte sich seit dem letzten Gespräch zwischen uns nicht mehr gemeldet, und ich hatte wenig Lust, mir weiter ihre Vorwürfe anzuhören, und beließ es erst mal bei der Funkstille. Dasselbe galt auch für Eric. Schließlich würde ich seine Meinung über mich sowieso nicht mehr ändern können – selbst wenn ich mich entschuldigte.

Nach fast drei Tagen, in denen mein Handy nicht einmal geklingelt hatte, kam eins SMS. Sie war von Renate:

Jörn und ich sind in Untersuchungshaft. Robbenjagd war doch irgendwie illegal. Melde mich. Renate

»Trine!«, brüllte ich panisch durch die Wohnung.

Das darf doch nicht wahr sein! Jetzt manövriert sich auch noch Renate in die übelsten Situationen – das ist ja mal wieder typisch!

»Was ist denn los? Warum brüllst du so?«, fragte Trine, die mit einer Erdbeermaske aus dem Badezimmer kam.

»Renate ist im Knast!«

»Was?«

»Illegale Robbenjagd oder so. Wer weiß, was sie da jetzt schon wieder veranstaltet hat!«

»Na, aber das ist doch nur gerecht«, antwortete Trine entrüstet. »Die armen süßen Robbenbabys! Da muss man doch gegen vorgehen.«

»Mann, Trine! Was soll ich denn jetzt machen?«, fragte ich verzweifelt. »Ich kann sie doch da jetzt nicht sitzenlassen.«

»Ach was, sie selbst hat doch keine Robben gejagt, oder?«, versuchte Trine mich zu beruhigen. »Oder?!«

»Nein«, beschwichtigte ich. »Zumindest nicht, dass ich wüsste.«

»Na siehst du. Dann kommt sie auch wieder raus aus dem Kittchen.«

»Aber Jörn …«

»Der ist selbst schuld!«

»Aber man muss doch was tun …«

»Charlotte?«

»Was?«

»Kannst du bitte zuerst dein eigenes Leben auf die Reihe kriegen?« Da war er wieder, der Mutterton. »Deine Mutter fährt seit zig Jahren in der Weltgeschichte rum und kommt in Gegenden klar, in denen das Telefon mit Wählscheibe immer noch als Erfindung des Jahrhunderts gefeiert wird. Wichtiger ist doch, dass du hier weitermachst. Ich will mich ja nicht beschweren, aber ich habe in den letzten Tagen keine Anstrengung gesehen, die du in puncto Stellen- oder Wohnungssuche unternommen hättest.«

Das war neu. Trine war sonst nie der Typ Schlechtes-Gewissen-Macher, dieser Job war bis jetzt Mona vorbehalten. Jetzt fing sie also auch noch an. Und gerade von der immer gelassenen Trine Vorwürfe zu hören tat weh. Ich fühlte mich wie ein übler Parasit, der sich ungeplant überall ausbreitete.

Bevor ich irgendetwas erwidern konnte, piepte mein Handy erneut.

Renate Handy leuchtete auf dem Display. Ich las:

Brauche dringend dreitausend Euro in bar für die Kaution. Habe hier kaum Empfang. Renate

»Ach du Scheiße!«, entfuhr es mir, obwohl ich eigentlich bereits geübt darin war, Finn-Ersatz-Schimpfwörter zu benutzen. Aber in diesem Augenblick konnte ich darauf keine Rücksicht nehmen.

Renate brauchte dreitausend Euro – das war genau die Summe, die mir von meiner Abfindung nach Steuern noch bleiben würde. Wenn ich sie Renate zukommen ließ, war ich völlig pleite. Aber meine Mutter konnte ich doch nicht so einfach hängen lassen?!? Warum musste Renate sich auch gerade jetzt bei der illegalen Robbenjagd erwischen lassen, während meine Brüder in irgendeinem Robinson Club in der Karibik rumhingen und, wie ich sie kannte, wahrscheinlich kaum in der Lage waren, überhaupt ans Telefon zu gehen. *Verdammt!*

»Trine?«

»Ja, Liebes?«

Ich hielt Trine Renates SMS unter die Nase.

»Ich denke, ich werde noch ein wenig länger hier wohnen bleiben müssen.«

»Ich weiß, Liebes«, seufzte sie, »ich weiß.«

18. Kapitel

Wenn einer prädestiniert war, den Retter für mich zu spielen, dann war es Marc. Spätestens jetzt war es an der Zeit, ihm wegen der verpatzten Eric-Sache Schuldgefühle einzureden.

»Ich hab was gut bei dir«, eröffnete ich das Gespräch und erklärte ihm kurz und knapp meine missliche Lage.

Er reagierte wie immer gelassen. »Kein Thema, Hase, ich wollte schon immer mal nach Grönland. Da soll es tolle geführte Schlittenfahrten geben. Wie wäre es, wenn ich direkt hinfahre? Dann regle ich das mit der Kaution für dich und gebe das Geld ab. Und anschließend mache ich eine Hundeschlittentour.«

Dass Marc ein Gewissen hatte, war neu. Dass er ein schlechtes Gewissen hatte, auch. Und zwar ein derart schlechtes? So einfach hatte ich mir das Ganze nicht vorgestellt.

»Gut. Dann komme ich aber mit!«

Das war eine perfekte Gelegenheit, mal nachzusehen, was Renate da am Ende der Welt wirklich trieb.

Es hieß ja immer, dass sich die Beziehungen zwischen Kindern und Eltern ab einem gewissen Alter vertauschen. Ich schien jetzt in dem Alter zu sein.

Ich stellte mir vor, wie Marc und meine Mutter eine Woche zusammen auf einem von Renates Huskyschlitten durch die einsame Landschaft Grönlands fuhren. Wenn er eine Tour bei ihr buchen würde, hätte sie sogar zwei Fliegen mit einer Klappe geschlagen.

»Du willst mitkommen?«, fragte Marc, und ich war mir nicht sicher, ob seine Stimme unsicher oder überrascht klang.

»Ja, ich glaube, es ist wirklich an der Zeit, dass ich mal nach Renate sehe.«

Ich hörte Marc tief durchatmen. »Also, ich könnte es auch …«

»Keine Widerrede!«, unterbrach ich ihn.

Alle regten sich seit Wochen darüber auf, dass ich nicht handelte. Jetzt tat ich es.

Außerdem bestätigte sich damit, dass Mona und Trine im Unrecht waren. Marc *war* immer da, wenn ich ihn brauchte. Und dass er sich spontan bereit erklärt hatte, mir jetzt zu helfen, war vorbildlich. Da war die Geschichte an der Tür mit Eric schnell verziehen. Marc war halt doch ein echter Gentleman!

»Ich bin so froh, dass ich dich habe!«, seufzte ich.

»Ach was«, meinte Marc, »ist doch klar, dass ich Freunden in der Not helfe.«

Freunden? Ich tat das unpassende Wort erst mal ab. Grönland war weit, weit weg. Wer weiß, was da alles passieren konnte.

Marc versprach, sich um die Flüge zu kümmern und sich dann zu melden. Es würde voraussichtlich noch diese Woche losgehen.

*

Mittlerweile hatte ich Renate über Marcs und mein Kommen unterrichtet und von ihr im Gegenzug die Adresse erhalten, wo sie zu finden war und die ich weder aussprechen konnte noch verstand. Trine war über meine Pläne mäßig begeistert und versuchte immer wieder aufs Neue, mich von meinem Plan abzubringen: Renate sei doch über fünfzig und könne das auch alleine regeln, und ich solle mich doch besser um meine eigenen Probleme kümmern.

Aber ich ließ mich nicht umstimmen, zumal ich mit Marc fahren würde.

Ach, mein Marc! Dass er meinem Vorschlag so schnell zugestimmt hatte, zeigte doch eindeutig, dass er mich nicht nur als Gelegenheitsfreundin sah, sondern dass ich mehr für ihn war. Das mussten am Ende wohl auch Trine und vor allem Mona einsehen.

Letztere hatte sich übrigens immer noch nicht bei mir gemeldet, aber ich würde einen Teufel tun und klein beigeben. Mona würde schon noch Augen machen, wenn Marc und ich nach unserem ersten gemeinsamen Urlaub Hand in Hand aus dem Gate spaziert kämen! *Ha!*

Bis dahin war jedoch noch viel zu tun. Seit gestern war endlich die lang ersehnte Abfindung auf meinem Konto. Es war sogar noch etwas mehr übrig geblieben, als ich erwartet hatte, sodass ich zu den Flugkosten für Grönland noch ordentlich was beisteuern konnte.

Am selben Abend meldete Marc sich und sagte mir, dass er die Flugtickets bereits gebucht habe und es am Samstag losgehe.

Bis dahin waren es noch drei Tage, und ich konnte vor Aufregung kaum an etwas anderes denken. Tagsüber lief ich in der Wohnung auf und ab und machte damit sogar Trine nervös. Mir kam es hingegen vor, als würde es mit Trine & Co. in der Wohnung stündlich enger, ja, als würde die Wohnung sogar minütlich schrumpfen. Ich fühlte mich ein bisschen wie bei *Hinter Gittern*, nur ohne die ganzen Schlägereien. Wobei Finn und Fetty auch hier ganz gut mithalten konnten.

Trine war trotz allem besorgt, dass ich drauf und dran war,

einen folgenschweren Fehler zu begehen. Am Abend nahm sie mich zur Seite, um mich doch noch davon zu überzeugen, nicht mit Marc zu fahren.

»Ich verstehe überhaupt nicht, was dagegen sprechen soll!«, echauffierte ich mich.

»Er *ist* es einfach nicht! Vielleicht steigerst du dich da in etwas hinein, weil es gerade so schön passt! Weil er es sein *soll*!«

»Hast du etwa mit Mona über mich gesprochen?«

»Ja, habe ich. Aber deswegen ist es nicht. Ich fand schon von Anfang an, dass deine Entscheidung übereilt war.«

Na toll. Jetzt tauschen die beiden sich auch noch hinter meinem Rücken über mich aus. Als ob ich zu blöd wäre, eigene, richtige Entscheidungen zu treffen.

»Mona meint auch …«, setzte Trine wieder an.

»Es ist mir egal, was Mona meint«, unterbrach ich sie. »Selbst wenn Marc und ich kein Paar werden und deine und Monas Hoffnung wahr werden sollte, dann hatte ich wenigstens eine gute Zeit mit ihm. Und ich konnte meiner Mutter helfen. Daran gibt es nichts auszusetzen!«

»Es geht nicht darum, dass du Renate hilfst oder eine gute Zeit hast«, entgegnete Trine, und ich konnte den Mona-O-Ton heraushören. »Es geht darum, dass du offenen Auges in dein Unglück läufst. Du verrennst dich da in etwas, das überhaupt nicht existiert!«

»Ach«, gab ich angesäuert zurück, »warst du es nicht, die noch vor ein paar Wochen so dafür war, dass ich schwanger werde, und am besten auch noch von eben diesem Marc, den du mir jetzt madig machst?«

Trine nickte betrübt und setzte sogleich zu ihrer Verteidigung an: »Aber da wusste ich noch nicht, dass er verlobt ist. Und sich wie ein arroganter Affenarsch in der Eric-Sache verhalten würde. Und überhaupt …«

»Ja, ja«, murrte ich, »da hattest du auch noch nicht mit dem Mona-Orakel gesprochen. Ihr werdet schon sehen, was ihr davon habt. Am Ende könnt ihr euch dann bei ihm entschuldigen, dass ihr so schlecht von ihm gedacht habt.«

»Das glaube ich allerdings nicht«, sagte Trine traurig.

Ich war schon aufgestanden und unterwegs zu Finns Zimmer.

*

Freitagmorgen wurde ich von aufgeregtem Wuseln und lautem Geschnatter in der Küche geweckt. Verschlafen schnappte ich mir aus dem Badezimmer einen rotkarierten XL-Bademantel im Schottenstil (*ob es Pauls ist? Wer trägt so was? Wenn wenigstens kleine Mickymäuse … Ach, egal!*) und trottete müde dorthin.

Mona, Paul und Trine saßen am Küchentisch und unterhielten sich angeregt. Als sie mich sahen, wurden sie schlagartig still.

»Na toll«, begrüßte ich die Runde leicht bissig, »der Rat der Weisen tagt, oder was?«

Mona sah mich mit ihrem typischen Besorgte-Mona-Blick an. Sie selbst sah müde aus und trug eine graue Filz-Leinen-Kombi. Mona drückte ihre Stimmung schon, seit ich denken konnte, farblich in ihrem Kleidungsstil aus. Demnach war das heute kein guter Tag.

»Das ist nicht witzig, Charly. Wir machen uns wirklich Sorgen! Wir halten es für keine gute Idee, dass du mit Marc nach Grönland fliegst. Er ist doch der typische Machokerl, der am Ende nur Schutt und Asche hinterlässt.«

Ich war noch nicht richtig wach, aber bereits stinksauer. »Ach, und du meinst, du seist hier die Beziehungsexpertin?«

»Charlotte!«, ermahnte Trine mich.

»Ist doch wahr!«

»Was war jetzt mit meiner Beziehungsecke?«, versuchte Trine vom Thema abzulenken und wandte sich wieder Mona zu.

»Deine Beziehungsecke ist in Ordnung«, antwortete Mona, immer noch leicht gereizt, »nur an der Geldecke müssen wir dringend was tun.«

»Beziehungsecke? Geldecke?« Ich verstand nur Bahnhof.

»Feng-Shui.« Trine nickte mir zu. »Mona beseitigt meine Flusshindernisse.«

»Du bist also nicht zufrieden mit dem, was ich verdiene?«, fragte Paul ärgerlich. »Oder wie soll ich diese Aktion hier verstehen?«

»Nein! Oh nein, Paul!« Trine begann sanft, Pauls Ohr zu kraulen. »Du bist ein ganz, ganz toller Alleinverdiener. Ich will nur den Fluss noch etwas … sagen wir mal … optimieren.« Dann zog sie ihn zu sich heran und gab ihm einen schmatzenden Kuss.

Paul seufzte. »Na ja, wenn du meinst …«

»Also«, meldete sich Mona zurück, »wenn ich die traute Zweisamkeit hier mal unterbrechen darf …« Sie stand auf und stellte sich in den Küchentürrahmen. »Die hinterste linke Ecke, das ist die Geldecke.« Dann wandte sie sich zu Trine. »Was steht da bei dir?«

Alle guckten auf ein kleines blaues Schüsselchen in der hintersten linken Ecke des Raumes.

»Eine Balsamico-Reduktion«, stellte Trine fest.

»Oh.« Monas Gesichtsausdruck sagte, dass dies ein ernsthaftes Problem darstellte.

»Auf *brigitte.de* sagen sie, dass so eine Reduktion Salate, Gemüse und Fischgerichte toll verfeinert. Und ihr wisst doch, dass ich gerade besonders auf meine Figur achten muss.« Mit einem besorgten Blick streichelte Trine über ihren melonenartigen Bauch.

»Wie lange steht sie schon da?«, fragte ich.

»Na ja, so ein paar Tage …«

»Trine!«

»Wie lange?«

»Ich weiß nicht mehr genau, als ich mich letztens um das Rezept kümmern wollte, hat Finn …«

»Wie lange genau?«

»Zwei Wochen. Oder drei?«

»Bäääh! Trine!«

Mona und ich und sogar der schmerzfreie Paul verzogen jetzt das Gesicht.

»Sie muss da weg! Sofort!«, ordnete Mona an. »Da muss man sich ja nicht wundern, dass die Geldeingänge in letzter Zeit verschwindend gering sind.«

»Meinst du, die Reduktion ist schuld, dass wir letzte Woche die hohe Nebenkostennachzahlung hatten?«, fragte Trine schuldbewusst.

»Nee«, antwortete Paul, »daran sind deine nächtlichen Badeaktionen schuld.«

Trine sah mit leicht säuerlichem Blick in die Runde. »Ich bin nun mal schwanger!«

»Das wissen wir«, konstatierte ich seufzend, »das wissen wir wirklich, Trine.«

»Weg mit der Reduktion, du brauchst dringend ein Geldsymbol«, dozierte Mona weiter. »Irgendwas, das für dich mehr Geld bedeutet.«

»Einen Krankenschein?«, schlug Paul vor.

»Wieso das denn?«

»Na, wenn Trine krank ist, geht sie nicht einkaufen. Und

wenn sie nicht einkaufen geht, gibt sie kein Geld aus.« Zu Trine gewandt begann er euphorisch in Erinnerungen zu schwelgen. »Weißt du noch, als ihr – Finn und du – die Röteln hattet und du dich nicht mehr vor die Tür getraut hast? Da gab es ganze zwei Wochen keinerlei Kontobewegungen.« Seufzend fügte er hinzu: »Das war traumhaft!« Sein Blick schweifte verträumt in die Ferne. »Oder die Maul-und-Klauenseuche-Sache …«

»Danke, mein geliebter Ehemann, dass du so um die Gesundheit deiner Frau und deines Sohnes besorgt bist!« Sie stemmte beide Arme in die Hüfte, um tief Luft zu holen. Bevor sie mit ihrer Verteidigungsrede loslegen konnte, wurde sie jedoch von Mona unterbrochen.

»Er meint es ganz sicher nicht so, nicht wahr?«

Monas scharfer Blick schien Paul durch Mark und Bein zu gehen. Er nickte stumm und sah schuldbewusst aus.

»Siehst du!« Und mit einem Seitenblick zu mir schob sie noch ein »Du musst nicht glauben, ich hätte die Marc-Sache vergessen!« hinterher.

»Ach«, winkte ich ab, »da gibt's nun wirklich nichts mehr zu bereden. Wir fahren zusammen, und damit basta.«

»Hast du dir überhaupt mal Gedanken darüber gemacht, warum Marc plötzlich wieder aus dem Nichts aufgetaucht ist? Vielleicht, weil es mit seiner Doppelnamenfrau nicht läuft? Und du springst sofort drauf an, nur weil der Sex vielleicht ganz gut ist …«

»Ganz gut? Dass ich nicht lache!« Empört sprang ich von dem Stuhl auf, auf den ich mich eben gesetzt hatte.

»Meinetwegen *grandios*.« Mona gab sich geschlagen. »Um es mit deinen Worten zu beschreiben. Aber es ist und bleibt bescheuert! Ich meine, das ist doch nichts von Dauer!«

»*Was* nennst du bescheuert?« Mein Gesicht wurde schlagartig heiß. Mona hatte doch keinen blassen Schimmer, was zwischen mir und Marc gelaufen war.

»Ja! Er kommt nachts und haut nach ein paar netten Stunden wieder ab.«

Ha!, dachte ich, *diesmal nicht.*

»Er ist letztens sogar zum Frühstück geblieben.«

»Ihr habt gefrühstückt?« Mona sah mich ungläubig an.

»Na ja, wenn ich was dagehabt hätte …«

Jetzt pfiff Mona durch die zusammengekniffenen Lippen. »Pfft! Wow! Ein romantisches Beinahe-Frühstück also?«

Das konnte ich nicht einfach auf mir sitzen lassen: »Und weißt du was? *Ich* nenne es bescheuert, einem kahlköpfigen Winzling von Schaffner ein bahnblaues Filzsäckchen passend zur Uniform zu basteln! Wer in aller Welt kann so etwas toll finden?«

Im selben Moment bereute ich bereits, was ich gesagt hatte, und überlegte, was ich noch hinterherschieben könnte, um das Gesagte zu entschärfen.

Allerdings ließ Mona mir keine Zeit dazu. Sie packte ihre giftgrüne Filzumhängetasche und ihre Jacke und stand auf.

Mit einem Blick Richtung Trine und Paul verabschiedete sie sich von den beiden, und in meine Richtung warf sie nur ein kühles: »Ich wünsche dir wirklich Glück, Charlotte. Aber ich fürchte, Marc ist der Falsche dafür.« Dann drehte sie sich mit erhobenem Zeigefinger noch mal zu Trine um: »Weg mit der Reduktion, Trine! So-fort!«

»Das werden wir ja noch sehen!«, schrie ich trotzig zurück.

Paul sah zuerst Trine und dann mich betreten an. »Jemand Brötchen?«

»Männer!«, kommentierte Trine kopfschüttelnd die Frage ihres Mannes und hievte sich auf. »Ich bring dich noch zur Tür«, sagte sie und folgte Mona watschelnd in den Flur.

Ich stand immer noch wie angewurzelt an dem unberührten Frühstückstisch, und Paul sah mich an.

»Sie meinen es doch nur gut«, sagte er beschwichtigend.

Ich beugte mich zu ihm runter und stützte mich auf dem Tisch vor ihm ab. »Paul?«

»Hm?«

»Es sind doch nicht alle Männer Arschlöcher, oder?«

»Nein.« Er schüttelte den Kopf. »Aber die meisten.«

*

Die Versammlung der drei Weisen hatte mich nicht im Geringsten von meinem Plan abgebracht. Meiner Grönlandreise mit Marc an der Seite stand nichts im Wege.

Gegen Abend meldete sich mein attraktiver Reisebegleiter, um den nächsten Tag mit mir abzusprechen.

»Sei bitte zwei Stunden vor Abflug am Flughafen«, erklärte er mir.

»Aber fahren wir denn nicht zusammen?«, fragte ich verwundert.

»Nein, ich muss noch was Wichtiges erledigen, und ich weiß nicht, ob ich pünktlich bei dir sein kann.«

Ich wunderte mich zwar, ließ die Aussage aber unkommentiert. Er wusste schon, was er tat.

»Das heißt, wir sehen uns dann am Schalter?«, fragte ich.

»Merk dir einfach Terminal 1, Gate 34. Dein Ticket liegt für dich bereit.«

»Hmpf.«

Irgendwie hatte ich mir den Start in unseren ersten gemeinsamen Urlaub anders vorgestellt.

19. Kapitel

Der Wecker klingelte um Viertel nach fünf an dem kaltnassen Samstagmorgen, auf den ich eine halbe Ewigkeit hingefiebert hatte.

Das kleine Kinderzimmer mit Finn zu teilen war eine Sache. Aber zusätzlich noch das Gefühl zu haben, dass meine Freunde hinter meinem Rücken über mich sprachen und mich liebestechnisch für komplett unfähig hielten, war noch weitaus schlimmer. Ich musste so schnell wie möglich raus hier.

Bei einem grandiosen Trip ins ewige Eis und dem klarsten Sternenhimmel, den ein Firmament überhaupt zu bieten hatte, würden Marc und ich uns vielleicht wirklich verlieben und ein Paar werden. Schließlich war er nun bindungsbereit, das hatte er ja durch die Sache mit Sarah-Nadine bewiesen. Dass es nicht geklappt hatte, lag sicher daran, dass die Sauberfrau nun mal nicht die Richtige war.

Alles wird gut, dachte ich noch und ignorierte den stechenden Bauchschmerz, der sich langsam in der unteren Hälfte meines Magens breitmachte.

Aber warum sich unnötig viele Gedanken machen? Marc und ich würden Jörn und Renate noch am selben Tag auslösen und dann gemeinsam zwei herrliche Wochen verbringen! Was für eine Aussicht! Tagelang nur gemütliche Kuschelstunden vor einem warmen Kaminfeuer, endlos guter Sex …

Mühsam hievte ich mich aus der improvisierten Bett-Matratzen-Kombi, in der ich bereits zu viele Nächte verbracht hatte, und warf einen Blick auf Finn. Ich versuchte leise zu sein, um ihn nicht zu wecken. Er hatte zwar einen Schlaf wie ein Komapatient, aber ich musste mein Glück heute nicht überstrapazieren. Auch jetzt lag er wie versteinert in seinem Bett, beide Arme über das Kopfkissen ausgestreckt. Er wirkte fast lieb …

Aber Moment mal … Was ist das da auf seinen Fingernägeln? Es war zwar halbdunkel im Zimmer, aber ich konnte trotzdem erkennen, dass seine Fingernägel dunkelrot schimmerten. *Das darf ja wohl nicht wahr sein!*

Neben seinem Ritterburgbett lag umgekippt die kleine Flasche Artdeco Nagellack, Nr. 37, Kirsche, die ich gestern den halben Tag gesucht hatte! Die Flasche war fast komplett ausgelaufen.

Trine würde sich freuen, dass der Ritterteppich im Steinlook hinüber war. Mal ganz abgesehen davon, dass Finn sich in seinem Alter die Nägel lackierte, was ihr ebenfalls zu denken geben sollte.

Neben der umgekippten Flasche stand der passende Überlack Mat Effect Top Coat, Nr. 198. Eines musste ich ihm lassen: Wenn Finn etwas machte, dann gründlich.

Ich hatte ein Taxi bestellt und musste mich ein wenig beeilen. Zwar war ein überdurchschnittliches Stylingprogramm für Marc überflüssig, aber gut aussehen wollte ich trotzdem. Selbst im dicken Rentierpulli.

Paul und Trine schliefen anscheinend noch. Deswegen schlich ich mich so leise wie möglich an ihrer Zimmertür vorbei und bugsierte dabei auch mein Gepäck durch den Flur in die Küche.

Einen Kaffee musste ich mir noch genehmigen, bevor das Taxi käme.

Gerade, als ich den ersten Schluck trinken wollte, hörte ich ein leises Trippelgeräusch aus dem Flur. Ich hatte doch nicht etwa Finn …?

»Charly …«

Es war Trine. Noch mal Glück gehabt! Wenn sie mir jetzt allerdings wieder eine Standpauke halten wollte, war es definitiv die falsche Uhrzeit dafür. Ich sah sie mit einem warnenden Blick an.

»Keine Angst, ich will dir keine Standpauke halten. Das hatten wir gestern schon.«

»Na, dann ist ja gut!« Ich atmete erleichtert aus und nahm meinen ersten Schluck von dem noch viel zu heißen Kaffee. »Mann!« Ich biss mir auf die Lippen. Der Kaffee war so heiß, dass ich mir nicht nur die Lippen, sondern auch die Zunge verbrannt hatte. Ich lernte es wohl nie.

»Wir machen uns alle nur Sorgen, das weißt du, oder?«, setzte Trine flüsternd an.

Anscheinend wollte sie Finn auch lieber erst in ein paar Stunden sehen.

»Ich weiß, Trine«, kommentierte ich den Satz, den sie seit Tagen gebetsmühlenartig herunterbetete, »aber das müsst ihr nicht. Ich bin alt genug.«

»Kann man denn überhaupt alt genug sein?«, fragte Trine.

»Wofür?«

»Ich meine, spielt es eine Rolle, wie alt man ist? Man macht schließlich öfter mal die gleichen Fehler wie mit dreizehn, selbst mit dreißig noch! Es gibt doch kein Alter, das einen vor Fehlern schützt.«

»Ach, Trine …« Ich atmete hörbar aus.

Ich war fast gerührt, dass meine sonst so morgenmuffelige Freundin sich solche Sorgen machte, dass sie in aller Herrgottsfrühe freiwillig in der Küche auftauchte, um die letzten hoffnungslosen Versuche zu unternehmen, mich von meinem Plan abzubringen.

Aber ich war mir sicher, Zweifel hin oder her. Ich würde mit Marc fahren. Und ihn gleich auch mal fragen, was er denn heute früh noch so Wichtiges vorhatte. Und wie die Doppelnamenfrau-Geschichte zu Ende gegangen war. Und überhaupt.

»Versprich mir nur eines«, sagte Trine und nahm meine Hand, »ruf mich an, wenn irgendwas ist, ja?«

Ich konnte den ganzen Bohei nicht ganz nachvollziehen. Immerhin war ich schon tausendmal mit irgendwelchen Männern in den Urlaub gefahren.

»Ja, Mutter. Ich verspreche es«, gab ich schließlich nach, »auch wenn ich euren Hang zur Dramatik hier nicht ganz nachvollziehen kann.«

»Gut«, sagte Trine zufrieden. »Ich rolle dann mal zurück ins Bett. Ich muss jede Sekunde nutzen, in der Finn noch schläft.«

»Mach das«, flüsterte ich mit zusammengepressten Lippen, die immer noch brannten wie Hölle.

Trine legte eine Hand auf ihren melonengroßen Bauch und wuchtete sich hoch, indem sie sich mit der anderen Hand auf den Tisch stützte. Ihr Nachthemd stand durch die große Kugel so weit vom Körper ab, dass es wie ein großes Zelt wirkte. Sie bot ein wirklich eigentümliches Bild, um diese Zeit, morgens, unfrisiert mit ihrer wilden blonden Turmfrisur.

Im Türrahmen drehte sie sich noch einmal um.

»Gestern standen wir noch am Abgrund«, seufzte sie.

»Und wo bitte stehen wir jetzt?«, fragte ich neugierig.

»Na, heute sind wir einen Schritt weiter.«

*

»Macht fünfunzwanzischsiebzisch«, sagte der Taxifahrer schlecht gelaunt, als wir am Flughafen angekommen waren. Anscheinend war er auch kein echter Frühaufsteher.

Wortlos reichte ich ihm das Geld und nickte ihm zu.

Glück gehabt, dachte ich, *sogar fünf Euro weniger, als man im Berufsverkehr für die Fahrt zum Flughafen bezahlen musste. Dann hat sich das frühe Aufstehen sogar doppelt gelohnt.*

Ich war selbst nicht in der Laune gewesen, Smalltalk zu machen, und die Taxifahrt war dementsprechend wortkarg verlaufen, was mich aber nicht weiter gestört hatte. Ich war sowieso mit meinen Gedanken bei Marc, Marc und mir im Schnee, Marc und mir vorm Kamin, Marc und mir im Bett …

Vor dem Flughafengebäude war der übliche Trubel bereits in vollem Gange, und als der Taxifahrer mein Gepäck aus dem Kofferraum hievte, hielt ein weiteres Taxi direkt neben mir. Noch bevor ich zur Seite springen konnte, öffnete sich die Beifahrertür und rammte sich in meine Wirbelsäule.

»Verdammt!« Gereizt drehte ich mich um. »Haben Sie denn keine Augen im Kopf?«

Eine bekannte Stimme antwortete: »Charlotte? Was machst du denn hier?«

»Die Frage ist wohl eher, was du hier machst!«, entgegnete ich erstaunt, als ich ein kleines rosa Bündel mit Barbierucksack und schläfrigem Blick hinter Eric auftauchen sah. »Ich meine, ihr … was ihr hier macht.«

»Wir fahren zu Mama«, sagte Maya verschlafen und rieb sich die Augen.

Ich spürte einen dumpfen Schlag in die Stelle zwischen Herz und Magen. »Oh …«

»Ja«, erklärte Eric, »wir fliegen, genauer gesagt. Mayas Mutter in L.A. besuchen.

»L.A.?«

Ich stellte mir vor, wie Mayas Mutter als Topmodel und beste Freundin von Heidi Klum in winzigen weißen Hotpants am Strand entlangspazierte, an einer Hand die kleine Maya im weißen Babydoll-Kleidchen und an der anderen Eric in weißen Leinenhosen und offenem Hemd, alle drei barfuß, wie in einer schlechten Raffaello-Reklame. Bei dem Gedanken wurde mir schlagartig speiübel. *Na bravo!*

»Ja, Mayas Mutter ist für ein längeres Projekt dort. Sie ist Maskenbildnerin. Für einen Kinofilm, irgendwas mit *Sex* und *City*, wenn dir das was sagt.«

Und ob mir das was sagt! Das kann man ihr nun wirklich nicht übel nehmen, dachte ich, *für ein Paar Manolo Blahniks hätte ich Maya auch … Aber immerhin ist sie kein Topmodel!*

»Kannst du dich noch an den Tag erinnern, an dem ihr zum Joggen im Park wart? Da hat mich Susanne angerufen und mich gebeten, darüber nachzudenken, ob ich mit Maya nicht zu ihr kommen will. Für länger …«

Ich nickte betreten. »Dort ist es ja auch sicher traumhaft schön. Immer gutes Wetter und so …« Ich riss mich zusammen und rang mir ein Lächeln ab.

»Und du? Wo geht's denn hin?«, fragte Eric zögernd, als wolle er gar nicht wirklich wissen, wohin ich unterwegs war.

»Nach Grönland. Na ja, so 'ne verkappte Muttergeschichte regeln«, fasste ich kurz zusammen.

Wenn ich an Renate dachte und daran, wie sie da oben im Norden wohl mit Jörn in knallgelben Fischerhosen und

Gummistiefeln wimmernd und frisch verlobt im Knast saß, musste ich doch wieder ein wenig schmunzeln.

»Ah …« Eric lächelte. »Muttergeschichten mag ich.«

Verdammt gutes Lächeln. Ich hatte diese Grübchen fast vergessen … Aber jetzt fühlte ich mich schlagartig, als hätte ich mir einen Tranquilizer eingeschmissen, und für zwei oder drei Sekunden kam es mir vor, als ob ich schwebte.

»Du fliegst allein?« Eric holte mich zurück auf den Boden der Tatsachen.

»Nein, mit … äh … mit Marc«, antwortete ich. »Du kennst ihn ja …« Das gesagt zu haben bereute ich im nächsten Augenblick bereits wieder. *Warum klappte Hirn-Einschalten* vor *dem Sprechen bei mir einfach nie?*

»Ach ja. *Der* Marc.« Erics Lächeln verschwand schlagartig, und sein eben noch liebevoller Blick wich einem Stirnkräuseln. »Na dann …« Eric, der Maya an der einen Hand hielt und das Gepäck in der anderen, deutete eine Schulterbewegung an, die anzeigte, dass er mich jetzt nicht umarmen würde. »Wir müssen los …«

Wieso wirkt er denn jetzt so enttäuscht? Wenn er doch sowieso sein Leben in Amerika plant? Und vielleicht sogar einen zweiten Anlauf mit Mayas Mutter versucht?

»Was wolltest du gerade sagen?«, fragte ich zögernd.

»Das spielt jetzt keine Rolle mehr. Ich wünsche dir und Marc alles Gute.«

»Aber …«

Was hatte er von mir erwartet? Er hatte doch auch selbst eine Entscheidung getroffen, die ihn tausende Kilometer von mir entfernte und eine andere Frau miteinschloss. Monas Lieblingsspruch kam mir in den Sinn, irgendwas mit: »Wenn dein Pferd tot ist, steig ab!« Und Erics und mein Pferd war von Anfang an eher eine alte Mähre gewesen.

»Ich wünsche dir eine gute Reise und viel Glück mit deiner Mutter!«, verabschiedete Eric sich steif.

»Danke.« Ich lächelte ihn an. »Das kann ich brauchen!«

Ob ich ihm noch schnell sagen soll, dass ich die Vorstellung seiner Raffaello-Familie in L.A. hasse? Dass ich ihn vermisst habe und dass ich es erst jetzt, wie er so vor mir steht, so richtig merke?

Eric sah mich erwartungsvoll an, als warte er noch auf irgendeine Reaktion von mir. Aber es kam kein Ton aus meinem Mund. Wortlos vergingen einige Sekunden.

»So, wir müssen jetzt wirklich …«, sagte er und wandte sich endgültig zum Gehen.

»Sicher.« Ich nickte. »Lebt wohl!«

Was für ein bescheuerter Satz war das denn jetzt schon wieder? Also bitte! Das sagt doch heutzutage kein Mensch mehr! Was ist nur los, Charlotte?

Eric zog Maya, die zum Abschied kräftig winkte, wortlos hinter sich her.

Ich winkte ein wenig wehmütig zurück.

Das war's.

Ich schnappte mir meinen Rollkoffer und schlurfte Richtung Terminal 34. Als ich mich noch mal umdrehte, waren Eric und Maya bereits nicht mehr zu sehen.

20. Kapitel

Terminal 1, Gate 34. Ich war richtig. Aber weit und breit war kein Marc in Sicht. Wo steckte er nur?

Ich packte mein Handy aus, um ihn anzurufen. *Eine neue Nachricht* stand auf dem Display. Sie war von Renate.

Komm schnell. Die Zustände sind unmenschlich hier. Sie zwingen uns, versalzenen Trockenfisch und Schafsköpfe zu essen. Keinen Tag länger. Renate

Oh Mann. Das sind wirkliche Probleme.

Ich antwortete schnell, dass ich bereits auf dem Weg sei, und wählte anschließend Marcs Nummer. Es meldete sich nur die Mailbox. *Wo zum Teufel steckt er denn bloß?*

Es blieb nicht mehr viel Zeit. Eigentlich hatte ich gedacht, dass Marc bereits auf mich wartete.

Jetzt war es wohl am besten, wenn ich mein Ticket schon mal vorsorglich am Schalter abholte und mein Gepäck aufgab. Dann war ich wenigstens den nervigen Koffer los.

»Sander, Charlotte«, sagte ich und lächelte die junge Frau am Ticketschalter der Economyclass an. »Da müsste ein Ticket für mich zurückgelegt sein.«

Die junge Frau mit hochgesteckten Haaren und einer perfekt inszenierten und betonartig festgesprühten Haarlocke entlang der linken Seite der Stirn sah mich musternd an. »Sander, ja?«

»Ja, genau. Da müsste ein Ticket …«

»Da haben wir es.« Sie tippte mit ihren winzigen, french-manikürten Nägeln irgendwas ein. »Sie fliegen allein?«, fragte sie und sah von ihrem Computer hoch, auf den sie immer noch wild einhackte. Das war mal Multitasking.

»Nein, nein«, sagte ich. »Bitte setzen Sie mich neben Marc Wegener. Er müsste jeden Augenblick hier sein. Wir fliegen zusammen.«

Ich wuchtete den vollgestopften Koffer auf das Rollband. Hoffentlich war er nicht zu schwer. Aber es konnte ja nicht jeder winzige Pulloverchen in Size Zero tragen; meine brauchten schon etwas mehr Platz.

Von Marc war noch immer weit und breit nichts zu sehen. Langsam begann ich, mir Sorgen zu machen. Wenn er nicht bald käme, würde er die Maschine verpassen. Es war wirklich zu blöd, dass er nicht mal an sein Handy ging. Was wohl los war? Er hatte mir zwar gesagt, dass er später käme, aber …

»Das wird wohl nicht möglich sein«, bemerkte die Ticketfrau fast beiläufig und sah mich mitleidig an.

»Wieso das denn nicht?«, fragte ich schnippisch. »Es wird ja wohl noch möglich sein, dass man hier neben seinem eigenen Freund sitzen darf! Bei den Preisen, die sie verlangen, wird doch eine Sitzplatzwahl drin sein! Das ist ja sogar in jedem schrottigen Billigflieger möglich!«

»Es liegt nicht daran, dass wir es Ihnen nicht anbieten *könnten*«, fuhr die Tickettante – immer noch stoisch und immer noch ein wenig mitleidig – fort. Sie sah mich von oben bis unten an und wirkte jetzt wie einer dieser Superstars, die in armen Ländern Promotion machen und Waisenhäuser besuchen und im Zuge dessen dem einen kranken Waisenkind, das es ganz besonders schwer hat, eine extra Portion Reis überreichen. Als sie mir mein Flugticket überreichte, spreizte sie den kleinen Finger ihrer Hand so vom Ticket ab, als ob sie jeden Körperkontakt mit mir vermeiden wolle. »Das wäre das geringste Problem.« Sie schenkte mir ein mitleidiges Lächeln.

»Nun, dann sagen Sie mir doch bitte, was denn dann das Problem hier ist!«

»Ich kann Ihnen leider nicht sagen, warum.«

»Was soll das heißen, Sie können es mir nicht sagen?«

Langsam wurde ich ungehalten.

»Datenschutzgründe. Es tut mir leid.«

Noch immer dieser Mitleidsblick. Ich ballte meine Fäuste auf der Ablage, auf der mein Portemonnaie und das Ticket lagen.

Ganz ruhig, dachte ich, *atmen, atmen.*

»Sie sagen mir jetzt bitte *sofort*, warum ich nicht neben meinem *eigenen* Freund im Flieger sitzen darf!«

Ich schnaubte so laut, dass es kein Wunder gewesen wäre, wenn große Rauchwolken aus meiner Nase gekommen wären.

»Das geht leider wirklich nicht, tut mir leid, selbst wenn ich es gerne würde …« Die Tickettante zog die Mitleidsnummer eisern weiter durch.

Was sollte das hier eigentlich? Dieses dämliche Grinsen! Und was fiel der Ticketfrau überhaupt ein, sich derart dagegen zu wehren, dass Marc und ich zusammensaßen? Wahrscheinlich war sie selbst gerade frisch getrennt, führte einen geheimen Anti-Pärchen-Krieg, und ich war ihr erstes Opfer. Ich war kurz davor, endgültig die Fassung zu verlieren.

Okay, dachte ich. *Du willst Hardcore, dann kriegst du Hardcore.*

»Hören Sie«, begann ich in einem ruhigen, fast meditativen Ton, »mir wurde vor ein paar Wochen gekündigt, obwohl ich mir jahrelang den Arsch für meinen Job aufgerissen habe.«

Die Ticketfrau veränderte ihre Miene nicht im Geringsten.

»Dann komme ich nach Hause und erfahre, dass meine eine beste Freundin auf dem totalen Erfolgskurs schwebt, während die andere gerade wieder schwanger ist. Anschließend serviert mich mein einziger Seelentröster wegen einer spießigen Sauberfrau ab, die seine komplette Wohnung ungefragt mit winzigen weißen Teilen bestückt und ihn zwingt, Gemüse zu essen und Müsli für Sportliche!«

Der Blick der Dame hinter dem Schalter schien immer noch wie eingefroren.

Ich kam allerdings gerade so richtig in Fahrt und knallte mein Ticket auf die Ablage: »Und dann kriege ich noch eine SMS von meiner Mutter vom Ende der Welt, dass sie einen verdammten Eisbrecherkapitän heiraten will! Mit dem sie jetzt übrigens wegen irgendwie illegaler Robbenjagd im Knast sitzt, weswegen ich überhaupt vor Ihnen stehe!«

Die Tickettante schien ihr Mitleid aufgebraucht zu haben, denn sie hob nun wortlos die rechte Augenbraue, um meinen weiteren Ausführungen mehr oder minder interessiert zu lauschen.

»Dann lerne ich den süßesten Typen der Welt kennen«, erklärte ich weiter, mittlerweile mit einem deutlich erhöhten Puls und nicht mehr ganz so leise, »und der hat bereits ein Kind und findet mich nur toll, weil ich die hippe Alleinerziehende mime, und zwar mit einem Kind, das mir gar nicht gehört. Und zu allem Überfluss steht dieser Typ genau an dem Tag, an dem ich Versöhnungssex mit meinem Übergangslover habe, mit Blumen vor meiner Tür!«

Die Schlange hinter mir hatte sich bereits zu einer kleinen Runde um den Schalter geschart. Ich konnte dem Gemurmel um mich ein paar »Ohs!« und »Ahs!« entnehmen.

»Sie können sich wohl denken, was weiter passiert ist!« Mittlerweile brüllte ich.

Neugierig hatten sich noch weitere Fluggäste von den Nebenschaltern umgedreht und lauschten meinen Katastrophenausführungen. Ich blickte mich kurz um.

Ein Hut – schnell in die Runde geworfen – hätte sich jetzt sicher bezahlt gemacht.

»Und was ist weiter passiert?«, fragte eine ältere Dame aus der Gruppe hinter mir interessiert.

»Dann«, setzte ich wieder an, drehte mich zurück zu der Tickettante und holte tief Luft, »dann ist auch noch mein ganzes Geld wegen der scheiß Finanzkrise weg, und ich musste aus meiner Wohnung aus- und bei meiner Freundin einziehen – und zwar in das Ritterburgzimmer ihres Sohnes, der heimlich meinen besten Nagellack klaut!«

»Das ist wirklich schlimm«, kommentierte die alte Dame meinen Redeschwall.

»Ja, nicht wahr? Und dabei war er im wahrsten Sinne nigelnagelneu!«

Jetzt sah mich die alte Dame verstört an.

»Und dann habe ich wegen all dem Mist auch noch Streit mit meiner besten Freundin, weil die meint, dass ich emotional unfähig sei!«

Jetzt schürzte die alte Dame die Lippen und formte ein stummes »Oh!«.

»Und das absolute Highlight ist, dass ich meine Mutter heute mit den letzten paar Kröten, die ich besitze, am anderen Ende der Welt aus dem Schlamassel ziehen muss, obwohl ich doch selbst bis zu beiden Ohren drinstecke!«

Ich hing mittlerweile mit dem kompletten Oberkörper auf der Ablage, beugte mich tief zu der Tickettante hinunter, fletschte die Zähne, sah ihr tief in die Augen und sagte: »Und nach diesem ganzen Mist hier bietet mir mein reumütig zurückgekehrter Halblover namens Marc We-ge-ner – Sie haben schon verstanden, Liebchen! – an, mich an den verdammten Arsch der Welt zu begleiten!!!« Diesen letzten Satz brüllte ich so laut, dass sogar die Gäste an den weit entfernten Schaltern innehielten. »Und da kommen Sie und behaupten, Sie können mir nicht sagen, warum wir beide nicht zusammensitzen dürfen?!?«

Die Ticketfrau sah mich erschrocken an, und ich hatte das ungute Gefühl, dass sie jeden Moment den Notfallknopf drücken würde. Vielleicht hatte ich ein wenig übertrieben … Dann aber – wie von Zauberhand – wich der angsterfüllte Ausdruck der Tickettante einem mitleidigen Lächeln.

»Okay«, flüsterte sie verschwörerisch und beugte sich ebenfalls zu mir hinüber. Ihr frisch gepudertes Stirnchen war nur noch wenige Zentimeter von meiner nassgeschwitzten Stirn entfernt. »Ich sage Ihnen, wo das Problem liegt. Aber nur, weil Sie wirklich zu bemitleiden sind und wenn Sie mir versprechen, mich nicht zu verpfeifen.«

Ich nickte stumm und fixierte den Mund der Schalterfrau und formte meine Lippen zu einem »Los!«, ohne dabei meine Stimme zu verwenden.

»Marc Wegener kann nicht neben Ihnen sitzen«, erklärte sie ruhig, »weil er Businessclass gebucht hat.«

Er hat bitte was?!?

»Er hat bitte was?«, fragte ich.

»Sie haben schon richtig gehört. Er fliegt in der Businessclass. Sie dagegen sind auf Economy gebucht. Da liegt es in der Natur der Dinge, dass Sie nicht nebeneinandersitzen können.«

Ich traute meinen Ohren nicht.

»Das muss ein Irrtum sein«, sagte ich völlig fassungslos, »das kann nicht stimmen!«

»So leid es mir tut«, antwortete die Ticketfrau, »aber etwas anderes kann ich Ihnen nicht sagen.« Dann beugte sie sich noch einmal zu mir vor und flüsterte wieder: »Er hat auch bereits eingecheckt. Und Ihnen würde ich dasselbe empfehlen.«

Mir fehlten die Worte. Dass Marc den arroganten Schnösel raushängen lassen konnte, wenn ihm danach war, wusste ich. Aber dass er zu so einer Nummer fähig war, war echt die Höhe. Ich atmete tief durch und versuchte, meine Fassung wiederzufinden.

»Gut. Dann her mit Economy.«

»Gerne. Wir wünschen Ihnen einen guten Flug!«, sagte die Ticketfrau, als sie mir lächelnd mein Ticket überreichte.

»Werde ich haben«, antwortete ich mit zusammengebissenen Zähnen. »Das können Sie mir glauben.«

Wortlos schnappte ich mein Ticket und stopfte meinen Reisepass zurück in meine Tasche. Ohne nach rechts und links zu sehen, beeilte ich mich, durch die Sicherheitskontrolle zu kommen.

»Herzlich willkommen an Bord!« Eine Stewardess Typ Dolly Buster in jungen Jahren lächelte mich an, als ich das Flugzeug betrat.

Die meisten Fluggäste saßen bereits auf ihren Plätzen. Ich steuerte auf Reihe 17, Platz A zu, warf aber noch mal schnell einen Blick auf mein Ticket, um mich zu vergewissern, dass dies tatsächlich mein Sitz war.

Von Marc war weit und breit keine Spur zu sehen. Ich würde meine Sachen ablegen und mich dann auf die Suche nach ihm machen. Weit konnte er ja nicht sein, wir waren hier ja immerhin nicht in der Antonow 225, dem größten Flugzeug der Welt.

Schon bevor ich an meinem Platz ankam, hörte ich wildes Kindergeschrei.

»Neeeeiiiiiiiiiiiiiiin!«

Oh. Mein. Gott. Das kann doch nicht wahr sein!

»Komm schon, Jeremya! Du kannst nicht am Fenster sitzen! Die nette Frau hier hat den Fensterplatz gebucht!«, sagte die Mutter, als ich meinen Sitz erreichte.

Ein fieses Déjà-vu stieg in mir auf.

Okay, ich gebe auf, ihr könnt alles haben. Heute rege ich mich nicht mehr auf.

»Er kann gerne am Fenster sitzen«, sagte ich gleichgültig und stopfte mein Handgepäck in die Ablage. »Ich werde mich sowieso die meiste Zeit in der Businessclass aufhalten.«

»Jeremy*aaa*«, verbesserte die engagierte Mutter. »*Sie* kann also am Fenster sitzen? Das ist aber nett.« Sie freute sich sichtlich, gerade noch mehreren Stunden Gequengel entgangen zu sein. »Geschäftlich unterwegs?«

»Kann man so sagen«, antwortete ich und legte meine dünne Wildlederjacke auf dem Sitz ab.

»Die ist aber wunderschön! So eine wollte ich auch schon immer mal haben.« Sie lächelte ein wenig zerknautscht. »Aber Sie wissen ja, die Kinder. Sie gehen halt vor.«

Ich nickte. »Können Sie netterweise einen Moment auf die Jacke aufpassen?«

»Na klar«, antwortete Jeremy*aaa*s Mutter. »Sie haben mich vor mindestens fünf Stunden Geschrei bewahrt.«

Na siehste. Loyalität unter Frauen – es gibt sie noch!

»Jaaaa!« Jeremy*aaa* nahm wild hüpfend ihren neuen Fensterplatz ein, nicht ohne bei der Überquerung der Sitze mit ihren schlammverschmierten Schuhen auf meiner Wildlederjacke herumzutrampeln, was ihre Mutter natürlich unkommentiert ließ.

Okay, es gab sie doch nicht.

»Boarding completed!«, sagte eine blecherne Stimme aus dem Lautsprecher.

Marc musste hier irgendwo sein. Beim Reingehen hatte ich ja bereits versucht, ihn zu erspähen, war aber nicht erfolgreich gewesen. Also machte ich mich jetzt auf den Weg zum Eingang, zurück Richtung Businessclass.

21. Kapitel

»Marc?«

Ich entdeckte ihn in einer der ersten Reihen am Fenster. Er lugte über einer *Frankfurter Allgemeinen* hervor und tat überrascht. »Charlotte!«

Irgendwie hörte sich mein Name aus seinem Mund nicht gerade erfreut an. *Hatte er sich etwa hinter der Zeitung vor mir versteckt?*

»Marc! Warum sitzt du hier?« Meinen Tonfall konnte man als schrill bis kurz vor unsympathisch beschreiben.

»Äh …«

Ich konnte seine zurückhaltende Art, mich zu begrüßen, nicht nachvollziehen. Ihm musste doch wohl auch klar sein, dass es nicht ging, dass ich den ganzen Flug über alleine in der Holzklasse saß – und dann auch noch neben Jeremy*aaa* …

»Marc? Wer ist die Frau?« Eine antiseptische Blondine mit eingefrorenem Lächeln, XL-Brüsten und XS-Taille schaltete sich ein. Sie sah zuerst mich und dann Marc verstört an. Dann abwechselnd uns beide.

»Marc! Wer ist die Frau?«, fragte jetzt auch ich lautstark und ließ meinen Blick zwischen den beiden hin und her wandern.

Marc machte den Eindruck, als würde er jetzt gerne in einem dieser Löcher verschwinden, die man sich manchmal herbeiwünscht. Ich wartete nur noch darauf, dass er sich die Hand vors Gesicht hielt, ganz nach dem Motto: Ich sehe euch nicht, also seht ihr mich auch nicht!

Und diese Frau – das konnte ich auf den allerersten Blick erkennen – war eine Sauberfrau!

Sie trug leichtes Make-up, viel Wimperntusche (ohne Fliegenbeinchen – wie kriegte sie das nur hin?) und eine enge weiße Bluse, unter der man den BH nicht erkennen konnte (egal, was ich je probiert hatte, bei mir sah man den immer). Der perfekte Ausschnitt ließ gerade genug Einsicht in das leicht gebräunte Dekolleté, das von einer zierlichen Perlenkette geschmückt wurde. Abgerundet wurde das perfekte Erscheinungsbild durch eine graue Stoffhose.

»Marc?!«, wiederholte Sauberfrau. »Wer ist diese Frau? Und was will sie von dir?«

Jetzt fiel es mir wie Schuppen von den Augen! Das musste Sarah-Nadine sein … Aber das konnte, das durfte nicht wahr sein!

»Eh, ja … also … hmhm …«, druckste Marc herum. »Na ja, irgendwie hatte ich mir die Situation etwas anders vorgestellt …«

Ich konnte kaum glauben, was ich da hörte. Er hatte doch nicht allen Ernstes seine Exverlobte auf unsere gemeinsame Urlaubsreise mitgenommen! Aber jetzt erklärte sich natürlich auch das Sitzplatzdilemma. Ging er wirklich davon aus, dass ich *und* eine geduldige Sauberfrau so eine Aktion hinnehmen würden!?

»Marc, du erklärst mir jetzt sofort, was das hier soll!«, forderte ich.

Die Sauberfrau nickte zustimmend. »Mir auch!«

»Na ja …«, begann Marc und wandte sich der Sauberfrau zu. »Schnäuzchen, du hast dich doch auch so gefreut, als ich dir erzählt habe, dass ich nach Grönland fliege, um Freunden zu helfen.«

»Ja, und unter *Freunden helfen* verstehe ich nicht *Freundin helfen*!« Sie nickte ihm auffordernd zu. »Und weiter?«

»Und dann wolltest du plötzlich unbedingt mitkommen, Versöhnungs-Verlobungsreise und so …« Marc schwitzte wie verrückt und fuchtelte unmotiviert mit seinen Armen in der Luft rum. Dann drehte er sich zu mir um. »Und bei dir hatte ich nicht damit gerechnet, dass du wirklich mitkommen willst. Dass du es wirklich durchziehst, meine ich. In letzter Zeit bist du doch sowieso eher etwas passiv …«

Bitte was?

»Und außerdem frierst du doch auch so leicht!«

Das glaube ich nicht. Nie und nimmer. Das muss eine Halluzination sein. Schlafentzug. Irgendwas.

»Was?!?«, fauchte ich ihn an.

»Ja … Ich meine, *du* wolltest ja unbedingt mit!«

Mit einem vernichtenden Blick in meine Richtung fragte die Sauberfrau Marc jetzt: »Wer ist das überhaupt?«

»Charlotte Sander«, antwortete ich.

Ich stand derartig unter Schock, dass ich so ruhig war wie zuletzt vor dreizehn Jahren, als ich zum ersten Mal eine Flasche Rotwein auf einmal runtergespült und danach vierzehn Stunden am Stück geschlafen hatte. Allerdings würde eine Flasche Rotwein jetzt bei Weitem nicht reichen. Auch keine Kiste. Vielleicht eine Palette …

»Und in welcher Beziehung stehen Sie zu meinem Verlobten, Charlotte?«, wollte die Sauberfrau wissen.

In meinem Kopf klangen die Worte »meinem Verlobten« nach.

»In einer ziemlich engen«, antwortete ich immer noch unfassbar ruhig angesichts der dramatischen Situation. Es musste eine Art Schockstarre sein. »Dann nehme ich an, Sie sind Sarah-Nadine?«

»Richtig.«

Marc sagte immer noch kein Wort. Er saß mit hochrotem Kopf neben seiner Doppelnamen-Sauberfrau und schwitzte, was das Zeug hielt.

Eine ganze Menge Gefühle stürzten auf mich ein: Enttäuschung, Wut, Hass, Mitleid, Gleichgültigkeit und Angst. Mir war heiß, und ich spürte, dass mein Gesicht langsam rot vor lauter Aufregung wurde. Mein Kopf war so voll wie noch nie zuvor.

Eine Art Puppentheater-Daumenkino spulte sich jetzt bildhaft vor meinen Augen ab: Mona und Trine, wie sie mich vor Marc gewarnt hatten, Erics enttäuschter Blick vorhin, als ich ihm gesagt hatte, dass ich mit Marc fliegen würde, Erics trauriges Gesicht in der Flughalle, seine letzten Worte. Eric. Eric. Eric.

Die Durchsage, dass der Flieger gleich starten würde, riss mich aus meinen Gedanken. Die Stewardessen begannen zu kontrollieren, ob die Passagiere alle angeschnallt waren.

Die junge Dolly fasste mich sanft an der Schulter. »Dürfte ich Sie bitten, nun auf ihren Platz zurückzukehren?«

Ich war nicht in der Lage, auch nur einen klaren Gedanken zu fassen. Wortlos drehte ich mich um und bewegte mich wie ein ferngesteuerter R2-D2 in Richtung Jeremy*aaa*, die man bis in die Businessclass hören konnte.

Stumm ließ ich mich auf meinen Sitz plumpsen.

Mein Kopf schien beinahe zu platzen, alles um mich herum verschwamm irgendwie.

Erneut kam eine Durchsage: »Sehr geehrte Fluggäste, wegen technischer Probleme verzögert sich der Start um wenige Minuten.«

Jetzt saß ich hier. Ohne eine Ahnung, wie das alles gehen sollte. Grönland, Renate, Marc mit seiner Verlobten im

Schlepptau – aus der Traum von einem romantischen Trip zu zweit. Überhaupt: Gab es irgendetwas, das ich nicht falsch gemacht hatte?

Meine Gedanken verknoteten sich in meinem Hirn; nicht mehr lange und mein Kopf würde ganz sicher platzen.

Nach ein paar Minuten gab es wieder eine Durchsage: »Sehr geehrte Fluggäste, wir müssen Ihnen leider mitteilen, dass die Maschine aufgrund größerer technischer Mängel nicht starten kann. Wir kümmern uns schnellstmöglich um eine Ersatzmaschine und informieren Sie weiterhin. Bitte bleiben Sie so lange auf Ihren Plätzen.«

Verdammt! Das war ein Zeichen! Was mache ich bloß hier? Ich bin doch komplett falsch! Einfach im falschen Flieger!!! Ich muss hier raus! Hektisch schnallte ich mich ab. *Raus, raus, nur noch raus.* Aber dann überkam mich ein weiterer Gedanke: *Nein, so leicht kommst du mir nicht davon, du Vollhorst, nicht dieses Mal!*

Trotz des bösen Blickes von Dolly und der Bitte der Durchsagenstimme sitzen zu bleiben, stapfte ich zurück in die Businessclass.

Da war er. Marc. Er wurde gerade von seiner aufgeregten Sarah-Nadine zugetextet und saß apathisch neben ihr. Es war doch kein Albtraum. Auf einmal wirkte er viel schmächtiger als sonst, seine Schultern waren schmaler, und sein Kopf war viel größer. Hatte er schon immer so einen großen Kopf gehabt? Was hatte ich an ihm bloß immer so wahnsinnig attraktiv gefunden? Er saß da wie ein zusammengestauchtes Erdmännchen, das seiner Mutter verlorengegangen war und nun von ihr ausgeschimpft wurde. Seine Augenlider zuckten in Sekundenabständen immer wieder – er erinnerte mich stark an das seltsame Eichhörnchen aus *Ice Age* –, und er machte den Eindruck, als würde er gleich kollabieren.

Sarah-Nadine dagegen managte die Situation mit Bravour, denn sie erklärte, sein Stimmrecht in jeder Angelegenheit ihrer beider Leben betreffend sei endgültig und lebenslang erloschen, und malte ihm seine bevorstehende Ehehölle aus, in der sie ihn zu empfangen bereit war, allerdings ohne den von ihm gut durchgeplanten Ehevertrag.

Marc nickte nur noch stumm und zuckte weiter mit den Augenlidern. Er hatte eine Strafe verdient, und ich würde ihn nicht ohne Konsequenzen aus dieser Nummer hier entlassen. Nur: Es musste schnell gehen, denn sonst würde ich zu spät sein.

Ich baute mich vor dem zusammengestauchten Etwas auf. »Marc«, sagte ich in dem neutralsten Ton, den ich je angeschlagen hatte, »du tust mir mehr als nur leid. Deshalb verschone ich dich mit weiteren Beschimpfungen aller Art wie zum Beispiel du mieses Schwein, du Vollhonk, du feiger Versager, du Luftpumpe, du torfnasiger, trethupenartiger Rohrkrepierer. Ich konzentriere mich demnach hier und jetzt auf das Wesentliche.« Ich zog einen Zettel aus der Hosentasche meiner Jeans und reichte ihn der blassen Sarah-Nadine. »Auf diesem Zettel steht die Adresse, zu der ihr nachher fahren werdet – ich meine, falls dieses Flugzeug nicht mitten über dem Ozean abstürzt und an einem dieser beeindruckenden Eisberge zerschellt –, um meine Mutter samt ihrem Eisbrecherfreund mit dreitausend Euro aus dem Knast auszulösen. Das ist genau die Summe, die ihr beiden zahlen werdet, um eure bescheuerte Hundeschlittenfahrt zu machen. Danach bekommt sie zusätzlich ein saftiges Trinkgeld für ihre Bemühungen. Außerdem will ich, dass sie von euch kein Wort über das hier Geschehene hören wird. Sie soll denken, dass ihr die Schlittenfahrt auf meine Empfehlung hin macht, und ich werde ihr sagen, dass mir etwas dazwischengekommen ist.«

Marc atmete so flach, dass ich nicht mit absoluter Gewissheit sagen konnte, ob er noch zuhörte oder bereits in Ohnmacht gefallen war.

Ich setzte zum Ende meines Vortrages an: »Ich nenne das eine WIN-WIN-WIN-Situation für uns drei. Marc bekommt seine dämliche Schlittenfahrt, und du«, mit einem Blick Richtung Sarah-Nadine fuhr ich seelenruhig fort, »du bekommst deinen bekloppten Verlobungsschnickschnackurlaub zu zweit, und ich«, jetzt sah ich abwechselnd zu der immer noch mit offenem Mund dasitzenden Sarah-Nadine und dem apathischen Marc, »und ich weiß, dass meine Mutter gut versorgt ist, während ich mich hier vor Ort endlich mal darum kümmern kann, *mein Leben wieder in Ordnung zu bringen*!«

Marc bewegte sich immer noch nicht und erinnerte mich schwer an eine dieser Echsen, die stundenlang völlig starr in eine Richtung gucken konnten. Lediglich sein rechtes Augenlid zuckte von Zeit zu Zeit.

»Ich werte das als Zustimmung«, resümierte ich das traurige Schauspiel und konnte kaum glauben, wie ruhig und gefasst ich geblieben war.

Ich musste unbedingt daran denken, Renate Bescheid zu geben, dass anstatt ihrer Tochter nun ein fremder Mann mit einem Doppelnamen-Sauberfrau-Verschnitt zur Auslöse kam, das dufte ich nicht vergessen.

»Aber ich …«, unternahm Marc nun einen erbärmlichen Versuch, sich zu wehren.

»Es spielt keine Rolle, was du denkst«, meldete sich Sarah-Nadine nun zu Wort. »Du hast zu hoch gepokert, mein Lieber. Jetzt kassierst du die Strafe dafür. Und wenn ich dich höchstpersönlich zu der Huskymutter zerren muss, du erledigst das für …« Fragend blickte sie mich an. »Wie war noch mal Ihr …?«

»Charlotte Sander«, antwortete ich und war erstaunt über so viel Courage.

»Genau. Du erledigst das für Charlotte.«

»Aber wieso …?« Ich konnte es kaum fassen – wie war es möglich, dass Sarah-Nadine auf meiner Seite stand?

»Auch wenn es mir nicht leichtfällt – das können Sie mir glauben, Charlotte!«, beantwortete sie meinen fragenden Blick, bevor sie leise hinzufügte: »Ich weiß, wie das ist.«

»Was?«, fragte ich ungläubig.

»Ich war selbst einmal in einer ähnlichen Situation. Na ja, nicht richtig ähnlich, aber zumindest war ich die Angeschmierte. Wir Frauen müssen in solchen Fällen zusammenhalten, verstehen Sie?«

Ich starrte sie mit offenem Mund an.

Sie war die Angeschmierte? Sie, die perfekte Sauberfrau? Antiseptisch, steril, Meister Propers Schwester, Size Zero, die Weiß-ohne-Flecken-Frau?

»Sie werden genug Zeit dafür brauchen, um dieses Erlebnis zu verkraften. Ich hätte da eine wirklich gute Adresse in Köln …«

»Nein danke«, lehnte ich höflich ab.

Es stimmt also tatsächlich – Sauberfrauen sind ausnahmslos und grundsätzlich immer nett!

Eine weitere Durchsage unterbrach unser harmonisches Geplänkel: »Sehr geehrte Fluggäste, wir bitten Sie, das Flugzeug umgehend zu verlassen. Eine geeignete Ersatzmaschine wird innerhalb der nächsten Stunde bereitgestellt. Ihr Gepäck wird selbstverständlich umgeladen. Bitte verzeihen Sie die daraus entstehenden Verzögerungen.«

Das ist ein verdammtes Zeichen! Ich habe schon genug Zeit verloren, ich muss hier raus, und zwar schnell!

Ich atmete tief ein und sehr langsam pustend wieder aus.

Dolly stand immer noch neben mir. Sie wirkte allerdings etwas derangiert. Ich wusste nicht so genau, ob es an dem gerade erlebten Szenario zwischen Marc, Sarah-Nadine und mir lag. Es war mir aber auch egal.

»Ich muss hier als Erste raus, und das sofort!«, sagte ich zu ihr. »Es geht quasi um Leben und Tod!«

»Eine Sekunde noch«, antwortete Dolly. »Wir öffnen die Türen jeden Moment.«

»Ich *muss* hier jetzt *sofort* raus, sonst passiert etwas ganz, ganz Schreckliches!«

»Aber …«, setzte sie an.

»Ich kollabiere sonst, und zwar *jetzt*!«, brüllte ich sie an.

»Gut«, antwortete sie eingeschüchtert, »ich werde sehen, was ich tun kann.«

»Gut so!«

Die Stewardess verschwand für wenige Sekunden im Cockpit. Als sie wieder herauskam, kam die Durchsage, dass die Türen nun geöffnet würden.

Dolly nickte mir zu und deutete auf die Tür. »Sie können nun gehen. Aber bitte zeigen Sie mir noch Ihr Ticket, damit wir Ihr Gepäck beim Umladen aussortieren können.«

»Danke«, sagte ich und drückte ihr mein Ticket in die Hand.

»Los«, sagte sie leise, »vielleicht erwischen Sie ihn noch.«

Woher weiß sie …? Ach, egal! Das Einzige, das zählt, ist, so schnell wie möglich aus dem Flugzeug zu kommen und Eric zu erwischen, bevor es zu spät ist.

Dolly nickte mir noch einmal aufmunternd zu und betätigte den Hebel der Ausgangstür, um diese zu öffnen.

Jeremy*aaa*s Mutter tauchte irgendwo hinter mir auf: »Ihre Tasche! Und Ihre Jacke! Vergessen Sie Ihre schöne Jacke nicht!«

»Danke!« Ich nahm die Tasche entgegen, die von den Passagieren zwischen uns zu mir durchgereicht worden war. »Die Jacke können Sie behalten!«, rief ich ihr zu und streckte meinen Kopf aus der Tür.

»Vielen Dank!«, hörte ich Jeremy*aaa*s Mutter erstaunt hinter mir herrufen. »Sie sind ein guter Mensch!«

Das will ich wohl meinen, dachte ich und sprintete in vollendeter Gutmensch-Manier durch den Schlauch zurück in den Flughafen.

Ich hatte Marc keines Blickes mehr gewürdigt. Sarah-Nadine und er hatten jetzt sicherlich genug zu klären. Außerdem war Marc nicht nur durch meine Ansage, sondern auch durch die nächsten Wochen und Monate, ja, vielleicht sogar Jahre zwischen winzigen weißen Möbeln, Rohkost und Müsli für Sportliche und Sarah-Nadines Vorwürfen, die sich wahrscheinlich nur durch Aushändigung der goldenen Kreditkarte eindämmen ließen, doppelt und dreifach gestraft.

Er war mir auch ziemlich egal. Es existierte nur noch ein einziger Gedanke in meinem Kopf: *Erreiche ich Eric noch, bevor er ins Flugzeug nach Los Angeles steigt?*

22. Kapitel

Ich hetzte durch die Flughafenhalle. Irgendwo musste die große Anzeigetafel sein, die alle Abflüge auflistete und auf der auch Erics Flug stand.

Als ich endlich vor ihr stand, fiel mir ein, dass es keinen Direktflug nach Los Angeles gab. Es stellte sich nun also die Frage, wo Eric umsteigen würde.

Ich rannte zum Infoschalter.

»Über Amsterdam und dann Atlanta nach Los Angeles«, beantwortete der graumelierte Herr mit Schnäuzer an der Infotheke meine zitternd gestellte Frage. »Es gibt auch welche, die nur über Amsterdam gehen. Welche Airline?«

Das wusste ich nun auch nicht.

»Der Flug müsste ungefähr jetzt gehen, da werden Sie doch sicher nicht so viele haben, die dann weiter nach Los Angeles gehen, oder?«

Der Infoangestellte tippte wild in seinem Computer herum.

Wieso dauert das denn so lange?

»Aha!« Stolz strahlte der Mann mich an. »Da haben wir's! Ein Flug um Viertel nach neun nach Amsterdam, dann Viertel nach zehn Ankunft in Amsterdam, drei Stunden Aufenthalt und …«

»Welches Gate?«, unterbrach ich ihn ungeduldig.

»Also, ein bisschen Geduld …«

»Wo-ho?«, fragte ich noch mal.

»Terminal 2, D 27-28.«

»Danke!«

»Das Boarding hat soeben begonnen!«, rief mir der Mann noch hinterher, aber da hatte ich mich bereits in die Menschenmenge der Flughafenhalle gestürzt und konnte ihm nur noch kurz zuwinken, um ihm zu danken.

Jetzt hieß es rennen, und zwar, was das Zeug hielt, denn es war genau so, wie ich befürchtet hatte: Ich musste zum anderen Ende des Flughafens – und das in wenigen Minuten. Ich hatte doch sowieso schon viel zu viel Zeit verloren! Wie sollte ich das nur schaffen? Immer wieder kontrollierte ich während des Laufens, ob ich überhaupt auf dem richtigen Weg war. Meine Kurzsichtigkeit und die Brille im Koffer auf irgendeinem Gepäckwagen des Flughafens halfen mir dabei nicht gerade weiter.

Als ich endlich an Terminal 2 angekommen war, waren sicher schon acht Minuten vergangen. Eine gefühlte Ewigkeit.

Ich sah immer wieder die Bilder von Mona vor mir, wie sie mit erhobenem Zeigefinger vor mir stand und sagte: »Das habe ich dir doch gleich gesagt!« Und: »Das hättest du auch einfacher haben können!« Und Trine, die mich anfeuerte: »Wirf nicht die Pfeife ins Korn, es ist noch nicht zu spät!« Und wie ich Trine dann verbessern würde. Und Melitta, die mir ins Gewissen redete, auf meinen Bauch zu hören, der ja wohl groß genug sei, um sich durchsetzen zu können.

Terminal 2, B-C, stand da. Weit konnte es also nicht mehr sein! Mit einem letzten Sprint rannte ich keuchend weiter in die Richtung, in die Pfeil *D* zeigte.

Ich musste es einfach schaffen, auch wenn Eric dann trotzdem fliegen würde. Aber einmal musste ich ihm zumindest ins Gesicht sagen können, was ich für eine dumme Nuss gewesen war und wie sehr ich mein Verhalten bereute.

Selbst wenn ich die Zeit nicht zurückdrehen kann, jetzt ist

Schadensbegrenzung angesagt. Vielleicht ist doch noch was zu retten. Eric hatte nicht explizit gesagt, dass er einen zweiten Versuch mit Mayas Mutter starten wolle. Er sagte, er bliebe »zur Eingewöhnung« und »vorerst«. Und richtig glücklich wirkte er heute Morgen auch nicht. Ich habe eine Chance, wenn auch nur eine mikroskopisch kleine, aber ich habe immerhin eine, und die gilt es zu nutzen!

Da war Terminal 2, D 27-28 – ich war angekommen! Hoffentlich waren Eric und Maya noch nicht durch die verdammte Sicherheitskontrolle …

Ich sah durch die großen Glasscheiben, die den Besucherbereich vom Sicherheitsbereich trennten. Vorn am Gate war weder eine Spur von Maya noch von Eric zu sehen.

Es ist zu spät, ich bin zu spät. Alles umsonst. Natürlich wird er schon im Sicherheitsbereich sein, was sollte er auch so kurz vorm Flug noch hier herumstehen! Das war auch eine echt verdammt späte Erkenntnis, schimpfte ich im Geiste mit mir selbst, *verdammt noch mal, ich bin selber schuld! Das Licht hätte mir auch früher aufgehen können!*

Tränen stiegen mir in die Augen.

»Scha-lotte.«

Etwas zupfte an meiner Jacke, und ich drehte mich unwillkürlich um.

»Maya!« Ich konnte es kaum fassen. »Du bist … ich meine … ihr … ihr seid noch da?« Schnell wischte ich mir die Tränen aus dem Gesicht.

Eric hob die Schultern. »Du kennst das doch. Maya wollte nicht aufwachen, dann musste sie mal, dann wollte sie was trinken … Wir sind jetzt wirklich verdammt spät dran. Aber was um Himmels willen machst *du* denn hier? Müsstest du nicht schon längst unterwegs sein?«

»Ja, aber …«

Eric sah mich erwartungsvoll an.

Ich wusste nicht, wo ich anfangen sollte. Es war so viel zu sagen und doch auch nicht. *Es tut mir so leid,* wollte ich sagen, *ich war bescheuert,* schoss es mir durch den Kopf, *ich mag dich auch, sogar sehr, sogar sehr, sehr, sehr,* dachte ich. Aber womit sollte ich nur um Himmels willen anfangen?

»Wir müssen los«, unterbrach Eric meine unsortierten Gedanken. »Wir sind schon mehr als nur spät dran. Am Ende fliegt die Maschine ohne uns.«

»Ja, aber …«, stammelte ich wieder. Dann fasste ich mir endlich ein Herz. »Ich mag dich, Eric! Ich glaube sogar, dass ich mich in dich verliebt habe! Ich habe nur etwas länger gebraucht, um das zu erkennen.«

Das hatte gesessen. Eric sah mich erst überrascht an, dann lächelte er. »Ich …«

»Ich weiß, du musst los«, unterbrach ich ihn, »aber ich wollte es dir unbedingt sagen, bevor du fliegst. Und auch, dass es mir leidtut.«

»Was?«, fragte Eric.

»Na, alles!«

Maya begann, an Erics Hand zu quengeln, und Eric zuckte entschuldigend mit den Schultern. »Es tut mir auch leid! Aber wir müssen … Ich … ich weiß nicht, was ich sagen soll, Mayas Mutter …«

»Verstehe«, sagte ich, und die Enttäuschung war sicherlich deutlich in meiner Stimme zu hören.

Sie wollen sicher noch einen Versuch starten, er und Mayas Mutter. Das habe ich mir ja auch schon gedacht. Wie konnte ich nur so naiv sein zu glauben, dass ich hier angerannt komme, eine filmreife Szene hinlege und er mir willenlos in meine Arme fällt? Andererseits …

»Letzter Aufruf für die Passagiere Eric Kastner und Maya

Kastner-Smith. Bitte kommen Sie unverzüglich zu ihrem Abfluggate!«, tönte eine Lautsprecherstimme in der Flughafenhalle.

»Wir müssen jetzt los, es tut mir leid!«, sagte Eric mir noch, während er und Maya rückwärts durch die Sicherheitskontrolle gingen. »Es tut mir sehr leid!«

»Ja …« Ich seufzte. »Es ist meine Schuld. Ich war einfach zu spät.«

Mit hängendem Kopf trottete ich Richtung Flughafenausgang. Jetzt konnte ich ohne Marc, ohne Eric, ohne Jacke und ohne Aussicht auf irgendeinen Sinn dieser Aktion wieder zurück nach Hause fahren.

Nach Hause! Dass ich nicht lache!

Ich hatte ja gar kein Zuhause mehr. Das Ritterburgzimmer weiter mit Finn zu teilen war ein unerträglicher Gedanke.

Sobald ich wieder bei Trine angekommen war, würde ich mir ein Apartment suchen, selbst wenn es nur so groß wie ein Schuhkarton war. Und einen Job, egal welchen. Ich musste bei Trine raus und vor allem musste ich endlich aufhören, vor den Dingen wegzulaufen. Das hatte ich lange genug getan, und geholfen hatte es nicht. Im Gegenteil, es hatte alles nur noch schlimmer gemacht.

Als ich an der Bushaltestelle angekommen war, standen dort bereits ein paar andere übermüdete Fahrgäste und warteten. Wahrscheinlich kamen sie gerade aus den verschiedensten Teilen der Welt und freuten sich, nach Hause zu kommen.

Ich freute mich kein bisschen. Besonders weil mir gleich ein Schwall an: »Hatte ich es dir nicht gesagt?« entgegendröhnen würde. Am besten, ich verschickte eine Rundentschuldigungsmail an alle, dann hatte ich es schneller hinter mir.

Müde ließ ich mich auf einer der Sitzbänke nieder und lehnte meinen Kopf an die Glasscheibe hinter mir. Ich schloss die Augen und versuchte, meine wirren Gedanken zu sortieren. Das alles war doch wie ein schlechter Film, der nicht zu enden schien.

23. Kapitel

Bei Trine angekommen, war ich zu nichts anderem mehr fähig, als mich schluchzend in ihre Arme fallen zu lassen. Angesichts ihres Bauches stellte das eine größere Herausforderung dar, und wir gaben sicherlich ein skurriles Bild ab.

Trine sagte kein Wort, fragte auch nichts, sondern streichelte mir nur immer wieder liebevoll über den Kopf. Dann brachte sie mich in ihr Schlafzimmer und sagte leise: »Du schläfst dich jetzt erst mal in Ruhe aus, du bist ja völlig fertig. Und dann erzählst du mir alles in Ruhe.«

Ich nickte stumm und ließ mich, so wie ich war, in das große Doppelbett fallen. Jetzt war sowieso alles egal.

Ich schlief den ganzen Tag durch.

Am Abend brachte Trine mir eine selbstgekochte Gemüsesuppe, die mich angeblich stärken sollte.

Nachdem ich ihr zerknirscht alles erzählt hatte, kam noch immer kein Vorwurf über ihre Lippen.

»Meinst du, es ist alles zu spät?«, fragte ich sie traurig.

Sie schüttelte lächelnd den Kopf. »Es ist nie zu spät, um neu anzufangen. Und das wirst du, Charly.«

»Hmpf.«

Der nächste Tag verlief still.

Paul war so nett und holte meinen Koffer vom Flughafen ab, weil Trine ihm glaubhaft versicherte, dass ich »so was wie krank« sei.

Ich hatte mir einige Zeitungen besorgt und durchforstete sie nach geeigneten Apartments und Stellenangeboten. Außerdem quälte ich mich durch sämtliche Internet-Jobbörsen und fand sogar die eine oder andere miese Stelle.

Bei einem Anruf unterstützte Finn mich lautstark im Hintergrund mit einem affenartigen Gebrüll, denn seit Kurzem waren Tierimitationen der neueste Trend im Finn-Universum. Er machte es auch wirklich gut, täuschend echt, konnte man sagen.

Allerdings konnte ich mir diese Stelle dann auch direkt abschreiben; die Personalerin am Telefon wollte mir partout nicht glauben, dass ich mir privat keine exotischen Tiere halte, denn ein normales Kind sei zu derartiger Geräuschkulisse sicher nicht in der Lage.

Womit sie recht hatte: ein normales Kind sicherlich nicht.

Am Abend des zweiten Tages setzte ich mich zu Trine vor den Fernseher, um mir mit ihr die Pilcher-Verfilmung *Wenn das Herz zerbricht* anzusehen. Trine war der Überzeugung, es würde thematisch passen und wenigstens hoffnungsvoll enden. Doch noch bevor das erfolgreiche Fotomodell Jessica den lang ersehnten Heiratsantrag von ihrem Freund Oliver bekommen sollte, klingelte es an der Tür.

»Wer soll das denn jetzt noch sein? Um diese Zeit?« Trine wunderte sich und watschelte in Slow Motion zur Tür.

Es war Mona. Ich erkannte sie sofort an der Stimme.

»Charly? Kommst du mal bitte?«, rief sie mir aus dem Flur zu.

Da konnte man noch nicht mal in Ruhe eine schöne Schmonzette …

Ich rappelte mich auf, ging in den Flur, sah Mona – und *Eric.* Mein Blick blieb erstaunt an Eric hängen, dann wanderte er fragend zu Mona und anschließend hilfesuchend zu Trine, um schließlich schockiert an mir selbst hinunterzusehen. Ich trug natürlich die Babyelefantenhose und passende rosa Stoppersocken. Von meinem ausgeleierten Oberteil mal ganz abgesehen. Und die Frisur, die Frisur …

»Hey«, sagte er.

»Hey«, antwortete ich.

Wir lächelten uns an.

»Eric, was …?«

»Kommst du kurz …?«, fragte Eric zögernd und deutete mit dem Kopf Richtung Tür.

Ich nickte wortlos.

Mona und Trine schlichen sich zurück ins Wohnzimmer, und wir standen alleine im Flur.

»Hast du ’ne Minute?«, fragte er leicht nervös.

»Sicher. – Eric …«

Er sah mich erneut mit diesem erwartungsvollen Blick an. Und irgendwie war da auch wieder diese liebevolle Wärme zwischen uns, die ich von Anfang an gespürt hatte.

Einerseits wollte ich diesen Moment nicht zerstören, andererseits wollte ich ihm endlich die Wahrheit gestehen und wusste nicht, wo ich anfangen sollte.

»Also ich …«, begann Eric gleichzeitig mit mir.

»Ja, also ich …«

Wir lachten.

»Ich fange an«, sagte ich.

Ich wusste zwar nicht, wo; es war alles so viel, so wirr …

Also fing ich irgendwo an. Ich erzählte die ganze Geschichte – von der Kündigung, von Finn, der Verwechslung, von Marc und der Doppelnamen-Sauberfrau, von Mona, dem Streit, dem Schaffnerunglück, von Renate, von meinen Zweifeln und davon, dass ich geglaubt hatte, dass er mich nur als hippe Alleinerziehende gut fände, und von der Suche nach mir selbst.

»Ich war nicht nur zu dir nicht ehrlich«, schloss ich meine Ausführungen, »sondern vor allem nicht zu mir selbst.« Ich sah Eric zerknirscht an. »Das ist ein echt mieses Gefühl.«

Eric hatte die ganze Zeit aufmerksam zugehört und kein einziges Wort gesagt.

»Und«, fragte ich am Ende, »hasst du mich jetzt?«

»Wieso sollte ich dich hassen?«, fragte Eric ruhig.

»Weil ich dich angelogen habe, deswegen.«

»Ich hab dir auch nicht alles gesagt, Charlotte«, antwortete Eric und atmete tief durch. »Deswegen bin ich auch direkt mit dem nächsten Flieger zurückgekommen …«

Bitte sag mir nicht, dass du hierhergekommen bist und dir meinen Seelenstriptease angehört hast, um mir jetzt zu verklickern, dass du doch vergeben bist!

»… und habe Maya vorerst bei meiner Schwester gelassen.«

Ich hörte nur »Maya« und »Schwester«.

»Was?«

»Ja. Sie ist gar nicht meine Tochter. Sie ist meine Nichte. Meine Schwester ist alleinerziehend und, wie gesagt, ständig beruflich unterwegs. Im Moment hat sie das lange Projekt, und Maya war deswegen bei mir.«

»Verständlich, für einmal Manolo Blahnik hin und zurück hätte ich Maya auch abgegeben.«

»Bitte?« Eric sah mich irritiert an.

»Keine Sorge, war nur 'n Scherz!«

Eric fuhr – immer noch leicht irritiert – fort: »Maya sieht mich irgendwie als Vaterersatz und … na ja … ich dachte am Anfang, ich würde als alleinerziehender Vater mehr Eindruck bei dir schinden. Man sagt ja auch, alleinerziehende

Väter seien besonders attraktiv … Und da ich dachte, dass du eben auch …« Er lächelte und hob entschuldigend die Schultern. »Ich bin davon ausgegangen, dass du ähnliche Schwierigkeiten im Alltag hast wie meine Schwester. Und irgendwann war es zu spät.«

Ich konnte es kaum glauben.

»Du meinst, wir haben allen Ernstes beide unser eigenes Kind erfunden, um beim anderen mehr Eindruck zu schinden?«, fragte ich verblüfft.

»Scheint so«, antwortete Eric und strich sich durchs Haar.

»Ganz schön bescheuert!«

Eric nickte, nahm mein Gesicht in seine Hände und gab mir einen langen, zärtlichen Kuss. Unser erster, richtiger Kuss. Ohne Lügen, ohne Heimlichkeiten. Es war ein tolles neues, unbeschreibliches Gefühl, es war, als hätte sich eine Gefühlswelle aufgestaut, die mich nun überrollte.

Es ist doch komisch: Da stellt man sich sein ganzes Leben lang vor, wie *der Eine* sein soll, wie er aussehen soll, wie romantisch der erste Kuss wird … Und dann läuft es irgendwie ganz anders, und plötzlich ist alles, was man sich vorgestellt hatte, egal.

»Das ist neu«, ich lächelte Eric an, »und doch irgendwie vertraut.«

»Stimmt«, flüsterte Eric, »und ganz schön gut.«

»Iiiih!« Finn, der im hellblauen Traktorenfrotteeschlafanzug um die Ecke lugte, schimpfte und zog an Erics Hosenbein. »Nicht die Charlotte anspucken!«

Epilog

Es war ein wunderschöner Montagmorgen, und ich stellte die gusseisernen Eimer der Reihe nach neben dem Becken auf. Sie waren über und über mit kleinen Fischen gefüllt, die schon gierig von den watschelnden Gefährten in Herrenanzügen beäugt wurden.

Eric und Finn standen winkend an der Absperrung des Geheges und lachten mich an.

Seit meiner Kündigung waren inzwischen mehr als vier Monate vergangen.

Eric hatte mit seiner Schwester zusammen entschieden, dass Maya vorerst bei ihr bleiben sollte, und seine Schwester plante sogar, zukünftig die Hälfte des Jahres in Deutschland zu verbringen.

Zusammen hatten Eric und ich Monas Liste herausgekramt und festgestellt, dass ich wirklich schon immer gerne mit Tieren arbeiten wollte – solange sie nicht mir gehörten.

Erics Freund Willi war Direktor des Kölner Zoos und verschaffte mir neben einer Dauerkarte für Finn (sämtliche für Finn frei zugänglichen Gehege wurden von Eric ab sofort im Dauereinsatz versiert überwacht) eine Praktikumsstelle als Tierpflegerin bei den Pinguinen. Ob ich mich am Ende ganz für den Job entscheiden würde, wusste ich noch nicht. Das hatte aber auch noch Zeit.

Das Wichtigste war doch, dass Eric und ich uns ausgesprochen hatten. Er hatte mir sofort angeboten, mich aus dem Ritterburgzimmer zu retten und zu ihm zu ziehen. So was passierte mir nicht so schnell noch mal, also sagte ich Ja.

Außerdem hatte ich den begründeten Verdacht, dass Trine und Paul darüber ebenfalls ganz froh waren.

Und auch mit Mona wendete sich alles zum Guten: Sie hatte meine reumütige Entschuldigung angenommen.

Von Marc und Sarah-Nadine hatte ich eine Postkarte mit Huskys vornedrauf erhalten, auf der beide die tolle Landschaft und die professionelle Organisation der Hundeschlittenfahrt lobten. Selbst Renate hatte einige Zeilen darauf verfasst und bedankte sich für die schnelle Hilfe und ihre netten Gäste.

Ich winkte Eric und Finn zurück, und wollte gerade mit dem Verteilen der Fische beginnen, als mein Handy piepste. Eine SMS – von Renate.

Heute ist Antwortwetter,

stand da

Pinguine leben nicht in Iglus, weil sie die Gemeinschaft brauchen. Sie sind Herdentiere. Sie brauchen ihre Freunde und ihre Familie mehr als alles andere auf der Welt. Selbst wenn sie sich über die Hälfte des Jahres nicht sehen, so denken sie doch immer aneinander.

Mama

Ich blinzelte in die hellen Strahlen, die an diesem Morgen durch die Wolken brachen. Nach sechsundzwanzig Jahren bekam ich nun endlich meine Antwort.

Vielleicht ist es nicht wichtig, was uns passiert, dachte ich, *sondern vielmehr, welche Entscheidungen wir daraufhin treffen.*

Die Sonne schien, obwohl es noch kühl war.

Es war Pinguinwetter.

Charlottexikon

Urea/Harnstoff (lat. Urea), chemisch Kohlensäurediamid, ist eine organische Verbindung, die von vielen Tieren als ein Endprodukt des Stoffwechsels von Stickstoffverbindungen (z. B. Aminosäuren) im sogenannten Harnstoffzyklus produziert und im Urin ausgeschieden wird. Reiner Harnstoff ist ein weißer, kristalliner, ungiftiger und hygienisch unbedenklicher Feststoff, der nicht mit Harnsäure zu verwechseln ist.

Gott sei Dank!

(Quelle: www.wikipedia.de)

Raben und *Krähen* bilden zusammen die Gattung *Corvus* in der Familie der Rabenvögel (Corvidae). Die Gattung umfasst zweiundvierzig Arten. Die größeren Vertreter werden als *Raben*, die kleineren als *Krähen* bezeichnet. Hierbei handelt es sich jedoch um keine biologische Unterscheidung (Taxon). In Europa kommen der Kolkrabe, die Aaskrähe, die Saatkrähe, die Nebelkrähe und die Dohle vor.

Als *das Krähen* bezeichnet man weiter auch den typischen Vogellaut, den neben Rabenvögeln auch andere Vögel von sich geben, etwa Haushähne und andere männliche Fasanenvögel.

Die Bezeichnung *Krähe* ist in fast allen indogermanischen Sprachen ein lautmalerischer Name, der ihre typischen Lautäußerungen nachahmt. Im Althochdeutschen nannte man diesen Vogel *krâwa*, im Mittelhochdeutschen wurde er zur *krâ*, *kraeje*, *kreie* oder *krowe*, und das Altslawische kennt ihn als *krâja*. *Rabe* ist mit mittelhochdeutsch *rabe*, althochdeutsch *hraban*, niederländisch *raaf*, englisch *raven* und altisländisch *hrafn* verwandt. Es stammt von der lautmalerischen Wurzel *ker*, von der auch *Harke* und *krächzen* abgeleitet sind. Die Wurzel ahmt scharrende, raschelnde oder kratzende Geräusche nach. Der Rabe ist damit also ein Krächzer.

Jetzt bin ich noch verwirrter.
(Quelle: www.wikipedia.de)

Jemandem die Leviten lesen: Bei den Andachtsübungen der Benediktiner wurden oft von Moses aufgestellte Regeln für Priester (Leviten) vorgelesen. Diese Schriften wurden daher Leviticus genannt. Auf die Lesungen folgten meist Strafpredigten.

Heute wird mit Leviten ein Vortrag über gemachte Fehler und Vorschläge für künftiges Verhalten (kurz: Standpauke oder Gardinenpredigt), der aus dem Stegreif gehalten wird und mehr kleine Kinder als Mönche zum Zuhörer hat, bezeichnet.

Passt thematisch zu Finn.
(Quelle: www.wikipedia.de)

Warum dreht sich der Uhrzeiger von rechts nach links?

Die Ursache hierfür liegt in einer Zeit, in der es noch keine tickenden Uhren gab. Menschen orientierten sich damals am Lauf der Sonne. Niemand war gehetzt, doch es war auch schwer, sich zu einem bestimmten Zeitpunkt zu verabreden.

Vor etwa fünftausend Jahren tauchten die ersten Sonnenuhren auf: Ein Stab wird von der Sonne beschienen und wirft einen Schatten, und daran kann man die Uhrzeit grob ablesen.

Die Sonne bewegt sich immer gleich über dem Horizont: Sie geht im Osten auf und wandert Richtung Süden und weiter, bis sie dann im Westen untergeht. Schaut man sich den Schatten an, erkennt man, dass er, genau wie die Sonne, *rechts*herum wandert. Er folgt dem Lauf der Sonne.

Mit der Zeit wurden die Sonnenuhren immer genauer. Manche waren rundlich, andere waren geneigt, sodass der Stab parallel zur Erdachse zeigte. Man berücksichtigte den unterschiedlichen Sonnenstand, der je nach Jahreszeit anders war, doch der Schatten verlief immer rechtsherum. Jahrhunderte lang prägte der Sonnenschatten unser Zeitempfinden. Offensichtlich gab es Tage ohne Zeit, wenn der Himmel wolkenverhangen war.

Im frühen Mittelalter tauchten dann die ersten mechanischen Uhren auf. Über ein kompliziertes Räderwerk versuchte man, den Tageslauf der Sonne nachzuahmen, und das Ticken bestimmte den zeitlichen Ablauf in Klöstern und Kirchen. Diese Zeigeruhren drehten also rechtsherum – genau wie der Schatten der Sonnenuhr. Und so wurde der »Uhrzeigersinn« festgelegt.

Muss ich dringend Mona erklären, die trotz sämtlicher Uhren und Schatten ständig zu spät kommt.

(Quelle: Wissen vor 8, ARD)

Danke an …

Ferrero: für die tolle Erfindung der Nuss-Nougat-Creme im 400-Gramm-Glas; in Notfällen wirkte auch die Sonderedition (4000 Gramm) erstaunlich gut!

Linda: Du wusstest es vorher. Ohne dich hätte ich diesen irren Weg vielleicht nie eingeschlagen.

Gregor, der monatelang Aufbauarbeiten leisten musste, meistens dann, wenn er gerade schlafen wollte, gerade eingeschlafen war oder schlief.

Matti: für deinen Glauben und die potentiellen Stützkäufe.

(Achtung: Unter hundert Stück lohnt es sich nicht!)

Kai: für die Geduld & die tolle Homepage www.britta sabbag.de.

Jurate: für Bilder, Hefe im Teig und Zeppelinis.

Anna für Aufbauarbeiten bei diversen »Weibchen«: Du hast mein Gejammer in der Endlos-Repeat-Schleife tapfer ertragen!

Katrin, Kyra und Sandra. Babette und Vera und allen anderen für den guten Reality-Stoff (Freaks!). Hört nie auf damit!

Kerstin für's Mutmachen, für Ratschläge, Unterstützung und den Kommentar auf dem Buchrücken: Du wirst im nächsten Leben nie und nimmer ein Nacktmull! ☺

Der Agentin mit Herz Regina für ihren spontanen Einsatz und meiner tollen Lektorin Daniela: Ihr habt das Beste aus dem Buch gemacht!

Allen Mitgliedern von DeLiA für die herzliche Aufnahme und die erste Lesung ohne Buch.

Last but not least: Laabs Kowalski – du bist mein Held der ersten Stunde!

Für alle, die »schon immer mal ein Buch schreiben« wollten, hier drei wichtige Vorabinfos:

… heiratet schleunigst einen sehr guten Wein- oder Spirituosenhändler und füllt euren Keller bis zur Oberkante mit Alkohol auf: Ihr werdet ihn brauchen! (Falls ihr nicht trinkt: Fangt schleunigst damit an!)

… sucht euch einen noch besseren Psychologen und heiratet wahlweise den.

… seid nett zu euren schmerzfreien Freunden, die haben nämlich einen harten, grausamen, qualvollen und nicht enden wollenden Weg voller Aufbauarbeit vor sich, wenn sie euch morgens um 14 Uhr mit verquollenen Augen wecken und ihr heult: ICH KANN DAS NICHT! (Sehr gute Freunde sagen dann: »Trink das!«)

Und: Aufgeben gilt nicht!

Werde Teil der Bastei Lübbe Welt
You Tube
www.luebbe.de
Lesen, rezensieren, Bücher gewinnen
Lerne Autoren, Verlagsmitarbeiter und andere Leser kennen